전국축제자랑

전국축제자랑

이상한데 진심인 K-축제 탐험기

김혼비 · 박태하 에세이

민음사

차례

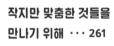

축제장 앞에서

이 책의 원고가 《릿터》에서 연재의 첫발을 뗄 때, '연재를 시작하며' 함께 실었던 글을 가져와 본다. "김혼비와 박태하는 부부다. 김혼비는 외국에서 학교를 다니고 직장 생활을 하느라 국내 여행을 다녀 본 경험이 많지 않고 '사람'에 관심이 많다. 박태하 국내 여행은 좀 다녔지만 혼자 다니느라 어딜 가도 뻘쭘했고 '공간'에 관심이 많다. 그러다 보니 술을 먹으면 '한국 사람들은 왜 이럴까'와 '한국이라는 공간은 왜 이럴까' 같은 이야기를 자주 하게 되는데(여기서 '이렇다'는 긍정적·부정적 의미를 모두 포함한다.) 그것은 곧 어떤 종류의 끈적끈적함과 어떤 종류의 매끈함이 세련되지 못하게 결합한 'K스러움'에 관한 이야기로 귀결되곤 했다. 우리는 그 'K스러움'의 근원을 찾아, 그리고 김혼비의 국내 여행력 상승과 박태하의 뻘쭘 지

수 하락을 위해, 정념과 관성이 교차하는 한국의 지역 축제들을 쫓아다녀 보기로 했다."

그렇다. 정말이지…… 정념과 관성이 교차하는 축제들이었다. 각각의 축제는 나름의 방식으로 짜임새를 갖추고 있었지만, 그 속에서는 이글대는 정념이 빚어낸 얼토당토않은 행사들과 마지못한 관성이 빚어낸 얼렁뚱땅한 행사들이 좌충우돌하며 수많은 장면을 연출해 냈다. 그것만으로도 충분히 정신없는데, 하나의 장면을 바라보는 우리의 마음에 황당(왜 저래?)과 납득(왜 저런지 알겠어!)이 엉켜들고, 수긍(저럴 수밖에 없겠네.)과 반발(아무리 그래도 저건 좀!)과 포기(그러든지……)와 응원(이왕 이렇게 된 거!)이 버무려졌다. 이토록 산란했던 마음에 마주하는 마음까지, 잘 전달되기를 바랄 뿐이다.

연재 당시, 어떤 방식으로 두 사람이 한 편의 글을 합쳐 썼는지에 관한 질문을 많이 받았다. 처음에는 우리도 축제 하나씩을 번갈아 맡아 쓸 작정이었다. 하지만 막상 작업에 들어가니 이런 상황이 자꾸 벌어졌다.

"A 축제 글 쓸 때 이 이야기는 꼭 넣어 주면 안 될까?"

"B 축제 글에 ○○ 행사에 관해 쓸 거지? 거기에 이런 말장난을 넣으면 어때?"

이런 게 한두 개였다면 글 속에 상대가 부탁한 부분을 넣어 주고 "이 문장은 박태하의 생각이다." "이 드립은 김혼비가 친 드립이다." 식으로 각주를 달 수도 있었을 것이다. 하지만 그런 게 많아도 너무 많았다. 에세이 한 편에 각주 서른 개씩은 좀 그렇지 않은가. 게다가 그것들 전부가 줄줄이 "1)이건 박태하의 의견이다. 2)이건 박태하의 드립이다. 3)이건 박태하의 아이디어다." 하는 식이라면…….(근데 써 놓고 보니 이것도 나름 재미있었겠다 싶다.*) 그렇다고 꼭 쓰고 싶은 내용을 내가 쓸 차례가 아니라고 해서 넣지 못하는 건 둘 다 아쉬울 터였다. 소제목 단위로 분량을 나눠 쓰는 것도 해결책이 못 되었다.

  그래서 두 사람의 글을 아예 하나의 글로 합치기로 했다. 책의 서두에 우리의 작업 방식에 관해 (지금처럼) 미리 설명하는 것을 제안하기도 한 서효인 편집자가 "정말 비효율적인데 두 사람 다 기본적으로 비효율적인 인간이라 둘에게는 가장 효율적인"이라고 말한 바 있는 방식으로. 일단 한 사람이 초고를 쓴다. 그걸 받아 다음 사람이 2고를 쓰는데, '이 얘길 뭐 이렇게 길게 썼어?' '그 장면을 왜 안 살렸지?' 하며 뜯어 고치다 보면 애초의 원고에서 절반 이상이 바뀌고 또 재배치된다. 초고의 절반을 잃어버려 망연한 초고 작성자는 상처를 애써 추스르며 '그래, 고치니 낫네.' '여긴 원래 쓴 게 훨씬 낫거든! 되

● 이건 김혼비의 생각이다.

돌려야지.' 하며 30~40퍼센트가 새로 바뀌는 3고를 쓴다. 이를 되돌려받은 사람이 또 나름의 상처를 다독이며 '이걸 꼭 써야겠단 말이지? 겨 주마.' '기가 막히게 섞었군!' 하며 4고를 완성한다. 그런 다음에 나란히 앉아 최종 수정과 조율을 거쳐 한 편의 글을 완성하는 식이다.(단, '젓가락페스티벌' 편은 박태하 혼자 다녀와서 혼자 썼다.)

그렇다. 정말이지…… 쉽지 않았다. 똑같은 방식으로 또 한 권을 쓰라고 한다면 절대 못 쓸 것이다. 하지만 또 한 권을 써야 한다면 역시 똑같은 방식으로 쓰게 될 것이다.(무서운 일이다.) 덕분에 누가 어떤 문장을 썼는지 나누는 게 무의미해진 '우리'의 책이 되었다. 한 호흡으로 잘 다가갈 수 있기를 바랄 뿐이다.

2018년 10월부터 2020년 1월까지 열두 개의 축제를 다녀왔다. 수백 개의 축제 중에서 갈 곳을 추리면서 (물론 각자의 흥미가 가장 크게 작용했지만) 지역과 주제 등을 배분하는 데에 신경을 많이 썼다. 일단 수도권(서울·경기)을 제외한 것은 당연한 선택이었다. 수도권에 비해 스포트라이트에서 늘 비껴나 있는 지방 중소 도시들에 관해 축제라는 극히 한정적인 단면을 통해서나마, 두 사람의 시선이라는 더더욱 한정적인 렌즈를 통해서나마 어떤 기록을 하고 싶었기 때문이다. 여섯 개 광역시(부산·대구·인천·광주·대전·울산)와 두 개 특별자치단체

(세종·제주)의 축제는 열두 개 안에 끼워 넣기에 여유가 없었다. 그렇게 충청도, 전라도, 경상도, 강원도의 축제로 책을 꾸리게 되었다.(경북과 강원 영서까지 발길이 미치지 못한 점은 아쉽다.) 주제에 있어서는 먹거리, 역사적 사건과 인물, 전통문화 등 다양한 분야를 포함하고자 했다.('감상'이 큰 비중을 차지하는 꽃 관련 축제와 영화, 연극, 전시 위주의 축제는 제외했다.)

지역 축제의 필요성과 효과와 나아가 존재 의의를 두고 여러 비판적 시각이 있음을 알고 있다. 여기에 관해서는 (끝에서 다시 언급하겠지만) 동감하는 부분도 적지 않다. 하지만 일단 가치판단을 보류해 두고 가능한 한 탐방객의 시선으로 축제를 바라보고자 했다. 그런 비판들이 우리의 호기심을 부추긴 점도 있다. 대체 축제에서 무엇을 하기에? 분위기가 어떻기에? '축제라는 현상'이 아닌 '축제에서 벌어지는 일들'에 관해 하나의 여행 장르처럼 다뤄 보고 싶었다.

코로나19로 거의 모든 축제가 취소되거나 온라인으로 대체된 2020년을 지나 올해도 많은 것들이 불투명한 시점에서 이 책을 조심스레 세상에 내놓는다. 한국의 지역 축제를 가지고 에세이를 쓴다고 했을 때 주변의 반응은 축제 속 장면을 보는 우리의 반응과 비슷했다. 그러니까 황당(왜 저래?)과 납득(왜 저런지 알겠어!)이 엉켜들고, 수긍(저럴 수밖에 없겠네.)과 반발(아무리 그래도 저건 좀!)과 포기(그러든지……)와 응원(이왕 이렇게 된 거!)이 버무려진 뭐 그런 느낌……. 기획 단계에서부터 그 어느 때보다 걱정 어린 말들을 많이 들었는데, 나중에는 코로나19까지 겹쳐 더욱 그랬다. 이 모든 걱정을 감당하며 이런 마이너한 기획을 선뜻 받아 주고 든든하게 받쳐 주고 믿고 맡겨 준 서효인 편집자와 글마다 독려를 아끼지 않은 박혜진 편집자에게 깊은 감사를 드린다. 모든 글의 첫 번째 독자가 되는 수고를 늘 기꺼이 해 준 H에게도, 오랜 시간 변함없이 단단한 애정을 보내 주는 친구들에게도, 묵묵한 지지로 지켜봐 준 부모님들과 가족들에게도 각별한 애정을 담아 감사드린다. 무엇보다 연이은 축제 취소 소식을 접할 때마다 파노라마처럼 눈앞을 스쳐 간 축제 속 많은 분들이 부디 잘 지내고 계셨으면 좋겠다.

자, 이제 축제장으로 떠나 보자. 각자의 자리에서 코로나의 시간을 묵묵히 이겨 내고 있는 여러분들이 잠시나마 흥겹게 일상을 떠날 수 있는 기회가 되기를. 잃었던 것들을 떠올려 보게 되는 기회가 되기를. 그리고 조만간 잃었던 많은 것들이 돌아오고 일상이 돌아오고 축제가 돌아와서 서로가 서로의 축제 속에서 함께 즐거울 수 있기를. 그날까지 모두 무탈하고 안녕하기를.

축제의 힘을
믿든 말든

충남 예산

의좋은형제축제

'의좋은형제축제'라는 문구를 처음 보았을 때의 당혹감이란. 의좋은 형제? 밤마다 쌀가마니를 서로의 집에 몰래 옮기다가 달빛 아래 딱 마주쳤다는 그 동화 속 형제? 근데 이걸로 축제를, 그것도 사흘씩이나 한다고? '의좋은 형제'와 '축제'라는 이 터무니없는 조합(누군가에게는 '의좋은'과 '형제'의 조합부터가 터무니없겠지만) 앞에서 우리는 웃지 않을 수 없었고, 가지 않을 수 없었다. 어느 순간부터 집에서 쌀 봉지만 봐도 피식거리며 축제에 관해 이야기하는 우리를 발견했기 때문이다.

그리하여 10월의 마지막 주 주말, 우리는 '형님 먼저 아우 먼저'라는 글귀를 몸통에 새긴 돌장승 형제의 따스한 환영을 받으며 충남 예산군 대흥면의 한 마을 어귀로 들어섰다. 축제장인 '의좋은형제공원'은 '의좋은 형제' 동화를 테마로 7년에 걸쳐 만들었다고 한다. 아니, 이거 생각보다 훨씬 본격적이잖아? '의좋은 형제'와 '공원'이라는 또 하나의 조합에 조금 숙연해진 우리는 감히 축제에 바로 섞여 들지 못하고 조심스레 공원을 한 바퀴 돌았다.

작은 민속촌 같은 공원은 '시각화'를 향한 인간의 열망이 얼마나 강력한지 새삼 느끼게 했다. 초가로 지은 '형의 집'과 '아우의 집'이 적당한 거리를 두고 떨어져 있었고, 당연히 형제의 인형이 사방팔방 있었으며, 그 배경으로 소달구지를 끈다거나 물레를 돌린다거나 하는 옛 농민들의 삶이 복원되어 있었다. 게다가 마당에는 형제가 키우는 개와 개집을, 개울에는 황새(예산의 군조(郡鳥)라고 한다.)를 배치한 섬세함까지. 신선했던 건 지게 옆 안내판에 쓰인 지게의 영단어였다. "A frame carrier." 누군가 "지게를 영어로 뭐라고 할까요?"라고 묻는다면 '지게'라는 이름이 품은 사물의 용도에서 과감히 초점을 옮겨 지게의 모양이 품은 A 자를 떠올려 번역할 수 있었을까? 낫 놓고 기역 자는 알아도 지게 놓고 A 자는 몰랐던 미욱한 우리는 그 이름이 무척 마음에 들었다. 역시 인간에게는 '시각화'의 쾌감 또한 꽤나 강력하다.(그리고 이것은 아마 모든 축제를 움직이는 커다란 동력일 것이다.)

하지만 우리가 그 공원에서 마주해야 할 그보다 더 중대한 사실은 첫째, 의좋은 형제는 교육용 동화의 주인공이 아닌 실존 인물이라는 것이다. 고려 말 조선 초에 바로 이곳 대흥 땅에서 형은 이성만, 동생은 이순이라는 이름을 가지고 살았다고 한다. 『조선왕조실록』과 『신증동국여지승람』에 이들의 기록이 남아 있는데, 형제간의 우애뿐 아니라 효심도 보통이 아니었던 모양이다. 두터운 우애에 깊은 효심까지, 모르긴 몰라도 그 시절 그 마을의 대표 '엄마 친구 아들'로서 여러 부모들 입에 꽤나 오르내리며 또래들의 마음을 쪼는 데 쏠쏠히 일조했을 것이다.

둘째, 그들이 밤마다 실어 나른 건 쌀가마니가 아니라 볏단이었다는 사실. 언젠가 옛날 라면 포장지에서 형제가 볏단을 들고 있는 그림을 본 기억이 그제야 났다. 어쩜 이렇게 둘다 감쪽같이 쌀가마니로 알고 있었지? 축제에 오기로 한 뒤 쌀봉지만 보고도 피식 웃음이 나왔던 우리의 어제들은 다 무엇이었나. TV 프로그램에서 의좋은 형제를 모티프 삼을 때나 사람들이 이 동화를 인용할 때 쌀가마니를 언급했던 걸 보면 우리뿐 아니라 꽤 많은 이들이 착각하고 있는 듯하다.(공원 한쪽에는 아예 "여러 판본에서 볏단이 쌀가마니로 설정이 바뀌면서 많은 사람들이 잘못 알고 있다."라고 지적하는 안내문이 세워져 있었다.)

아름다운 이야기인 줄로만 알았던 동화가 알고 보니 비

정한 내용이었다는 유의 '동심 파괴' 이야기를 좋아하며, 그들이 우애와 효심을 실천하는 그 뒤에서 아내들의 속내는 어땠을지 아무도 모르는 거라고 이성만·이순 형제에게 은근한 의심의 눈초리를 거두지 못했던 김혼비는 대체 볏단 같은 걸 뭣에 쓰라고 주는 거냐며, "사실은 상대에게 갖다 버린 거였다는 반전?" 아니냐고 눈을 반짝반짝 빛냈다. 하지만 스마트폰 검색 결과가 일러 준바, 당시에는 거름도 되고 지붕 재료도 되고 땔감도 되고 여물도 되는 '멀티 유즈 자원'이었던 볏짚이 농가의 귀한 재산이었다고 한다. 어쨌든 여러분, 대흥면에서 가만히 있다고 가마니로 보지 마십시오. 볏단입니다, 볏단.

공원을 얼추 둘러보았을 무렵, 축제장 한복판에 조촐하게 차려진 무대 위에서 저녁 공연이 시작되었다. 그렇지, 축제에 음악이 빠질 수가 없지! 하지만 쌀쌀한 가을밤, 자기 노래를 부를 만큼의 인지도를 갖지 못한 밴드들이 자신의 음악적 지향과 자존심과 대중의 취향을 고려하여 세심하게 선곡했을 노래들은 터무니없이 크게 키워 놓은 앰프 볼륨으로도 단출한 관객들의 흥을 좀체 돋우지 못했다. 얼마 되지 않는 관객들 모두 몸을 잔뜩 웅크리고 제자리에서 무표정하게 꾸무럭대고만 있었다. 어쩐지 마음이 쓸쓸해진 우리는 노래가 끝날 때마다 약간 과하다 싶은 환호와 박수를 보내게 된다.

분위기를 그나마 끌어올린 건 EDM(Electronic Dance

Music) 파티였다. 그것도 그냥 EDM이 아니라 '어린이 EDM'. 토끼가면을 쓴 DJ가 나와 뽀로로 주제가, 「상어 가족」, 「올챙이와 개구리」 같은 동요를 현란한 전자음에 실어 귀가 찢어질 듯 틀어 댔고 그만큼 현란한 LED 조명이 번쩍번쩍 행사장을 물들이자 어린이집과 클럽의 융복합 같은 요상한 시공간이 만들어졌다. 몇 명 되지도 않는 아이들이 자리에서 일어나 몸을 들썩들썩하기 시작했고, 소극적인 아이들은 부모의 등쌀에 일어났으며, 아이가 없는 어른들도 무의식중에 그루브를 타기 시작했다. 이 비현실적인 무대를 멍하니 바라보던 김혼비는 갑자기 미친 듯이 웃기 시작했는데, 친구들은 홍대와 이태원에서 불타는 핼러윈을 보낼 이 시간에 자기는 의좋은형제공원에서 핑크퐁의 「상어 가족」 EDM에 맞춰 리듬을 타고 있다는 것이 핼러윈의 거대한 장난처럼 느껴졌기 때문이다.("내 인생 최고의 핼러윈이야!") 그 와중에 박태하는, 홀로 무대를 등지고 서서 스마트폰의 전광판 앱으로 쓴 '대흥면 최고'라는 문구를 관객들을 향해 흔들며 춤을 추는 한 아주머니의 끝 모를 애향심에 숙연해졌다.(축제가 끝나고 편의점 앞에서 그분을 다시 마주쳤는데 "대흥면 최고!"라고 직접 외쳐도 주셨다.)

한편 DJ 토끼가면맨은 공연이 끝나자 뒤돌아 퇴장하는 도중 덜컥 가면을 벗어 버려 우리를 깜짝 놀라게 했다. 아무리 어려도 그 안에 사람이 있다는 걸 모를 아이들은 별로 없겠지만, 아직 환상의 여운에서 벗어나지 못한 아이들은 그런 환상 따위에 아랑곳 않고 무대 뒤로 사라지기도 전에 토끼에서 땅에 푹 전 한 사람의 어른으로 돌아가 버린 그의 담백하고 냉정한 기개에 눈이 휘둥그레졌다. 가면을 벗어 던지는 것으로 '급정색한 현실'을 보여 준 그는 유유히 퇴근했고, 이 짧은 무대에도 알차게 묻어 있는 K스러움에 한껏 고무된 우리도 덩실덩실 축제장을 빠져나왔다.

· 축제장의 마술사 ·

다음 날 아침, 여우비가 내렸다 그쳤다 하는 바람에 축제장은 한산했다. 공원에 맞붙어 주된 행사가 열리는 대흥초등학교 운동장의 한가운데, 널찍하게 펼쳐진 파란색 방수포 위에 널브러진 것은 무엇이었을까? 그렇다. '볏단'이다. 이 볏단이 아니었다면 이 축제가 다른 축제가 아닌 '의좋은 형제' 축제처럼 보였을까. 회의가 든다. 볏단으로 뭘 하냐고? '볏단 나누기'와 '볏단 나르기'를 한다. 그게 다다. 차라리 가마니였다면 '가마니 짜기', '가마니에 쌀 담기', '가마니 나르기'로 프로그램을 하나라도 더 늘릴 수 있었을 것이다. 뭔가 '코끼리를 냉장고에 넣는 3단계'를 '기린을 냉장고에 넣는 4단계'로 바꿔

치기하는 느낌이긴 하지만, 와 보면 안다. 이런 작은 축제에서 그럴듯한 프로그램 하나 더 넣고 안 넣고가 얼마나 중요한 일인지를.

어느 정도냐 하면, 이 형제에게 포상을 내렸다는 이유만으로 뜬금없이 '세종대왕 체험 프로그램'이 있을 정도다. 용포를 입고서 가마집은 없고 가마채만 있는 간이 가마에 올라 네 명의 가마꾼이 이끄는 대로 축제장 한 귀퉁이를 1분 정도 스윽 도는 것이다. 그마저도 체험자가 별로 없어서인지 세종대왕으로 분한 청년이 그걸 타고 연신 축제장을 돌아다녔다. 세종대왕에게 포상을 받는 포상 체험도 있다. 그래도 이건 있을 만하다. 잠시나마 그들 형제가 되어 보는 것이니까. 생각해 보면 오히려 볏단보다는 세종대왕으로 꾸밀 프로그램이 훨씬 많았을 텐데 그래도 이 정도에서 멈춰 볏단의 체면을 세워 주는 주최 측의 자제력은 돋보였던 것 같다. 또 이왕 볏단 나르기를 하는 거 '볏단 빨리 나르기 대회' 같은 걸 열 수도 있었을 텐데 그러지 않는 것 또한 '의좋은'의 정신을 살리기 위해 경쟁을 지양하는 주최 측의 자제력이었다고 믿고 싶다.

나머지 시간은 동화와 전혀 상관없는 프로그램들로 채워진다. 그중 인상적이었던 것을 하나 꼽으라면 마술이었다. 조금 무리수를 둬서 "아무리 실어 날라도 줄지 않는 볏단의 마술!"이라고 어떻게든 엮어 볼 만도 했는데 역시 그러지 않는 주최 측의 자제력이란. 널브러진 짚단 옆, 계단 한 칸보다도 낮은 높이의 무대 위에 모자부터 발끝까지 새파란 무대 의상을 입은 앳된 마술사가 서 있는 모습은 황량하고 칙칙한 주변 분위기와 지나치게 충돌해서 누군가 포토샵으로 마술사를 오려 거기에 붙여 놓은 것 같았다. 스무 명이 채 안 되는 군중을 한 번 쓱 훑어본 그는 간단히 자기소개를 한 뒤 아이들에게 질문을 던졌다.

"여러분, 마술 하면 무슨 생각이 나요?"

"속임수요!"

"사기요!"

"거짓말이요!"

"뻥이요!"

오, 이런 솔직하고 가차 없는 꼬마들 같으니! 그러나 약간 당황한 우리와는 달리 마술사는 그 정도야 이미 다 예상했다는 듯한 말투로 이야기를 이어 갔다.

"어휴, 어쩜 답들이 다……. 원래 마술 하면 환상, 예술 이런 걸 떠올려야 하는 건데……. 여러분, 부탁하는데 지금 이 순간만큼은 동심으로 돌아갑시다. 동심으로 돌아가서 마술을 즐겨 주세요!"

하지만 호락호락하지 않은 아이들은 간단한 맛보기 마술이 끝난 뒤에도 "모자! 모자 속!" "겨드랑이에 끼고 있죠?"

"왼쪽 주먹 펴 봐요!"라고 악을 써 댔다. 20대 청년 마술사가 10대도 안 된 아이들에게 동심으로 '돌아가' 달라고 부탁하는 이 현장. 아이들이 가진 마술에 대한 환상과 마술사가 가진 동심에 대한 환상이 완전히 어긋나 있는 이 현장. 게다가 손만 뻗으면 닿을 듯한, 아니 진짜로 닿는 무대와 관객 사이의 거리는 그 어긋난 환상을 서로에게 너무도 적나라하게 확인시켜 주고 있었다. 동심 파괴 이야기 마니아 김혼비조차도 파괴할 동심마저 없는 이 현장이 당황스러웠고, 동심을 모조해 낼 수 있는 닳고 닳은 어른으로서 우리는 마술사 가까이로 한 발 더 나아갔다. '마술사님, 힘내요!'라는 응원의 눈빛을 던지며.

"제가 여러분께 그렇게 마술을 좀 믿어 달라고 했는데 말입니다……. 이번 공연은 아주 힘들어질 것 같네요."라고 말하면서도 마술사는 미소를 잃지 않았고, "이왕 이렇게 된 거" 방금 선보인 마술의 트릭을 발설하기 시작했다. 제 손으로 마술의 (있지도 않은) 환상을 하나하나 파헤쳐 주는 21세기 마술사의 현실적인 선택은 꽤 잘 먹혀들어서 아이들은 "우와!" "신기해!" 비로소 감탄하기 시작했고, 그는 앞으로 펼쳐질 마술들에 어떤 속임수가 있을지 생각하면서 보면 재미있을 거라며 한국인들의 집요한 속임수 탐지욕을 인정하고 자극하는 방식으로 분위기를 끌어올렸다.

본격적으로 시작된 마술 타임, 아이들의 주의를 살짝 비

튼 영리한 마술사는 능숙한 연기와 세련된 매너로 아이들을 쥐락펴락하는 데 성공했다. 막판에는 색색의 긴 풍선으로 왕관, 칼, 말, 꽃 따위를 만들어 아이들에게 나눠 주어 호응을 절정으로 이끌었다. 어차피 속임수고, 사기고, 거짓말이고, 뻥인 마술보다는 귀여운 풍선 인형을 가지는 데 더 흥분하는 것 또한 이 시대의 동심일 것이고, 그에 부응해서 인형을 만들어 나눠 주는 것으로 클라이맥스를 꾸미는 것 또한 이 시대의 마술일 것이다.

우리는 이 조악한 무대 위에서, 그리고 얼마 되지도 않고 냉소적이기까지 한 어린 관객들 앞에서 '나는 지금 세상에서 가장 중요한 일을 하고 있다.'라는 듯한 그의 에너지에 감화되고 말았다. 그저 열정만인 것이 아니라 자기 일이 사람들에게 잘 가닿으려면 무엇을 포기하고 무엇과 타협해야 하는지까지 깊이 고민한 진중한 에너지. 그렇게 저 사람은 지금, 세상에서 가장 중요한 일을 하고 있었다. 거기에는 이 축제의 어설프고 키치하고 우스꽝스러운, 그러니까 'K스러운' 부분을 찾기 위해 약간의 삐딱함을 장착한 채 두리번거렸던 우리의 태도를 돌아보게 만드는 힘마저 있었다. 누군가에게는 "그저 칠순 잔치만도 못한 동네 축제"겠지만(이는 이 축제에 관한 어떤 이들의 불평을 그대로 옮긴 것이다.) 누군가에게는 이 축제가 중대한 장소, 중대한 순간일 수 있는 것이다. 적어도 이 마술사에게는 그런 것 같았다. 어젯밤 분위기를 돋우려고 분투했던 무명의 밴드들에게도, 얼마 있지도 않은 타지인에게 자랑스러운 자기 고장의 이름을 알리려 첨단 문명을 활용한 "대흥면 최고!" 아주머니에게도, 1년에 한 번 있는 이벤트를 설레며 기다렸을 사람들과 준비해 온 사람들에게도 마찬가지였을 것이다.(토끼 가면맨은 어땠을지 잘 모르겠다.)

그리고 우리에게도 그랬다. 마술을 보는 그 시간 동안 그가 우리에게 부린 마술. 이렇게 감화되면 안 되는데…… 얼마간의 냉소를 다시 장착해야 하는데…… 하는 각성의 순간도 잠시. 그 또한 마술 쇼가 끝나고 다른 팀이 무대에 오른 후에도 축제장 한편에 서서 인형을 받지 못해 아쉬워하는 아이들, 마술 공연 때는 없었는데 어디선가 몰려든 아이들에게까지 계속 인형을 만들어 주느라 예정보다 한 시간가량 더 지체했던 마술사 앞에서 다시 사그라들고 말았다. 어쩜 저렇게 즐거운 표정으로 정성껏 인형을 만들고 있는지. 그는 여전히 세상에서 가장 중요한 일을 하는 중이었다.

· 그건 정말 우연이었을까 ·

하지만 우리에게도 동심이 시험받는 순간이 있었다. 무

대 옆 천막들 중 한 곳에 들어가 막걸리에 파전을 먹고 있을 때였다. 프로그램 사이에 시간이 떠서 이런저런 이야기로 사람들의 발길을 붙잡아 놓기 위해 애쓰던 사회자가 한 커플에게 말을 걸었다.

"아까부터 두 분이 너무 다정하게 서 계셔서 눈에 계속 띄었는데요."

아닌 게 아니라 중·장·노년층 아니면 아이 동반 가족이 대부분인 축제장에서 20~30대 커플은 눈에 계속 띌 수밖에 없었다.(우리가 거기에 계속 서 있었어도 그랬을 것이다.) 사회자가 그들에게 어디서 왔고 어떤 관계냐고 물을 때까지만 해도 이 막걸리가 어디서 왔고(아랫동네인 청양군에서 온 '탁선생 생막걸리'였다.) 막걸리와 파전의 관계는 어떤가에 대해서만 생각하던 우리는 커플 중 남자의 대답에 마시던 막걸리 잔을 탁 놓아 버렸다.

"사실 오늘 프러포즈를 하려고 마음먹고 있었는데요."

뭐? 프러포즈? 여기서? 지금? 갑자기? 우리뿐 아니라 파전을 부치던 아주머니와 그 옆에서 장난스럽게 지청구를 놓던 할머니와 학생 경연 대회에 참가하러 와서 김밥을 오물거리던 고등학생들과 볏짚 옆에서 악수를 주고받던 유관 기관 관계자 여러분의 고개가 무대 쪽으로 일제히 돌아갔다. 남자는 머뭇거림 없이 주머니에서 반지 케이스를 꺼내 들었다. (거기에 계속 서 있었어도 절대 그러지는 않았을) 우리가 막걸리고 파전이고 다 팽개치고 무대 앞으로 달려가는 동안 그는 반지를 꺼내 무릎을 살짝 꿇으며, 진짜로, 했다. 프러포즈를. "나랑 결혼해 줄래."라고…….

가마니로 뒤통수를 얻어맞은 기분이었다. 와, 이건 정말 생각도 못 했다. 그렇지! 다른 곳도 아니고 의좋은형제축제에서 프러포즈를 받고 싶지 않은 여자, 세상에 어디 있겠는가. 훤하디훤한 오전 11시에, 비에 젖은 볏짚이 꽃잎 대신 흩어져 있고 흙바닥은 질척거리는, 동네 할아버지 할머니 들이 자못 흐뭇한 표정으로 지켜보고 용포를 입은 세종대왕까지 왔다 갔다 하는 이 축제장이야말로 프러포즈의 표본 같은 시공간 아니겠는가.

여자가 고개를 끄덕이며 내민 손가락에 반지가 끼워졌다. 청계천 청혼의 벽 같은 곳에서라면 도시인들의 과장된 박수와 환호가 울려 퍼졌을지 모르겠지만 이런 풍경이 퍽 생소할 어르신과 꼬마 들은 기력이 달리거나 남사스럽거나 어색하거나 하는 각자의 이유로 조용히, 하지만 따스하게 박수를 보내 주었고, 이런 장면에서 기대되는 반응을 사회적으로 학습한 자들로서 우리는 약간 과하다 싶은 환호와 박수를 보내게 된다……. 신이 난 사회자는 "저도 뭐라도 드리고 싶은데"라며 무대 한편에 마련된 경품들 중 벌꿀을 골라 와서 여자에게 건넸다.

"답례로 남자 친구에게 주세요."

그렇지! 프러포즈에 대한 답으로 결혼 승낙과 함께 지역 특산 명품 벌꿀을 받고 싶지 않은 남자, 세상에 어디 있겠는 가. 사진을 찍는 사람들에게 두 팔로 벌꿀을 꼭 그러안은 채 활짝 웃으며 포즈까지 취해 주는 커플을 뒤로하고 우리는 천 막으로 돌아와 막걸리를 쭉 들이켜 두근거리는 가슴을 진정 시켰다.

"우리가 지금 뭘 보고 온 거지……?"

"그러니까! 저게 진짜 우연일까? 사회자랑 미리 짰겠 지?"

"그치? 너무 기다렸다는 듯이 그 앞에 딱 있었고, 너무 기다렸다는 듯이 사회자가 말을 붙였단 말이야. 기다렸다는 듯이 반지를 갖고 있었고! 대체 누가 주머니에 프러포즈 반지 를 넣고 축제장에 오겠어?"

"그러니까! 근데 짠 게 맞다면…… 주최 측은 이 프러포 즈가 축제에 무슨 대단한 플러스 효과를 줄 거라고 생각했던 걸까?"

"그럼 거꾸로…… 저 남자는 축제에서의 프러포즈가 무 슨 대단한 플러스 효과를 줄 거라고 생각했던 걸까?"

"그러니까, 대체 왜…… 왜?"

마술은 속임수고 사기고 거짓말이고 뻥이라고 주장하는 아이들이 품을 법한 짙은 의혹과 그래도 내심 우연이기를 바라는 우리의 달달한 낭만 사이에서 흔들리다가, 문득 어느 쪽이든 상관없겠다는 생각이 들었다. 설령 미리 짠 이벤트였다고 해도 "축제에 재밌는 장면 좀 넣고 싶어서 그러는데 너희 여기에서 프러포즈 안 할래?"라는 주최 측 누군가의 제안을 결국 받아들였다는 건(아무래도 이게 우리가 생각한 가장 개연성 있는 전개였다.) 그래도 좋겠다고 판단해서 그랬을 테고(물론 "의좋은형제축제에서 프러포즈를 하면 사채의 반을 탕감해 주겠다." 같은 협박성 제안이 있었을 수도 있겠지만 의좋은형제축제가 누군가에게 그런 협박의 조건으로 쓰일 정도라면 그건 그거대로 굉장하다.) 그렇다면 사정이야 어떻든 이 축제가 그들에게 프러포즈의 현장으로 기억되리라는 사실은 변함없을 테니까. 그리고 그것은 그들에게 '세상에서 가장 중요한 일'이었을 테니까.

그래, 사실은 알고 있었다. 때로는 어설프고, 때로는 키치하고, 때로는 우스꽝스러워 보이는 이 혼잡한 열정 속에 숨어 있는 어떤 마음 같은 것을 우리는 결코 놓을 수 없다는 것을. 이제는 그마저도 낡고 촌스러워진 '진정성'이라는 한 단어로 일축해 버리기에는 어떤 진심들이 우리 마음을 계속 건드린다는 것을. 그리고 우리도 남들 못지않게 거기에 절망하고 슬퍼하고 화내고 또 때로는 비웃는 'K스러움'도 결국은 그 마음들이 만들어 낸 것이라는 사실을.

축제장과 그 주변을 다시 걸어 보았다. 엊저녁에는 좀 조잡해 보였던 공원의 모형들이 퍽 다정스러웠고 공원과 학교와 마을이 울타리 없이 어우러진 것도 좋았다. 우리는 마을 위편 대흥동헌의 단정한 풍경에 가붓이 젖어 보고, 길 건너 예당저수지의 고즈넉한 풍취에 나른히 빠져 보고, 노란 은행잎이 후드득 떨어지는 시골길을 의좋게 걷다가 서울로 돌아왔다.

공원에 들어서서 '만화 동산'스러운 조형물들과 마주칠 때만 해도, 해가 지며 공원 곳곳에 치고 들어오는 LED 조명에 눈이 부실 때만 해도, 어린이 EDM 같은 '이상한데 진심인' 행사에 혼이 쏙 나갔을 때만 해도 이 글을 찬란한 'K스러움'의 향연으로 수놓을 수 있을 것만 같았다. 이러한 'K스러움'을 바라보는 우리의 시선은 비웃음보다는 장난기에 더 가까웠으므로, 삐딱한 냉소보다는 즐거운 실소로 부담 없이 그 'K의 근원'에 다가가고 싶었다. 그런데 웬걸, 이토록 진지한 마음들과, 담백한 폭소들과 마주할 줄이야. 그리고 이렇게 갈 곳 없는 글을 쓰게 될 줄이야.

모르겠다. 'K스러움'이란 대체 어디까지 어떻게 받아들여야 하는지도 모르겠고, 이 글의 성격이 탐사 보고서인지 여행기인지 에세이인지 뭔지도 잘 모르겠고, 무엇보다 앞으로의 글들이 어디로 어떻게 흘러갈지도 모르겠다. 다만 확실히 말

할 수 있는 건, 맛보기 같았던 우리의 첫 번째 축제 기행이 꽤
나 즐거웠으며 우리가 1년치 축제 스케줄을 뽑아 놓고 매일매
일 설레고 있다는 것이다. 자, 어디까지 가 볼 수 있을까.

한구 많은
축제 중에서

전남 영암

영암왕인문화축제

· 설레는 '국뽕'과 아름다운 '구림' ·

이 여행은 하나의 문장에서 시작되었다. 원래는 갈 생각이 없던 축제였다. 학창 시절 '아직기'와 짝을 이루어 배운 기억밖에 없는 '왕인'이라는 학자에게 딱히 호기심이 동하지 않았기 때문이다. 그래도 홈페이지는 한번 둘러나 보자는 마음으로 들어가 별생각 없이 '환영사' 메뉴를 클릭했다가 첫 문장에 기습을 당하고 말았다.

"1억 3000만 일본인들의 영원한 스승 왕인박사를 아십니까?"

와, 지금 왕인이 백제 시대에 일본에 건너가 문화를 전파했다고 21세기 1억 3000만 일본인들의 스승이라고 말하는 거야? 이 짧은 한 문장에 녹아 있는 몇 시대를 건너뛴 비약과 일본과의 관계에서 문화적 우위를 단번에 거머쥐려는 웅대한 포부에 가슴이 두근거렸다. 더 나아가 왕인을 "한류의 원조"(!), "아스카 문화의 시조"(!!), "동아시아 문명화의 선구자"(!!!)로 추켜세우는 지역 언론들의 크레셴도 찬가까지 접하고 나니 가슴이 벅차오르기까지 했다. 그래 이거다, 이 축제는 가야 한다. 전국적 인지도는 떨어지지만 1600년 전까지 거슬러 올라간 끝에 찾아낸 고장 출신 최대 스타, 그것도 마침 '국뽕'으로 흐르기 쉬운 인물, 그 인물로 만든 축제, 이것이야말로 우리가 찾던 감성 아닌가. "오늘, 엄마가 죽었다." 이후 가장 임팩트 있는 그 첫 문장에 오늘, 우리가 좋아 죽었다.

　축제가 열리는 '왕인박사 유적지'는 전남 영암군 군서면 '구림마을'에 있다. 당연히 많은 것들의 이름 앞에 '구림'이 붙어 있다. 구림미용실, 구림참기름, 구림초등학교 등을 비롯해 축제 프로그램명이 '구림의 밤'인 식이다. 이름에서 어쩔 수 없이 풍겨 오는 어떤 불손한 이미지를 물리쳐 보고자, 정확히는 그런 이미지를 떠올리는 우리의 유치함이 싫어서 '구림'의 뜻을 부러 찾아봤는데, 비둘기 숲[鳩林]⋯⋯. 수만 마리 비둘기가 빽빽하게 도열해 숲을 이룬 괴악한 장면이 떠오르는 바람에 더 안 좋은 이미지만 배가되었다.(알고 보니 숲에 버려진 갓난아기 도선국사를 비둘기들이 에워싸 지켜 주었다는 설화에서 유래한 것으로 사실 좋은 비둘기들이었다는 점을 밝혀 두고 싶다.)

하지만 구림마을에 들어서자마자 마주한 풍경은 이 모든 게 무색할 만큼 아름다워서 깜짝 놀랐다. 이렇게 벚꽃이 탐스럽고 흐드러지게 핀 길이라니. 하늘이 벚꽃들로 가득 차 벚꽃으로 만든 돔 지붕 아래를 지나는 기분이었다. 저 멀리 월출산을 두르고 100리 남짓 이어지는 '영암 100리 벚꽃길'을 따라 걸으며 향에 취하고 흥에 젖은 채 4월의 축제장에 도착했다.

인파를 헤치고 주 무대에 들어서면서 또 한 번 깜짝 놀랐다. 캔디바색 도포를 걸치고 탕건을 갖춰 쓴 사람들 200여 명이 왕골 돗자리 하나씩을 차지하고 오와 열을 맞춰 앉아서, 아니 엎드려서 글을 쓰고 있었던 것이다! 조선 시대 과거 시험장의 재현 같았던 그 자리는 '왕인박사 추모 한시 백일장'이 열리는 현장이었다. 무대에는 압운으로 제시된 '통(通)' 자가 큼지막하게 적혀 있었고, 70~80대 남성이 주를 이룬 가운데 드문드문 그 나이대 여성도 섞여 있었다. 모두들 뒤통수로 내리쬐는 강한 햇살에도 아랑곳 않고 옥편을 뒤적이며 한시를 한 자 한 자 정성 들여 써 내려갔다. '왕인문화축제'라는 콘셉트에 이렇게까지 딱 들어맞는 광경을 보게 될 줄이야. 더구나 가장 쓰기 어렵고 획수 많은 것으로 일부러 골라낸 게 아닐까 싶은 영암의 한자 '靈'과 '巖'을 생각하면 영암은 '한시 백일장'을 마땅히 열어야만 할 것 같은 지역 아닌가.('영암'을 한자로 쓸 수 없는 자, 응시하지 말지어다!) 그날의 시제 '學堂讀論語有感' 중에도 이 두 글자보다 어려운 한자는 없다.

유교가 이 땅에 끼친 어떤 해악들에는 진절머리를 내는 우리지만, 이 많은 노인들이 의관을 정제하고 모여 앉아 두 시간 내리 글을 쓰는 모습에는 어쩐지 마음이 붙들려서 그 자리에 한참을 머물렀다. 물론 "여기까지 놀러 와서도 누군가가 글 쓰는 모습을 보고 있어야 한다니!"라고 잠깐 절규하기는 했지만(우리는 집에서 서로가 글 쓰는 모습을 지나치게 자주 보며 살고 있다…….) 하나의 예술이자 수련인 어떤 행위, 그것도 이제는 고리타분하게 여겨져 세상으로부터 저 멀리 떠밀려 버린 듯한 어떤 행위를 끝까지 붙들고 모든 것을 쏟아 내는 사람들의 존재는 언제나 우리에게 조마조마한 존경심을 갖게 한다. 몇 시간 뒤, 무대 옆 게시판에 입상자 명단과 장원작이 나붙자 입상을 고대했을 백발의 참가자들이 몰려들어 내심의 섭섭함을 숨기거나 혹은 숨기지 않은 채 치열하게 작품에 관해 토론하고 바닥에 쭈그려 앉아 노트에 장원작을 베껴 적는 모습 또한 그랬다. 주름진 손등에 불거진 핏줄이 꿈틀댈 때마다 그들의 진지하고 오래된 열정이 꿈틀대는 것 같아 절로 응원하는 마음이 들 만큼.

70~80대의 이글이글한 향학열을 보고 지나치게 마음이 뜨거워졌다면 이제는 어린이들의 등 떠밀린 향학열을 볼 차

례다. '어린이 왕인스쿨'이라는 이름의 체험 프로그램장, 대개 아이들의 의지와 상관없이 보호자들이 데스크에 가서 참가 신청을 한다. 1교시 입학식을 거친 아이들이 2~4교시에 왕인 의 생애, 천자문과 논어(이 두 가지가 왕인이 일본에 전해 준 것들 이다.) 관련 수업을 들은 후 5교시에 출제되는 퀴즈의 정답을 맞히면 오경 박사에 등극하여 상장을 받는다. 금세 집중력이 흐트러지는 아이들이었지만(이해한다. 축제까지 와서 설마 공부 를 하게 될 거라고 상상이나 했겠는가.) 진행자와 훈장님들의 고 군분투로 어느 순간부터 제법 진지한 표정으로 천자문과 논 어를 복창했고, 보호자들은 그제야 한숨 돌린다는 듯 지친 얼 굴로 그늘에 들어앉아 휴식을 취했다.

　아이들을 잠시나마 맡겨 둘 수 있으며 교육적인 효과도 얼을 (거라고 믿을) 수 있는 이곳에서 에듀테인먼트의 단면과 육아의 단면을 함께 본 우리는 슬슬 이 축제가 태생적으로 품 고 있고 축제장 여기저기에 공들여 심어 놓은 어떤 학구성들 에 당황하기 시작했다. 심지어 이곳은 계단마저 학구적이었 다! '천자문 계단'이라니. 계단 한 칸마다 천자문이 네 글자씩 새겨진, 그러니까 250개나 되는, 한 칸을 한 걸음으로 가야 하 나 두 걸음으로 가야 하나 고민하게 만드는 애매한 설계로 학 문의 고된 길을 암시하기까지 하는, '팔만대장경 계단'이 아니 라는 것이 그나마 위안인 계단을 헉헉대며 올라갔다 내려오니 진이 빠졌다. 도로변의 장식용 깃발에도 천자문이 한 자씩 쓰여 펄럭였고, 군내 고등학생들은 깃발마다 '수능 대박'이 주를 이루는 소원을 적어 두었다.('욕할 욕'을 배정받은 운 없는 친구는 한자 아래 '재수 없다'라는 감상을 남겨 우리의 심금을 울렸다.)

정작 기대했던 '국뽕'을 노골적으로 표출하는 프로그램은 그리 눈에 띄지 않았고(주최 측의 조심성에 박수를 보낸다.) 대신 "우리 영암에서 이렇게 똑똑하고 훌륭한 사람이 났으니 어린이 여러분은 그를 본받아 똑똑하고 훌륭한 사람이 되도록 하자."라는, 그러니까 결국 "공부 열심히 해라."라는 메시지를 온갖 곳에서 던지고 있었다. '축제'에서 말이다. 학술대회도 이러지는 않는다……. 그마저도 "엄마 말씀 잘 듣고, 좋은 대학 가고" 정도의 가난한 언어로 바뀌어 아이들에게 뿌려지고 있었다.

· 너와 나의 널뛰는 주변머리 ·

물론 이 축제에 학구적인 행사만 있는 건 아니다. 면 대항으로 열리는 화전 만들기, 물동이 이고 달리기, 널뛰기 등이 주민들의 투지를 불태우고 흥을 돋운다. 그중 사람들의 눈길을 끈 건 단연 널뛰기 대회였다. 널뛰기를 본 적은 있어도 널뛰기 '대회'를 본 건 처음이었다. '널뛰기 심사 위원'이라는 명칭을 들어 본 것도 처음이었다. 널뛰기 심사 위원이라니 듣는 순간 허를 찔린 기분이었다. 널뛰기 심사? 널뛰기의 우열을 가르는 건 뭐지? 시간? 횟수? 높이? 혼란스러웠다. 널뛰기를 둘러싼 존재론적 질문에 봉착한 느낌마저 들었다. 이전까지 우리는 널뛰기에 대해 대체 무엇을 알고 있었나. 인정할 수밖에 없었다. 널뛰기의 우열이라는 미지의 세계에 '심사'라는 행위가 개입될 수밖에 없다는 것을.

대회가 시작되고 진행자의 멘트와 시합장 주변에 몰려든 관중이 큰 소리로 두는 훈수를 통해 차차 답을 알게 되었다. 높이와 횟수를 기본으로(기술 점수) 가능한 한 양팔을 좌우로 곧게 펴고 균형 잡힌 자태로 아름답게 널을 뛸수록 가산점이 붙고(예술 점수) 큰 소리로 응원하는 면에 점수를 더 얹어 주는 (주먹구구식 응원 점수) 것이다. 면별로 색색의 한복을 맞춰 입고 함성에 맞춰 번갈아 하늘로 튀어오르는 모습은 흥겨웠고, 쿵 슉 쿵 슉 리듬에 맞춰 어느 틈에 우리도 나름의 심사를 하고 있었다. "낮아, 낮아." "오, 안정적!" 따위의 촌평을 속닥거리며.

그렇게 널뛰기를 한 시간 넘게 봤더니 몸이 들썩들썩한 게 당장 널이 뛰고 싶어져 민속놀이 체험장으로 달려간 건 자연스러운 수순이었는데, 널뛰기가 처음인 김혼비는 수십 번의 시도 끝에 깨달았다. "마음이 널뛰듯 한다."라는 표현은 함부로 써서는 안 된다! 널뛰기는 절대 호락호락하지 않기 때문이다. 막상 널 위에 올라가면 널에서 양발을 동시에 떼기도 힘들거니와, 어찌어찌 뛴다 한들 상대방의 하강 속도를 못 맞춰 다음 도약에 실패하고 만다. "마음이 널뛰듯 한다."라는 표현은 차라리 '마음이 잔뜩 얼어붙어 아무것도 못 하는 상태'를 가리키는 표현으로 용법을 수정해야 한다고, 널 위에서 아무것도 못 하고 내려온 김혼비는 생각했고, 그런 널 위해서 아무것도 해 줄 수 있는 게 없었던 널 반대편의 박태하도 그 생각에 동의할 수밖에 없었다.

널뛰기 대회장 옆, 화전 만들기 경연이 끝난 곳에는 긴 테이블 위에 편육, 김치, 월출산 막걸리와 함께 심사가 끝난 화전 접시들이 좌르륵 차려져 있었다. 곱게 색을 입힌 화전은 봄날의 잔칫상에 더없이 어울렸다. 영암인들이 술과 음식을 즐겁게 나누는 와중에 어떤 분이 손짓하여 잔칫상의 한 귀퉁이를 내주며 화전을 권했다. 뜻밖의 화전을 맛보게 된 우리는 신나는 봄 축제의 한 조각이 몸속에 통째로 들어오는 기분에 달콤해졌지만 마냥 그 기분에 젖을 수만은 없었는데, 이쯤에서 우리가 매우 주변머리 없는 사람들이라는 사실을 고백해야겠다.

이런 자리에서 우리가 머릿속에 그리는 그림은 이렇다. "와아, 화전이 너어어무 예쁘네요."라고 말을 건네며 자연스럽게 슥 주민들 사이에 섞여 들어가 막걸리를 주거니 받거니 하며 "올해 축제는 예년에 비해 어떤가요?" "널뛰기 대표는 어떻게 뽑나요?" "어려서부터 왕인박사 이야기를 많이 듣고 자라셨나요?" 같은, 그곳에 오래 산 사람들만 알 수 있는 사실이나 가질 수 있는 관점이 담긴 이야기들을 즐겁게 나눈다.(우리는 이런 이야기를 아주 좋아한다.) 그림 속 그분들의 대사는 늘 이렇다. "껄껄껄, 아주 재밌는 양반들이네!"

그러나 현실 버전은 이랬다.

"와서 좀 먹어요."

"아, 네, 감사합니다."(쭈뼛쭈뼛)

"서울서 오셨어요?"

"네."

"축제 보러 일부러?"

"네."

"우리 축제가 볼 게 많지."

"네, 정말 재밌네요. 화전도 너무 예뻐요."(어색어색)

잠시 대화가 끊긴 틈에 우리끼리 소곤거린다.

"동네 분들 사이에 오래 끼어 있는 거 좀 눈치 없는 거 아닐까?"

"그치? 좀 그렇지?"

"그래, 이만 가자."

"저어, 저희 잘 먹었습니다. 감사합니다!"

황급히 자리를 벗어난다…….(fade out)

먼저 불러 줘도 이딴 식인 것이다. 그동안 머릿속 그림을 실현할 만한 기회가 종종 있었지만 막상 그런 순간이 닥치면 늘 '마음이 널뛰듯' 해서 다 날리고 말았다. 돌아서면 후회하고, 다음엔 안 그러리라 다짐해 보지만 언제나 부질없다. 재밌는 양반들은 무슨. 이렇게 취재력 빵점인 사람 둘이서 전국 축제를 주제로 글을 쓰겠다니, 우리는 주제넘고 이 글은 주제를 넘어선 게 아닐까. 회의가 든다…….

주변머리 없는 우리는 살아 있는 사람 쪽을 공략하는 건 포기하고 대신 죽어 있어 만만한 자료들을 찾아 왕인박사 전시관인 '영월관'으로 향했다. 이제야 하는 이야기지만 왕인이 실존 인물이 맞는지부터가 학계의 의견이 분분하다.(게다가 중국계 혈통이라는 말도 있고, 일본 역사서 속 왕인이 영암 출신 왕인이 맞는지에 대해서도 이견이 있다.) 영암군은 당연히 실존 인물이라는 입장이기에, 반론이라고는 한 글자도 들이지 않을 것 같았던 전시관이 의외로 '이러저러 아니라는 이야기도 있긴 하다. 그렇지만 만에 하나, 설사 아니라고 하더라도 우리가 왕인박사의 정신을 살리는 의미가 퇴색되는 건 아니다.'라는 논조를 피력하고 있는 데는 조금 감동했다.(주최 측의 균형 감각에 박수를 보낸다.)

하지만 실존 인물이어도 실제 유물이 있기 힘든 백제 시대 사람이다 보니 전시품 태반은 왕인과 직접적으로 관련 없는 백제 복식 마네킹이라든가 토기·금관·불상 같은 일반 유물, 그러니까 그냥 백제가 주제인 것들이었다.(의좋은형제축제에서 세종대왕이 등장하는 것과 비슷하다.) 그래도 왕인과 관련 있는 물건들로 구색을 갖추기는 해야 하니 가져다 놓은 가짜 책들, 이를테면 표지를 너덜너덜 낡게 만든 가짜 논어본을 보고 박태하는 폭소를 터뜨렸으나 그것도 잠시, 아이고, "왕인 박사가 일본에 전해 준 책"이라는 설명까지 붙어 있으니 순진한 아이들은 이 책이 왕인이 갖고 간 바로 그 물건이라고 생각할 텐데 이런 식으로 기만하면 안 되는 거 아닐까 하는 '모조의 윤리'에까지 생각이 뻗치지 않을 수 없었다. 그렇다고 전시 관계자에게 건의를 넣을 주변머리는 없지만.

· 왕인박사 일본 가오! 우리는 어디 가오? ·

저녁에는 주 무대에서 '왕인 뮤지컬 갈라쇼'를 봤다. 왕인의 향수를 주된 갈등으로, 그의 학구열을 주된 서사로 삼아 전개되는 이 극의 주제 역시 '우리 영암에서 이렇게 똑똑하고 훌륭한 사람이 났고 어린이 여러분은 그를 본받아 똑똑하고 훌륭한 사람이 되도록 하자.'였던 건 물으나 마나다. 왕인 역 배우가 왕인이 일본에 전파한 천자문과 논어의 한자 독음을 랩으로 속사포처럼 읊는("학이시습지 불.역.열.호! 유붕자원방래 불.역.낙.호!") 기예에 가까운 공연을 기대한 건 아니지만, '열심히 공부하자.'라는 내용을 장단조를 오가는 화려한 선율에 실어 저토록 장중하고 아름답게 뽑아내다니 그 또한 기예라면 기예였다. 세상에, 열심히 공부하자는 뮤지컬 코러스라니. 영암의 교육열, 어디까지 갈 셈인가.

숙소로 가는 길에 생각했다. 영암인들은 어려서부터 왕인의 명성과 그를 본받으라는 말을 (왕)인이 박이도록 들으며 자랐을 텐데('왕인'이 들어간 상호도 많다. 심지어 '왕인 모텔'까지…….) 타지에 나가 보니 왕인을 잘 모르는 사람이 굉장히 많다는 걸 알았을 때('왕인문화축제'에 간다고 했을 때 가장 많이 들었던 말은 "왕인이 뭐야?"였다.) 충격을 받지 않을까? 우리만 해도 고작 이틀 있었을 뿐인데 누군가 왕인에 관심조차 갖지 않으면 괜히 섭섭하다…….

축제 마지막 날 오후에는 '왕인박사 일본 가오! 퍼레이드'가 예정되어 있었다. 왕인이 일본행 배를 탔다는 상대포까지 이어지는 축제의 하이라이트일뿐더러 "일본 가오!"라고 단호하게 느낌표까지 챙겨 넣은 디테일이 문장부호와 형용사·부사 남발형 글쓰기를 지향하는 우리의 마음에 퍽 든 이 프로그램을 위해 하루를 더 머물렀다. 한 가지 마음에 걸린 건 오후에 비가 예보되어 있다는 점이었다. 혹시 퍼레이드가 취소될까 장내 방송에도 귀를 기울이고 수시로 날씨 앱도 확인했는데 별다른 취소 기미가 없어 점심이나 먹자며 가설 식당으로 들어갔다.

아홉 개의 면이 면적을 똑같이 나누어 운영하는 그곳에는 백제 전통 의상을 갖춰 입은 사람들이 바글바글했다. 퍼레이드 시작 전에 다들 점심을 먹으러 온 모양이었다. 그래, 다들 저렇게 분장까지 완벽하게 끝내고 대기 중인데 취소되지는 않겠네, 비가 많이 내리면 내리는 대로 강행하겠어, 우비를 챙겨 오길 잘했다니까 따위의 말을 주고받으며 우렁파전을 앞에 놓고 무화과동동주를 한 모금 들이켰을 때 꾸물꾸물한 하늘에서 빗발들이 꾸물꾸물 떨어지기 시작하더니 두 번째 잔을 채우기도 전에 천둥 번개와 함께 우박처럼 쏟아져 내렸다. 순간 "와아아아!" 하는 탄성과 함께 백제인들이 일제히 신나게 박수를 치는 모양새가 꼭 4교시 체육 시간을 앞두고 3교시 수업 중에 비가 쏟아지는 걸 보고 반 전체가 박수를 치며 좋아하는 모습 같았다. 얼결에 신이 나긴 했지만 다소 이해하기 힘든 분위기였다.

"왜, 왜지? 비 맞으면서 퍼레이드 하는 걸 저렇게 좋아하실 리는 없고…… 사실 퍼레이드 나가기 귀찮았는데 비 오면 취소될 거라서 좋아하시는 걸까?"

"글쎄……. 근데 애써서 준비한 걸 그리 쉽게 취소할까? 시간을 미루지 않을까? 비 그치고 하는 걸로."

"그러면 다들 왜 저렇게 좋아하시는 거지?"

우리에게는 이 궁금증을 쉽게 해결할 방법이 있었다. 옆 테이블에서 백제 무예단 복장을 갖춰 입은 중년 여성 여덟 명이 식사를 하고 있었기 때문이다. 그냥 가서 물어보면 된다. 그러나 이쯤에서 한 번 더 말해야겠다. 우리가 얼마나 주변머리 없는 사람들인지를……. 우리는 그들을 옆에 두고도 굳이 팸플릿에 적힌 축제추진위원회로 전화를 걸었다. 몇 번을 걸었는데도 받지 않아 영암군청 문화관광과에도 걸어 보았는데 마찬가지였다. 한 시간쯤 기다려 보면 저절로 알게 되겠지만 전화가 불발되니 괜히 답답하고 조급해졌다. 그럼에도 물어볼 엄두는 내지 못하고 힌트가 될 만한 걸 주워듣기 위해 주변 백제인들에게 촉각을 잔뜩 곤두세운 채 동동주를 들이켰다. 그렇게 10여 분이 속절없이 흘렀는데.

드디어 김혼비의 레이더에 무언가 포착되었다. 그 테이블에 병따개가 없었는지 여성분들이 일제히 두리번거리기 시작한 것이다. 그 짧은 찰나 의자에서 튕겨 나듯 일어선 김혼비는 빈 테이블에 놓인 병따개를 잡아채 폭발적인 스피드로 그들에게 달려가 "여기요!" 하며 갖다 바쳤다. 엉거주춤 병따개를 받아 드신 분은 김혼비의 부자연스러운 스피드에 자못 놀란 기색이었지만 어쨌거나 고마움을 표했고, 김혼비는 드디어, 조금만 더 삭혔다간 울화가 되었을 질문을 던질 수 있었다. "혹시 오늘 퍼레이드는 어떻게 되나요? 취소되나요?" 그리고 답을 듣는 순간 그 자리에서 얼어붙었다.

"퍼레이드? 비 온다고 해서 오전에 다 해 부렀어요."

너무나 놀란 김혼비의 입에서 생전 처음으로 영혼 깊은 곳에서부터 사투리가 저절로 흘러나왔다.

"네? 다 해 부렀어요?"

"잉, 다 해 부렀어요잉."

감사 인사를 하고 살짝 혼이 나간 채로 돌아온 김혼비의 입에서 "다 해 부렀대." 사투리가 다시 한번 튀어나왔고, 깜짝 놀란 박태하 역시 "뭐? 다 해 부렀다고?" 믿기지 않는 표정을 지었다.

그래, 미리 해 버리는 수가 있었지. 취소나 연기만 생각했던 우리가 멍청했다. 그러게. 왜 주최 측이 날씨에 수동적으로 당하고만 있을 거라고 생각했지? 이렇게 '선빵'을 날릴 수도 있는 건데! 기상 정보를 업데이트할 게 아니라 진작부터 주최 측 정보를 업데이트했어야 했다.(하지만 뒤늦게 들어가 본 공식 홈페이지 어디에도 관련 공지는 없었다. 나중에 축제들을 더 다니면서 우리는 축제가 일정 변경 공지에 상당히 불친절하다는 걸 알게 되었다. 아마 우리처럼 정해진 일정을 찾아다니면서 보는 사람이 거의 없어서인 듯하다.) 아니, 업데이트고 자시고 오전에 축제장에 들어서자마자 누군가에게 묻기라도 해야 했다.

그래도 '괜히 하루 더 있었네, 그냥 어제 돌아갈걸.' 하는 후회로 이어지지 않은 것은 아마도 무화과동동주가 무척 맛있었기 때문일 것이다. 어제 돌아갔다면 이렇게 천둥 번개가 내리치고 지붕 위로 빗발 떨어지는 소리가 가득한 간이식당 한편에서 온갖 '모조 백제인'들과 모여 앉아 동동주를 마시는 오후는 없었겠지. 그렇게 영암에서의 시간이 저물어 갔다. '국뽕'을 기대했는데 난데없이 '학뽕'이 등장해 당황했지만 '공부 열심히 해서 훌륭한 사람 돼라.'라는 메시지가 '공부=성적'의 K식 교육관과 만나 빚어내는 향기에서 쓱쓸그윽하게 'K'를 느꼈다. 그래도 그 사이에서 빛난 주최 측의 조심성과 균형 감각, 어딜 가든 우리를 굽어봐 주던 월출산, 신나게 축제를 즐기는 영암인들의 모습과 고장에 대한 자부심, 미처 다 먹고 오지 못한 맛난 남도 음식들, 그리고 비……. 이 축제에는 그런 것들이 가득 있어 부렀다.

어쩔 수 없이
그럴싸하게

전남 나주
영산포홍어축제

· 홍어, 그 홍복의 맛 ·

홍어를 정말 사랑한다. 이런 멋대가리 없는 첫 문장을 덜컥 써 버릴 정도로. 언젠가 김혼비가 그날의 첫 홍어 한 점을 입에 넣고 "홍복해!"라고 외친 이후 우리는 삭힌 정도, 삼합 여부, 원산지에 관계없이 홍어 앞에서라면 늘 행복에 겨워 "홍복해."를 연발했다. 홍어에는 김치나 불고기만큼이나 'K-음식'다운 구석이 있다. 홍어를 삭혀 먹는 나라 자체도 극히 드문데 동네마다 홍엇집 하나쯤은 있을 만큼 보편화된 곳은 한국이 유일하기 때문이다. 외국인이 등장하는 예능 프로그램이나 유튜브 채널에서 '하드코어 K-푸드'로서 홍어를 권하고 그들이 당황하거나 괴로워하는 반응을 내심 기대하는 것(혹은 잘 먹는 걸 기특해하는 것)만 봐도 참으로 K적이다.

우리도 그런 눈빛을 받아 본 적이 있다. 아이슬란드의 한 식당에서였다. 주인이 삭힌 상어 요리인 '하우카르틀'을 갖다 주며 은근히 우리의 반응을 지켜본 것이다.(이건 I적이라고 해야 할까?) 하지만 우리가 누군가. 홍어로 단련된 두 명의 K인은 낯익은 썩은 내를 격렬히 환영하며 맛있게 먹는 것으로 I인에게 약간의 실망과 당혹을 안겨 주었다.(동양에서 온 피라냐 떼를 바라보는 눈초리였다.) 귀국 후에는 아이슬란드에서 홍어 또한 삭혀 먹는다는 사실을 우연히 알게 되었는데, I인들은 1년 중 딱 하루, 크리스마스를 앞둔 12월 23일에만 삭힌 홍어를 먹는다고 한다. 크리스마스와 홍어 사이의 짐작조차 할 수 없는 연관 관계에 퍽 당황스러우면서도(옆 나라로서 친하면서도 은근히 경쟁 관계이기도 한 핀란드 출신 산타클로스를 호락호락 집에 들이지 않겠다는 자존심이 담긴 화생방?) 지구상에서 거의 유이한 '홍어 문화권'에 깊은 유대감을 느끼지 않을 도리가 없었다.

그런데 뭐? '영산포홍어축제'라고? '홍어 is 축제'인 우리에게 '영산포축제축제!' 같은 동어반복으로도 읽히는 이 축제를 결코 놓칠 수는 없었다. 한국의 축제 맛에 슬슬 빠져들던 찰나에 이미 푹 빠져 있는 홍어 맛까지 한꺼번에 즐길 수 있는 이 축제축제를 향해 우리는 고속버스에 올랐고, 영산포터미

널에서 들뜬 발걸음을 내렸다.

찬란한 봄의 유채꽃밭을 지나 축제장에 가까워지는 길, 유채꽃들이 찰랑일 때마다 입안에 레몬 과립 다섯 포를 한꺼번에 털어 넣은 듯한 상큼함이 밀려왔는데, 어느 순간 꽃향기의 틈새를 비집고 홍어 향이 진하게 풍겨 오기 시작했다. 홍어를 넣은 화전이라는 게 있다면 이런 냄새가 나지 않을까, 누군가가 실수로라도 그런 걸 만들 일은 없어야 할 텐데 생각이 절로 들 만큼 기괴한 냄새였다. 한데 몇 걸음 지나지 않아 그 비슷한 걸 보고야 말았다. 노란 유채꽃밭 한가운데에 빨간 꽃을 홍어 모양으로 심어, 위에서 보면 빨간 거대 홍어의 형상이 드러나는 꽃밭이 나타난 것이다. 홍어로 화전을 만드는 게 아니라 꽃으로 홍어를 만들 줄은 몰랐지……. 이 꽃들은 기껏 열심히 향기롭게 자랐더니 결국 홍어가 된 운명을 어떻게 생각할까.

이어서 우리를 맞은 건 입구부터 즐비하게 늘어선 가설 천막 홍엇집들! 전 세계 축제장 암모니아 농도 순위 1위에 빛나는 이곳에서 정신이 혼미해진 우리는 그중 한 천막에 다짜고짜 들어가 주문부터 했다. 눈앞에 나주쌀막걸리와 홍어삼합한 접시가 놓이고 홍어를 입에 넣자 알싸한 향이 퍼져 나가는데, 아이고, 여기가 바로 홍어의 고장 나주네, 이 맛에 나 죽네. 더할 나위 없다는 건 이런 순간을 두고 하는 말일 것이다.

하지만 눈앞의 이 지극한 '홍복'에 온전히 집중하고 있을 수만은 없었다. 기다리는 이벤트가 있었기 때문이다. 사전 조사에 따르면 "축제 첫날 개막식 전에는 주민들이 영산포 선착장에 도착한 황포돛배에서 홍어를 옮기는 '흑산도 홍어 배 입항 퍼포먼스'를 선보이며 축제의 흥을 돋울 예정"이라고 했다. 이거 굉장하잖아! 돛배에 실어 온 홍어를 장독에 옮겨 담는 생생한 현장을 직접 보고 싶지 않을 사람, 세상에 어디 있겠는가. 홍어를 집어 먹으면서도 우리는 열릴락 말락 하는 '흑산도 홍어 배 입항 퍼포먼스'의 귀추를 계속 신경 쓰고 있었다.

왜 '열릴락 말락'이냐면 일정표에도 '개막식 전'이라고만 되어 있을 뿐 정확한 시간이 표기되지 않았고, 안내 부스에 물어봐도 "뭐 곧 하겠지요."라는 답만 받았으며, 이 정도 시간이면 어딘가에 관람객이 군집해 있어 표가 나기 마련인데 다들 홍탁을 즐기는 데만 여념이 없었고, 아마도 이 퍼포먼스의 주인공일 황포돛배마저도 한가로이 흐르는 영산강 위를 그보다 더 한가로이 떠다니고만 있었기 때문이다.

배가 들어올 법한 장소를 미리 찾아낸 건 고무적이었다. 개막식이 열릴 주 무대에서 가설 식당을 지나 저 뒤쪽 후미진 구석에 '선착장 비스무레한 것'이 있었던 것이다. 우리가 할 수 있는 것은 홍어를 먹다 말고 나와 보고 먹다 말고 나와 보고를 반복하는 것뿐. 어디서 우리 몰래 후딱 해치우는 건 아닐까 싶은 내심 불안감(영암에서 당한 '다 해 부렀어요'의 충격에서 완전히 벗어나지 못했다.)과 설마 그러겠느냐는 애써 침착감 사이에서 마음이 한창 우왕좌왕하던 찰나 마침내 무대 위 사회자가 한껏 극적인 목소리로 퍼포먼스의 시작을 알려 왔다.

"여러분, 드디어! 드디어! 배가 들어오고 있습니다!"

과연, 어느 틈에 사라져 있던 예의 황포돛배가 무대 쪽 하류에 당당히 모습을 드러냈다.

· 입항 퍼포먼스의 진실 ·

그에 맞추어 농악대와 커다란 장독을 얹은 지게를 진 장정들이 무대 쪽부터 줄지어 선착장 쪽으로 향하기 시작했다. 됐다, 가자! 우리도 부리나케 젓가락을 내려놓고 뒤를 따랐다. 근데, 근데 이상했다. 우리 말고는 따라나서는 사람이 없었던 것이다. 선착장에 도착한 행렬이 배를 기다리는 5분여 동안에도 기웃거리는 이 하나 없었으며, 오직 우리만이 그들과 어정쩡한 거리만큼 떨어져 뻘쭘하니 서 있었다. 왜지? 여기서 하는 게 아닌가? 하지만 그러면 여기 버젓이 있는 농악대와 장정들의 존재 이유를 설명할 수 없지 않은가. 이들이 존재한다, 고로 행사장은 여기다. 근데 왜 아무도 안 와? 설마 아무도 관심이 없는 건가? 그럴 리가 없다. 홍어가 입항을 한다는데? 흑산도 홍어가 영산포에 들어오는 이 광경이 안 보고 싶다고? 이런 파격적인 퍼포먼스를? 이건 홍어의 생애에서나 영산포 주민들의 생애에서나 매우 중요한 순간이라고!

좀처럼 가시지 않는 의아함을 애써 묻어 두고 저만치에서 점점 가까워져 오는 배를 바라보았다. 그래도 배가 다가오고 있으니 공항에 친구를 마중 나가 입국장 문이 열릴 때마다 그러는 것처럼 마음이 간질간질거렸다. 저 배에 홍어는 얼마나 많이 실려 있을까? 귀한 생선을 싣고 오는, 또 그 생선을 기다리는 옛사람들의 마음은 어땠을까? 이런 생각을 하는 동안 배는 100미터, 80미터, 60미터, 점점 가까워졌고 30, 20, 10미터…… -10, -20, -30미터, 엥? 이 카운트다운에 마이너스가 있을 수가 있나? 엇, 지나쳤다! 그냥 지나쳤어!

김혼비는 흔들리는 눈빛으로 농악대와 박태하를 번갈아 바라보았고 박태하는 물건을 내리는 곳이 배의 우현에 있어 뱃머리를 돌리기 위함이 아니겠느냐고 애써 차분함을 유지했다. 하지만 배는 좀처럼 방향을 틀지 않고 계속 멀어지고만 있었다. -50미터, -70미터, -100미터……. 어디까지 가려고 그러지? 지금쯤은 방향을 틀어야 하는 거 아닌가 싶은 순간, 째째쨍, 쨍, 쨍! 별안간 꽹과리가 한바탕 울리더니 다른 악기들의 소리가 한꺼번에 뒤따르고 행렬이 무대를 향해 행진을 시작하는 게 아닌가! 아이고 깜짝이야! 음수의 세계로 유유히 흘러가는 배와 양지바른 무대를 향해 당차게 발걸음을 옮기는 행렬 사이에서 엉거주춤 선 두 사람의 눈이 너울대는 홍어 향기 위로 마주친 순간, 우리는 누가 먼저랄 것도 없이 깨달았다. 이거다! 이거였어!

흑산도 홍어 배 입항 퍼포먼스의 진실이란 이랬다. 애초에 '입항하는 배' 따위는 없었던 것이다. 사람들이 모여 있는 무대에서는 이곳 선착장이 보이지 않는다. 사람들이 보러 갈 리도 없다.(라는 주최 측의 계산을 우리가 벗어났다.) 그러니 사람들에게 선착장 쪽으로 이동하는 배를 보여 준 뒤 적당한 시간이 흐른 후 선착장 쪽에서 장독을 짊어지고 오는 행렬을 보여 주면 되는 것이다. 배에서 홍어를 옮겨 담아 오는 것처럼, 그런 셈 치고, 그런 척하고, 그럴싸하게. 우리가 발견한 진실에 쐐기를 박듯 사회자가 외쳤다. "네, 여러분! 흑산도에서 지금 막 도착한 홍어를 담고 장독들이, 장독들이 들어오고 있습니다! 모두 박수로 맞아 주시기 바랍니다!"

정말 대단한 퍼포먼스였다. '퍼포먼스'가 말 그대로 퍼포먼스였다니. 사람의 추정 심리를 이용해서 교묘하게 서술 트릭을 쓰는 애거서 크리스티적이면서, 앵글 조작으로 자유의 여신상을 사라지게 만든 데이비드 코퍼필드적이면서, 보이지 않는 곳에서 벌어지는 일을 괄호로 다 묶어 버리고 보이는 것으로만 현실을 느껴야 완성된다는 점에서 현상학적이기까지 했다. 말하자면 우리는 현상학적 제거의 영역인 '에포케'의 세계에 굳이 들어갔다가 같이 제거되어 버린 것이다. 사회자가 "여러분, 흑산도에서 이제 막 넘어온 홍어입니다!"를 외치자 무대 위에 오른 장정들은 진작부터 장독에 담겨 있었을 큼지막한 홍어를 한 마리씩 꺼내 천연덕스럽게 머리 위로 치켜들어 보였고, 땡볕 아래 지쳐 있던 관객들은 땡볕 아래 홍어가 빛날 때마다 귀빈을 환영하듯 박수를 쳤다.

속이야 어떻든 그럴싸하게 보이면 그만이라는 이 요식의 극치인 K-퍼포먼스에 우리는 눈물이 날 것 같았고, 아까 선착장에서 농악대와 장정들은 대체 여기까지 왜 굳이 쫓아왔는지 이유를 알 수 없는 두 명의 외지인을 보며 얼마나 의아하고 민망했을까를 생각하니 너무 웃겨서 눈물이 날 것 같았고, 다시 자리에 돌아와 먹기 시작한 홍어와 막걸리는 왜 이렇게까지 맛있는지 또 눈물이 날 것 같았다. 무엇보다 속인 사람도 딱히 공들여 속이려고 한 게 아닌데 부득부득 제 발로 찾아가는 공을 들여 속아 넘어간 우리가 어이없어서 자꾸 웃기고 눈물이 났다.

• 성숙한 인간들의 성숙한 경매 문화 •

여기서 잠깐. 홍어의 본고장을 영산포라고 해도 될까? 홍어는 분명 바닷물고기이고, 영산포는 강에 있는 포구이며, 이 퍼포먼스에서 보듯 영산포로 들어오는 홍어들은 흑산도 출신이다. 그렇다면 홍어 축제를 열어야 할 곳은 신안 흑산도나 목포여야 하는 것 아닐까? (실제로 '흑산도홍어축제'도 있다.) 홍어와 영산포의 관계에 대한 여러 설 중 영산포홍어축제 측이 채택한 설은 이렇다. 고려 말 왜구의 잦은 침입으로 조정이 흑산도를 비워 두는 공도(空島) 정책을 실시해 흑산도 주민들을 영산포로 강제 이주시킬 때 주민들이 배에 실은 홍어가 영산포에 오는 동안 삭아 버렸고, 애지중지해 온 홍어를 차마 버리기 아까웠던 누군가가 조금 맛보고는 '어? 맛있잖아?'라는 희대의 깨달음을 얻어 이때부터 홍어를 삭혀 먹기 시작했다는 것이다. 이후 영산포는 홍어 숙성 기술을 본격적으로 발전시켜 명성을 얻었다.

삭은 홍어를 입에 넣어 볼 생각을 최초로 한 사람은 누구였을까? 아무리 아까워도 그렇지, 그냥 이상한 정도가 아니라 콧속을 찌르다 못해 얼얼하게 만드는 것이 독이 있다고 의심을 품어 볼 만한 냄새, 몸속에 생존 본능이라는 게 작동하고 있다면 맡자마자 도망쳐야 마땅할 이 냄새를 무릅쓰고 먹어 볼 생각을 한 용자는 누구지? 다소의 무모함으로 천상의 음식을 물려주신 이름 모를 분께 존경과 감사를 바친다. 우연히 맛본 '삭은' 홍어에서 풍미 깊은 음식으로 발전할 가능성을 발견하고 여기에 인간의 의지를 개입시켜 '삭힌' 홍어로 바꾸어 낸 인간 주체성의 상징! 그것이 바로 홍어인 것이다.

게다가 영산포는 또 얼마나 정직하고 정확한가.(퍼포먼스의 기만에 관해서는 잊기로 해요.) 시치미 뚝 떼고 '홍어의 본고장'이라 주장하지 않고 '숙성 홍어의 본고장 영산포', '600년 전통 숙성 홍어' 등으로 꼬박꼬박 '숙성'을 갖다 붙이는 '성숙'한 모습을 보여 주고 있다. 전국 곳곳에서 홍어를 삭히는 오늘날(심지어 산지인 흑산도에서도 삭힌 홍어를 맛볼 수 있다. 홍어에 조예가 깊은 사람들은 '흑산도 홍어' 하면 여전히 생홍어를 떠올리지만.) 자신들이 내세울 것은 숙성의 기술뿐임을 겸허히 인정하고 있는 것이다. '홍어'라는 단어에서 누구나 '삭힌 홍어'를 먼저 떠올리는 현실이니 그렇게까지 무리해서 남의 이름을 가져오지 않아도 되기 때문일지도 모르겠다. 그러고 보니 홍어 입장에서 보면 '삭은 녀석'에게 자기 이름을 홀라당 빼앗겨 버린 셈이다.

600년의 유구한 역사를 지녔으며 인간 주체성의 상징인 홍어! 그 이름을 내건 이 축제에서는 사흘 동안 홍어를 활용한 각종 대회들이 펼쳐진다. 홍어로 할 수 있는 여러 잔망스러운 것들을 한다는 점에서 여타 음식 축제들과 궤를 같이한다. 이를테면 감자축제에서 '찐감자 껍질 빨리 벗기기 대회', '감자 길게 깎기 대회', '감자 먹기 대회'를 비롯해 하다 하다 '감자 박스 오래 들고 버티기 대회' 같은 것도 하듯이 말이다. 사람들의 호응이 어찌나 열띤지 "나와 주세요!"를 외치는 순간 전국 각지에서 온 사람들이 순식간에 무대로 몰려드는 통에 사회자는 줄을 끊는 데 애를 먹어야 했다. 또 사회자는 "영산포 주민들은 참여를 자제해 주세요! 관광객들께 양보해 주세요!" 외치느라고도 애를 먹어야 했는데, 나름 합리적인 제안일 수 있는 이 멘트에 무대로 달려가던 발걸음을 멈추고 쓸쓸히 뒤돌아선 중년 남성이 "엔장, 주민들이 즐거워야지."라고 중얼거린 것 역시 나름 합리적이었다는 점은 적어 둘 필요가 있겠다.

가장 먼저 열린 건 '홍어 예쁘게 썰기 대회'. 이 대회의 치명적인 문제점은 무대 옆 큰 스크린을 통해서만 무대 위에서 벌어지는 일을 자세히 볼 수 있는 관객들에게 무엇을 보여 주어야 하는지 카메라맨이 전혀 고민하지 않는다는 것이다. 홍어 썰기 대회에서 무엇을 보고 싶은가? 참가자들이 칼질하는 모습? 테이블을 돌며 평가하는 심사 위원의 용모? 사회자의 표정? 픽이나 보고 싶겠다……. 썰린 홍어의 모양을 비춰 줘야 관중도 함께 예쁜지 안 예쁜지 평가도 하고 감탄도 실망도 할 것 아닌가! 하지만 카메라는 그걸 뺀 모든 것을 비추었다. 원태연 시인 같은 보기 드문 감각을 가진 카메라맨이었다.("손으로 홍어를 썰어 봐, 네가 썰 수 있는 한 예쁘게. 그걸 뺀 만큼 널 촬영해.")

'홍어 시식왕 경연 대회'도 있다. 홍어라는 특성에 홀렸는지 '시식'이라는 음미적 뉘앙스의 단어에 홀렸는지, 여러 홍어들을 먹고 오래 삭힌 순서대로 나열한다든가 삭힌 개월 수를 맞힌다든가 하는, 그러니까 "이 홍어는 아르헨티나산이 아닌 칠레산이고 암컷이며 두 달 삭혔네요." 같은 대사를 줄줄 읊는 섬세한 혀의 주인공을 찾는 대회가 아닐까 기대했던 우리는 알고 보니 그저 빨리 먹기 대회라는 사실에 당황했다. 사람들이 주르륵 서서 홍어를 와구와구 씹는 모습은 약간 걱정스럽기도 하고(사회자가 "안전상 위험하니 조심하세요!"라고 중간중간 외치기도 했다. 알면 하지 마……) 기괴하기도 했기에 이 대회야말로 그걸 뺀 모든 것을 보고 싶은 대회라고 할 수 있었다.

홍어를 썰기도 하고 먹기도 했다면 남은 건 뭘까? 홍어로 또 뭘 할 수 있지? 자, 이번에는 '홍어 쌓기 대회'다. '감자 박스 오래 들고 버티기'보다 어떤 면에서 조금 더 놀라운, 홍어 철인 3종의 대미를 장식할 만한 이 대회야말로 섬세함을 요구하는 종목이었다. 추욱 늘어진 거대한 홍어들을 철퍼덕철퍼덕 쌓아 올리는 모습에는 묘한 야성미가 있었고, 미끌미끌한 홍어의 특성상 하나를 쌓다가 떨어뜨리면 그 아래 쌓아진 홍어들까지 줄줄이 미끄러져 한순간 폭삭 망할 수 있다는 점에서 은근히 교훈적이기도 했다. 일단 홍어를 쌓겠다는 발상 자체가 정말 만고에 쓸데없어서 매력적이지 않은가!

쓸데 있는 방식으로 가장 기대했던 프로그램은 '홍어 경매'였다. 수산물 전문가가 아닌 관광객들의 어설프면서도 숨막히는 눈치 싸움이 얼마나 재미있을까! 두근대는 마음으로 기다리고 있자니 처음 나온 물건은 홈쇼핑 채널에서도 흔히 볼 수 있는 조그만 수입산 홍어 팩이었다. 에계……? 아니지? 아니야, 그래, 먼저 저렴한 물건으로 관객 참여를 이끌려고 준비한 걸 거야. 우리가 한번 시작가를 외쳐 볼까? 삼천 원? 사천 원? 내심 마음의 준비를 하고 있는데 홍어 경매인 자격증이 있다던 경매 사회자가 불쑥 외쳤다. "이거 만 원에 가져가실 분?"

에엣? 경매의 시작으로는 너무나 이상한 진행에 주변이 약간 술렁였고 다들 애매한 표정으로 엉거주춤 손을 들었다. "아…… 다섯 팩밖에 없는데 너무 많이들 드시네요.(그럴 걸 몰랐어요?) 그렇다면, 음…… 만 천 원?(장난해요?)" 아무도 손을 내리지 않았다. 도리어 그제야 시스템을 파악하고 손을 든 사람도 있었다.(만 원에는 안 사고 만 천 원이면 사겠다니!) 사회자의 "만 이천 원?" 멘트에는 아주 적은 수의 사람이 손을 내렸다.(비싸서라기보다 시시해서였던 것 같다.) 사회자는 고개를 절레절레 젓더니 "그럼 만 오천 원에 사실 분 계십니까?"로 가격을 확 올렸다. 여전히 서른 명 넘게 손을 들고 있었고, 사회자는 "아, 이게 원가가, 이게, 이 이상을 받을 수는 없는 단가인데⋯⋯."라며 진심으로 당혹스러워하기 시작했고, 그럼 이제 어쩌려고 저러지, 경매가 뭔지 알기는 아는 사람인가, 우리도 슬슬 걱정이 되기 시작하려는 찰나, 큰 결심을 한 듯 외쳤다.

"그냥 만 오천 원 선착순 하겠습니다. 손 드신 분들 선착순 나오세요!"

"헉, 이게 뭐야, 대체!"

이것은 육성으로 터져 나온 박태하의 비명이다. 사람들은 우르르 뛰쳐나갔고, 사회자는 다급히 "손 안 들고 계셨던 분은 나오시면 안 돼요!"라고 덧붙였지만 섞여 든 사람들 무리에서 누가 손을 들고 있었는지 확인해 볼 방법이 있을 리가 없으니 참으로 하나 마나 한 외침이었고, 어설픈 건 관광객이 아닌 수산물 전문가였고, 이 어설픔이야말로 이 경매 방식 그 자체였으며, 우리 앞에서 손 한 번 들지 않고 시큰둥하게 서 있던 아저씨는 빠른 발을 살려 '득템'에 성공하고 의기양양하게 돌아왔다. 엉망진창이다⋯⋯.(이어진 칠레산 홍어 한 마리와 흑산도산 홍어 한 마리의 경매도 같은 방식으로 진행되었다.)

이름 모를 초대 가수의 공연을 틈타 잠시 축제장을 벗어나 동네를 걸었다. 사실 영산포터미널에서 축제장으로 오는 길에 이미 한바탕 진한 을씨년스러움을 느꼈더랬다. 곳곳의 폐가와 폐건물, 페인트칠이 벗겨지다 못해 통째로 뜯겨 나간 것 같은 담장들……. 어느 담에는 청사초롱을 든 홍어 캐릭터가 활짝 웃고 있었지만 청사초롱도 홍어의 미소도 거리를 밝게 비추기에는 역부족이었다.

지방 소도시의 침체야 하루 이틀 일이 아니지만 한때의 풍요를 누린 후 사람들이 빠져나간 탓에 유독 그림자가 크게 느껴지는 곳들이 있다. 처음 와 본 영산포가 그랬다. 일제가 수운을 이용한 곡물 수탈을 위해 일찌감치 등대를 설치할 만큼 번성했던 이곳은 옆 동네인 나주와 합쳐지며 그 하위 행정구역이 되었다. 그러니까 영산포는 '지방의 도심'도 아닌 '지방의 부도심', 이촌향도의 직격탄도 더 빨리 더 세게 맞을 수밖에 없는 곳이었다. 1년에 한 번 열리는 축제 날인데도 동네에서 활기라고는 찾아볼 수 없었고, 범상치 않은 오라를 뿜는 홍엇집들이 늘어선 '600년 전통 홍어의 거리'에도 오가는 발걸음이 없었다.(모두가 축제장에 몰려가서 그런 것 같지는 않았다.)

"명색이 한국 최고의 홍어 거리일 텐데 이래서야 장사가 되나?"

"근데 요즘에는 인터넷이나 전화로 주문해 먹는 경우도 많지 않을까 싶긴 해."

"아, 그럴 수 있겠네. 그나마 좀 안심이 된다."

"근데, 근데 말이야. 홍엇집 사장님들 전부가 억대 소득을 올린다고 쳐. 그게 영산포가 살아나는 데 크게 도움이 될까?"

사실 나주시는 빛가람혁신도시의 유치로 그나마 인구가 늘고 있는 흔치 않은 지방 도시다. 하지만 차를 타고 20분이면 광주광역시에 닿는 그곳 신도시에 유입된 인구들은 나주 구시가지나 영산포와는 거의라고 해도 좋을 정도로 관련이 없다. 이런 상황에서 영산포라는 지역은 자신의 미래를 두고 어떤 그림을 그릴 수 있을까.

따지고 보면 이 축제 자체가 이러한 영산포를 어떻게든 살리고 저떻게든 알리기 위한 발버둥인 셈이다. 전국적 인지도를 갖춘 유일한 특산물인 홍어를 두고 허송세월할 수도 없잖은가. 이런 걸 해 봤자 지역 재생에 극적인 변화가 있을 리 없다는 걸 알지만 이조차 하지 않을 수는 없는 축제. 얼마나 요식이든 어쩔 수 없이, 하지만 그럴싸하게 만들어 내야만 할 축제. 영산포에서 유독 진하게 느껴지긴 했지만 다른 지방자치단체들도 비슷한 딜레마를 갖고 있을 것이다. 그럭저럭 규모 있는 지역 축제 중 2017년 기준 흑자를 낸 축제는 네 개뿐이라고 한다. 그럼에도 지자체들이 축제를 포기할 수 없는 건 불황일수록 그나마 유일하게 노력해 볼 구석은 관광 마케팅뿐이기 때문일 것이다. '뻥축구'조차 제대로 할 수 없는 실력의 축구팀이 그나마 기댈 게 바로 그 '뻥축구'인 것처럼.

어스름 진 축제장으로 돌아오니 무대에서는 나주시민가요제 예선전이 열리고 있었다. 영산포 출신 MC의 능수능란한 사회와 이렇게가 아니면 딱히 영산포에 올 일 없었을 나주 시민들의 열창과 환호 속에서, 이 모두를 배경 음악 삼아 장터에 몰려나와 홍어에 탁주를 즐기는 어르신들의 느긋한 몸짓 속에서, 영산포에 1년에 사흘 주어진 선물 같은 시간의 한 토막이 흘러가고 있었다. 어쩔 도리 없을지라도 그럴싸한 밤이었다. 무디어질 법도 한 코끝에 여전히 홍어 향이 그럴, 싸했다. 영산포, 파이팅이다.

의령의
진짜 유령은

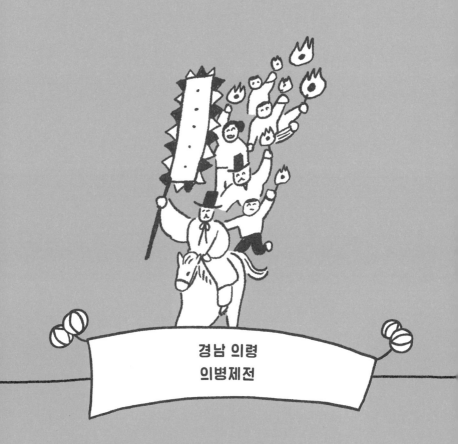

경남 의령
의병제전

· 우리가 의령에 가야 하는 이유 ·

박태하가 의령 '의병제전'에 가자고 했을 때 김혼비는 반대했다. 읽고 싶은 새 책을 놔두고, 이미 수차례 읽었고 딱히 더 읽고 싶지 않은 책을 다시 읽자는 말처럼 들렸다. 지자체가 의병을 주제로 만든 축제도, 그곳에서 느낄 감정도 뻔해 보였다. 의병이 품고 있는 여러 의미와 의병 개개인의 삶의 결을 '애국'이라는 추상적 가치로 뭉뚱그려 내세울 K-민족주의를 정성스레 찾아다니며 볼 필요는 없지 않을까. 하지만 박태하는 바로 그 점이 이 축제에 가야 할 이유라고 김혼비를 설득했다.("K를 찾아다녀야지 피하면 어떡해.")

김혼비의 마음이 흔들린 데에는 다른 이유도 있었다. 주

말에 의령에 갈지도 모른다고 하니 그전에는 "예산? 뭐가 있지? 사과였나? 혹시 백종원 고향?(넌 이걸 대체 왜 알고 있니.)" "영암이면 무화과구나!" "나주는 배겠네? 아니라고? 그럼 곰탕?" 등의 말을 신나게 덧붙이곤 했던 친구들이 할 말을 대번에 찾지 못했던 것이다. 고심 끝에 누군가는 "가야……인가?"라고 물었고(의령도 가야의 일부였긴 하지만 가야의 중심지로는 김해나 고령이 꼽힌다.) 누군가는 "와아, 마늘!"을 외쳤다.(와아, 거긴 의성!) 의령이 아니라 유령 같은 이 희미한 존재감에 슬슬 마음이 쓰이기 시작한 김혼비는 "이런 의령이 뭣 좀 해 보겠다는데 어떻게 안 가……."라는 박태하의 동정표 작전에 결국 두 손을 들었다. 그래, 가자, 가. 의병이든 의령이든, 유령 같은 의령의 유령인 의병이든 보러 가자고!

의령이 여러 고장을 제치고 의병이라는 주제를 선점할 수 있었던 데는 아마도 한국에서 가장 유명한 의병일 곽재우 장군의 고향이자 창의(倡義)의 본거지라는 점이 컸을 것이다. 약간의 이설도 있지만 임진왜란 최초의 의병이었다고 하니 타이틀도 그럴듯하고 말이다. 어떻든 누군가의 희생, 그리고 그에 대한 추모와 감사에 기반을 둔 행사를 마냥 '축하'하기에는 좀 그랬는지 의령군도 '축제' 대신 '제전'이라는 단어를 써서 한발 물러선 듯했다. 또 바로 그 이유로, 거길 가자고 부추겼던 박태하도 마냥 설레지만은 않았다. 우리가 너무 무거운 주제에 맞서려는 건 아닐까? 하지만 K-스피릿에 애국심을 빼놓을 수도 없지 않나? 그렇게 나선 길 위에서도 부담감은 좀체 지워지지 않아서 우리는 의령의 먹거리로 애써 관심을 돌려 보기로 했다.

한데 이 의령의 먹거리들이 꽤나 흥미로웠다. 대표 음식인 망개떡은 망개나무 잎에 싸서 찐 떡으로, 여러 유래 중 임진왜란 때 의병들의 식량이었다는 설이 가장 유명하다. 잎으로 싸매 흙이나 벌레로부터 보호할 수 있는 데다가 잎에 천연 방부제 역할을 하는 성분까지 있어 오랜 기간 산에서 지내며 싸워야 했던 의병들에게 유용했다고. 의령 출신 독립운동가 안희제 선생이 독립군 식량으로 활용했다는 이야기도 있는데 300여 년의 세월을 건너 임란 의병의 손에서 독립군의 손으로 건네진 떡이구나 생각하니 마음이 찡했다.

의령의 또 다른 명물 음식은 소바다. 처음에는 의아했다. 소바? 유명한 소바 맛집이 한두 개 있는 것도 아니고 한 고장의 대표 음식이 소바라고? 의병이 상징인 곳에 일본 음식이? 알 듯 말 듯 한 기분으로 조금 더 찾아보니 흔히 생각하는 일본식 메밀국수와는 다른 음식이었다. 일제강점기에 일본에서 들어온 소바면을 한국식 뜨끈한 육수에 담아 팔기 시작하면서 당시 주 고객층인 일본인들이 이해하기 쉽도록 소바, 소바 하던 게 그대로 굳어졌다고 한다. 한국 육수에 일본 면을 넣어 일본 이름을 달고 한국 땅에서 팔리는 하이브리드 음식인 셈이다. 이렇게 향토 음식들에 일본에 맞서 싸우고(feat. 망개떡) 또 섞여 들었던(feat. 소바) 역사의 다채로운 양태가 밑간처럼 배어 있어 입맛을 확 돋운 덕에 조금 가벼워진 발걸음으로 의령에 도착했다.

그러나 의병제전과의 첫 만남은 호락호락하지 않았다. 어둑한 저녁 무렵, 축제장인 서동생활공원 입구에 발을 들이는 순간 사방에 걸린 등에서 뿜어져 나오는 붉은 빛이 우리를 휘감는 게 마치 '천강홍의장군'(天降紅衣將軍, 하늘이 내려 준 붉은 옷의 장군) 곽재우와 수많은 의병의 넋에 둘러싸이는 느낌이 들었는데, 이런 범상치 않은 기묘한 기미를 느꼈을 때 그날 밤 눈물을 흘리게 될 우리의 운명은 이미 시작되고 있었는지도 모르겠다.

• 흐르고 흘러서 뜻밖의 곳으로 •

당장 급한 일은 퍼레이드를 쫓는 것이었다. 의병탑에서부터 시작되는 '의병 출정 퍼레이드/횃불행진' 시작 시간을 놓쳤기 때문이다. 행진로를 파악해 냉큼 따라잡아야 하는데 자원봉사자에게 물어도 안내 부스에 물어도 "다 돌고 여기로 올 거예요. 여기 축제장에서 기다리면 돼요."라는 말뿐이었다. 항상 이렇다. 대부분의 축제 담당자들은 우리가 던지는 질문의 의도를 몰랐다. 우린 퍼레이드 팀을 보고 싶은 게 아니라 '거리를 행진하는 장면'을 보고 싶은 거라고요!(물론 그들은 이러겠지. 길 가다 우연히 보게 되면 모를까, 그걸 굳이 찾아가서 보려는 사람은 없다고요!)

무턱대고 읍내로 나간 우리는 다행히 멀지 않은 곳에서 한 무리의 농악대와 주민들을 마주쳤다. 여기서 대기하다가 행렬이 지나가면 합류할 모양이었다. 조금 더 걷자 편의점 앞에 학생들 100여 명이 느슨히 열을 맞춰 서 있는 것이 보였다. 붉은 철릭을 맞춰 입고 횃불을 손에 꼭 쥔 채 재잘재잘 담소를 나누는 의령의 고등학생들이었다. "야, 네 불은 왜 이렇게 잘 꺼져?" 같은 한마디에도 와르르 웃으며 서로의 불을 밝혀 주고 있는, 괜히 서로를 툭툭 건드리다가도 어깨를 겯는 그들을 보니 불쑥 마음 한편이 매콤달콤해지는 건 왜인지.(학생들이 뿜어내는 기운은 어쩜 그렇게 분식집 떡볶이 냄새를 닮았을까?) 모퉁이를 꺾어 큰길에 접어들자 주변 점포의 상인들이 인도에 나와 두런거리며 행렬을 기다리고 있었고, 더 거슬러 올라가자 역시 철릭을 입고 횃불을 든 무리가 보였다.

합류 지점이 여러 곳인 것 같은데 이쯤에서 멈출까 고민할 때쯤 저쪽에서 왁자한 소리와 함께 행렬이 모습을 드러냈다. '제47회 의병제전' 팻말을 선두로 태극기, 취타대, 기수들, 병사들에 이어 곽재우 장군, 그리고 17장령이라고 묶여 불리는 부하 장군들이 늠름히 행진했다. '선봉장 배맹신', '도총 박사제' 등 17장령 각각의 이름이 적힌 부대 깃발도 뒤따라 나부꼈다. 1톤 트럭에 실린 대형 북이 연신 둥둥 울었다. 장중한 북소리 앞뒤로 취타에 농악까지 버무려지니 정말 전쟁터에 나가기 직전 마지막 연회라도 되는 듯하여 살짝 애달파지려는 찰나, 나약한 감상에 빠지지 말라는 듯 앰프에서 마이크 소리가 쩌렁쩌렁 울려 퍼졌다. "조선의 의병들이여, 횃불을 들고 승리로 나아가자아아앗!" 그리고 그 뒤로 흐르기 시작했다. 수많은 빨간 사람들의 손에 들린 수많은 횃불들이.

횃불 대열을 이룬 이들은 10대부터 70대까지 다양했다. 외국인도 있었다. 누군가는 진중하게 걸음을 떼었고, 누군가는 경중경중 뛰었다. 누군가는 옆 친구 손을 꼭 잡고 흔들었고, 누군가는 인도를 향해 얼굴 모를 이들에게 손을 흔들었다.(우리도 마주 흔들었다.) 끊임없이 이어지는 대오가 얼마나 긴가 싶어 후미를 향해 거슬러 올라가 보기로 했다. 그리고 끄트머리에 다다랐을 즈음, 우리는 보았다. 모퉁이에서 함성을 내지르며 행렬 끝에 합류하는 한 무리의 사람들을. 또 조금 후에는 편의점 앞에서 합류하는 학생들을, 또 이어서 합류하는 농악대와 주민들을. 그 순간 우리 마음에 일어난 작은 동요를 어떻게 설명하면 좋을지 모르겠다.

이미 수차례 읽은 책 같은 풍경이었다. '이곳저곳에서 의병이 일어났다.'라는 한 문장이면 끝나는 뻔한 이야기. 하지만 '이곳' 안에도 또 '이곳저곳'이 있었다. 읍내를 통째로 무대로 쓰는 이 거대한 연극의 한가운데에서 과거와 현재가 자꾸 겹쳤다. 편의점, 패스트푸드점, 휴대폰 가게, 영어 학원 등이 자리한 읍내가 너무 현실적이고(현실이니까……) 일상적인(일상이니까……) 공간이라서 더 그랬다. 아까 마주친 학생들과 주민들을 행렬 안에서 발견해서 더 그랬다. 자꾸 상상하게 됐다. 동네 친구들끼리 모이면 장난이나 치고 깔깔대며 소소한 일상을 일궈 가던 사람들이 갑작스러운 전란 앞에 의기투합하여 다시는 돌아가지 못할 평범한 날들과 작별하고, 다시는 돌아오지 못할 수 있다는 두려움을 무릅쓰고 "7시에 GS25 앞에서 만나!" "김밥천국 앞에서 윗동네랑 합류하자!" 같은 약속 아래 모여 드는 모습을. 그 안에서 모두가 의병으로서 만나는 모습도.

우리는 의병의 역사를 안다. 『선조수정실록』은 1592년 6월 1일, 의병에 대해 "국가의 명맥이 의병들 덕분에 유지되었다" [國命賴而維持]라고 하면서도 그들이 "크게 성취하지 못했다" [不得大有]라고 기록한다. 임진왜란에서 의병의 역할은 국가의 공식 기록보다 훨씬 크기에 이 두 구절의 사이는 아프고 아리다. 눈앞에서 이렇게 퍼레이드를 보며 떠올리니 더욱 그랬다. 시대적으로 너무 동떨어져 있어서인지 임진왜란 의병들에게는 대한제국·일제강점기 의병에게 느끼는 것에 비해 충분한 감정이입을 하지 못했던 것이 사실이다. 하지만 이렇게 어딘가에서 합류하고 합류해서 행렬을 잇는 퍼레이드의 방식이 당시 의병이 모이는 과정을 눈앞에서 형상화해 주는 바람에 처음으로 그들과 마음이 닿는 느낌이었다. 마음이 닿고 나니 이 골목 저 골목에서 흘러나와 하나의 커다란 줄기가 되고 있는 저 횃불들이 분연히 일어났던, 분연할 수밖에 없었던 마음들로 보였다. 횃불들이 눈가를 뜨겁게 했다.

애국은 적어도 우리와 우리 주변 사람들에게는 '구린' 것이었다. 나라가 애국이라는 이름으로 강요해 온 대부분의 것들이 구렸고, 나라가 애국이라는 이름을 들먹이는 경우 대부분 뒤가 구렸다. 그랬기에 축제에 오기 전 김혼비는 마뜩잖았고 박태하는 다소 심술궂었다. 미안했다. 의병 개개인의 삶의 결을 추상적 가치로서의 '애국'으로 뭉뚱그려 버리는 게 K-민족주의라면 그에 대한 반발심으로 그 어떤 진심들마저 '구림'으로 뭉뚱그려 버린 게 우리가 한 일이었다. 애국이니 민족주의니 하는 것도 어디 따로 뚝 떨어져 존재하는 가치가 아니라 결국 우리와 비슷한 한 사람 한 사람이 자기 주변의 소중한 것들을 지키기 위해 나선 싸움과 마음의 합이라는 걸 느낄 때

평소 '쿨함'으로 덮어 둔 마음 한쪽이 열려 버린다. 이 분분하고 분연한 마음들을 어떻게 쿨하게만 넘길 수 있을까.

우리가 의병 퍼레이드를 보다가 눈물을 흘렸다는 이야기를 나중에 전해 들은 친구들은 눈물을 흘리며 웃었지만, 반대 입장이었으면 우리 역시 그랬겠지만, 다시 한번 말하고 싶다. 막상 보면 다르다니까? 달라! 열두 곳의 축제에서 여러 거리 행진을 봤지만, 이곳의 '의병 출정 퍼레이드'가 단연 최고였다. 이건 앞으로도 쉽게 바뀔 것 같지 않다.

· 넘치는 홍(紅)과 억눌린 흥 ·

읍내를 휘저으며 대오를 모은 행렬은 축제장에 입성해 주 무대로 향했다. 뒤를 쫓으며 그제야 제대로 둘러본 축제장은 홍의장군의 뜻을 받들다 못해 '홍의' 그 자체였다. 허공에는 속에 등불을 하나씩 품은 빨간 반팔 티셔츠들이 무서운 기세로 주르륵 걸려 있었거니와(도착했을 때 우리를 둘러싼 붉은 빛도 빠알간 샤쓰 입은 말 없는 저 등불들이 천을 투과하며 만들어 낸 것이었다.) 입구에서는 '홍의 드레스 코드'라는 명목으로 입장객들에게 붉은 철릭을 하나씩 나누어 주었고, 모두가 그걸 기꺼이 입었다. 홍의 인간과 홍의 등불로 가득 찬 세상, 그야말로 'be the reds'.

무대가 행렬을 맞으며 공식 개막식이 시작되었다. 가장 좋았던 건 항상 '곽재우와 17장령'으로 묶여 불리는 '17장령.zip' 파일의 압축을 풀어내는 부분이었다. 이름은 물론이고 고향과 직위와 공훈까지 곁들여진 친절하고 긴 설명과 함께 17장령으로 분한 청년들이 한 명씩 무대 위에 올랐고, 덕분에 그분들의 이름을 한 번씩 되뇌어 볼 수 있었다. 그것은 조금이라도 귀찮거나 지루할 수 있는 것들은 과감히 줄여 버리는(단, 내빈 소개 및 인사 말씀은 절대 줄이지 않는) 한국 축제의 의미-대충-처리적이고 간주-점프적인 행태에 반기를 든 용기 있는 결정이었다.

뿐만 아니었다. 열여덟 장군의 퍼포먼스가 끝난 뒤 대형 스크린을 통해 "곽재우 장군 후손이신 곽건영 님", "윤탁 장군 후손이신 윤한덕 님" 등 내빈으로 참석한 열여덟 후손의 이름이 모두 소개되었다. 400년 전에 한뜻으로 모였던 조상들의, 이제는 사는 곳도 하는 일도 모두 다를 열여덟 후손이 매년 이렇게 잊히지 않고 한자리에 초청되어 모인다는 게 또 좋았다. 물론 그분들이 의병의 후손으로 누리는 실익이 있을지에 대해서는 어쩔 수 없이 회의적이지만.(애국을 그토록 내세우면서도 실제 애국을 한 사람들에게 예를 다하지는 않는, 친일파의 후손이 대체로 더 부귀영화를 누리고 사는 이 현실이 우리가 '나라가

들이미는 애국'을 싫어하는 이유 중 하나다.)

개막식은 이렇게 사려 깊게 역사를 기리는 방식을 고수하며 시종 진지한 분위기로 진행되었다. 후손 대표가 곽재우 장군의 자명소를 낭독했고, 비장한 음악에 맞춰 검술, 북춤, 무예 등 퍼포먼스가 이어졌으며, 공들인 영상물이 중간중간 분위기를 돋웠다. 멋있었다. 멋있었고, 멋있었는데…… 끝이…… 없었다. 명색이 의병제전 개막식인데 이 정도 '의(義)'는 지켜야 한다는 듯, 아니어도 별수 없지 않느냐는 듯 꾹 참고 무대를 응시하던 장노년 관객들도 한 시간이 넘어가니 지쳐 가는 기색이 완연했다. 한국 축제의 행태에 반기를 든 결정을 지지했던 우리였지만 이쯤 되니 반기에 맞서 백기를 흔들어야 할 때가 온 것 같았다.

개막식 중에 웃음이 터진 건 막간에 객석의 한 아저씨가 "우리 으령 사람들 특징이 고향 이름을 제대로 발음하지를 몬해. 니 함 해 봐, 으령."이라고 농을 걸자 일행뿐 아니라 앞뒤좌우 10미터 반경의 관객들이 모두 열심히 으령, 이령, 으이령, 으령, '나 으르렁으르렁으르렁 대'다가 누군가가 "아니, 다들 으령이라고 하면 으령이 맞는 발음이지, 뭐시 맞는 발음이래요!"라고 외쳤을 때 정도뿐이었다. 나머지 시간은 무대를 응시하는 관객들의 거친 호흡과 불안한 눈빛과 그걸 지켜보는 우리, 그건 아마도 임진왜란 같은 사랑으로 채워졌다. 비로소 시작된 불꽃놀이와 축하 공연마저 관객들의 흥을 크게 돋우지는 못했다.(어느 순간부터 우리는 관계자도 아니면서 초조하게 관객들 반응을 살폈다. 누가 웃는지 안 웃는지로 이렇게 마음 졸이는 건 그 옛날 「전유성을 웃겨라」 시청 이후 처음이다.)

다행히 이 모든 엄숙과 피로를 한 방에 날려 버린 사람이 있었으니, 네…… 정말 가수 김연자 님 아니었으면 이 분위기 어쩔 뻔했을까요. 그가 등장하자 일순간 환해지는 모두의 얼굴. 니체는 자신의 철학 '아모르 파티'가 한국인들의 흥에 얼마나 큰 기여를 하는지 알까. 「아모르 파티」를 들을 때마다 '코기토 에르고 숨' 같은 제목의 트로트를 연상하며 흥이 폭발하는 우리도 불타는 금요일 밤 레드벨벳 대신 레드철릭과 함께 그의 손짓 하나하나에 열광하며 파티를 즐겼다. 이게 다 주어진 운명에 순응하지도 그것을 거부하지도 않고 개척해 나갔던 우리의 '아모르 파티' 의병 선조들 덕분이다. 그 추억들, 눈이 부시면서도 슬펐던 행복이여어.

· 유령 같은 의령의 유령은 누구인가 ·

의령군이 이 축제에 쏟는 공력은 자잘한 체험 부스들이 아니라 부대 행사의 존재에서 잘 드러난다. 역시 의병만으로는 흥을 내기가 힘들어선지(개막식만 봐도……) 한 사람 한 사람이 모여 의병을 이루는 의병 정신을 상기하기 위해선지 의령군이 열 수 있는 어지간한 행사들을 의병제전 아래 총집결, 대통합시켰기 때문이다. 축제 속 축제로 '토요애수박축제'가 열렸고, 축제라면 빠질 수 없는 노래자랑은 의령 출신 작곡가의 이름을 따 '이호섭가요제'로 열렸으며, '전국남녀궁도대회', '의병마라톤대회', '의령소싸움대회' 등이 이곳저곳에서 개별적으로 열리고 있었다. 의병제전이 아니라 전국체전에 온 것만 같은 시간표를 죽 둘러보다가 우리는 '제8회 홍의장군배 전국 무에타이 킥복싱 대회'를 골라 대회장으로 발걸음을 옮겼다.

축제장의 일부라고는 믿기 힘들 만큼 한산한 전통농경문화테마파크 한쪽에서 선수들이 나무 그늘 아래 천막 하나 없이 짐도 풀고 몸도 풀고 있었고, 멋짐이 폭발해야 할 사각의 링 위에는 인삼밭에나 씌우는 검은 차광막이 둘러쳐져 햇빛을 가리고 있었다. 삼면을 둘러싼 잿빛 플라스틱 의자에 뜨문뜨문 서른 명 정도가 앉아 있었고, 핫팬츠와 성조기가 그려진 비키니를 입은 라운드걸들이 모델 같은 워킹으로 경품 당첨자들에게 다가가 파프리카를 나눠 주고 있었다. 눈길 닿는 어느 하나 심란하지 않은 곳이 없었다. 있을 법했지만 어색하고, 어색할 법했지만 그러려니 하게 되는 어떤 비현실. 이럴 거 같왔고 그래서 왔지만 또 이렇게까지 이럴 줄은 몰랐던 광경.

게다가 이 대회의 메인 협찬사는 어느 절(!)이었고, 대회 조직위원장은 무려 주지 스님(!)이었다. 이 대회가 호국 불교의 흔적인지 주지 스님의 거나한 취미생활인지 알 길 없는 와중에 안내 책자에 실린 주지 스님의 환영사도 사뭇 인상적이었다. "무에타이 킥복싱의 엄격한 규칙과 룰(같은 말 아냐?)은 서로를 존중하는 정신 수양과 통해(비문이잖아!) 건강한 정신과 몸을 단련하여 부모에게 효도하고 나라를 위해 목숨을 바친 의병들의 숭고한 정신과도 상통한다고 봅니다."

이런 총체적 심란 속에서 맞이한 생애 첫 격투기 직관은 엄청난 경험이었다. 코앞에서 작렬하는 펀치와 킥은 심장을 두드려 대는 것 같았고, 그걸 버텨 내면서도 끊임없이 상대의 빈틈을 엿보는 눈빛은 가슴을 서늘하게 했다. 오직 자신의 몸만을 무기 삼아 모든 걸 부딪쳐 내는 모습에는 일정 농도 이상의 숭고미가 있다. 그 행위가 인삼밭 차광막 아래, 쌓여 있는 파프리카 박스 옆, 서른 명도 안 되는 관객들 앞에서 이루어진다 한들. 아니, 오히려 바로 그 점 때문에 숭고의 농도는 쓸데없이 과하게 치솟았고, 심란함이 증폭시킨 숙연함에는 답도 없어서 우리는 좀처럼 대회장을 떠나지 못했다.

예정에 없이 네 경기나 보고서 읍내로 돌아왔다. 망개떡 집 앞에서 차례를 기다리는데 유통기한이 하루라는 안내문이 눈에 띄었다. 뭐? 망개잎으로 싸서 쉽게 상하지 않는 게 망개떡의 정체성 아니야? 우리는 저 개떡 같은 말에(진짜로 개떡의 유통기한이 하루라서 하는 말이다.) 당황한 나머지 없던 주변머리마저 돋아나서 떡집 사장님께 여쭈어 봤다. 그렇게 알게 된 진실은 원래 망개떡에는 아무 첨가물이 들어가지 않았는데 사람들 입맛에 맞춰 팥고물을 넣기 시작하면서 유통기한이 짧아졌다는 것이었다. 애초의 의미는 없어지고 그저 망개잎 향만 가미된 떡이 되다니 아쉬웠지만 이 또한 '먹고살기'를 넘어 '취향'까지 생각할 수 있게 된 한국의 어떤 역사의 일부 아니겠느냐고 마음을 다독였다. 의병들께서 우리에게 선물한.

망개떡을 산 뒤 별렀던 의령 소바와 메밀만두로 늦은 점심을 들고 있는데(마음에 쏙 드는 맛이어서 예정에 없던 소주를 추가했다.) 옆 테이블 삼대 8인 가족의 대화 중 신경 쓰이는 단어가 자꾸 나왔다. 도자기 투어? 무작위 투어? 뭐야? 무슨 말이지? 그러고 보니 축제장 어딘가에서도 비슷한 말을 들은 거 같은데. 호기심에 이것저것 검색창에 넣어 봤다가 우리는 할 말을 잃었다.

'부자 기(氣) 받기 투어.' 줄여서 '부자 기 투어'라고도 부르는 그것. 이 노골적이고 못생긴 작명을 보는 순간 미학적으로 내상을 입었지만 이 투어의 내용을 살펴봤을 때만큼은 아니었다. 의령에는 삼성그룹 이병철 회장의 생가가 있다.(이 생가가 위치한 마을 이름은 '부자마을'이다.) 2007년 이 회장의 생가가 대중에게 개방된 이후 새해마다 '부자의 기'를 받기 위해 방문객들이 몰려들었고, 의령군은 2015년에 인근의 LG 구인회 회장 생가(진주)와 효성 조홍제 회장 생가(함안)를 묶어 아예 투어 코스를 만들었다. 반응이 좋자 코레일이나 여행사와 손잡고 군내 다른 관광지들을 묶은 '부자 기 투어' 상품을 적극 개발해서 밀고 있다. 부산의 고등학생들을 대상으로 실시한 '부자 기 받기 기차여행'에 참가한 학생들은 생가 방명록에 "부자 되게 해 주세요."부터 "5년 후 삼성 입사하게 해 주세요."에 이르는 바람들을 빼곡하게 쌓아 두었다.

축제에 오기 전까지만 해도 이곳에서 만날 K는 애국심이나 민족주의 같은 것들일 줄만 알았다. 하지만 실제로 만난 의병제전은 오히려 어떤 면에서 K를 넘어서는, 구시대적으로 보일 수도 있지만 쉽게 포기하지 않는 어떤 '디그니티'를 품고 있었다. 그런데 이렇게 의외의 곳에서 결국 K를 만난다. 재벌들의 생가를 돌면서 부자들의 기를 받는 투어라니. K-자본주의와 K-샤머니즘의 이 단단한 결합. 이걸 이길 K를 우리가 다른 축제에서 찾을 수 있을까? 인구 3만 명이 안 되는 작은 도시 의령이 찾은 진짜 살길은 의병이 아닌 재벌이었다. 자본은 악, 의(義)는 선, 이런 말을 하려는 건 아니다. 세계의 구분선이란 건 그리 쉽게 그어지는 게 아니니까. 하지만 "하나의 유령이 의령을 떠돌고 있다."라는 문장을 쓴다면 의병들은 이어질 문장의 주인공이 될 수 있을까?

서울로 돌아오기 전, 의병들께 어쩐지 인사를 하고 싶어졌다. 의병탑 앞에 들러 잠시 참배를 했다. 국가주의의 색채로부터 자유롭지 못한 상징물 앞에서는 실로 오랜만에.

이런 나를 좀 보라고

경남 밀양
밀양아리랑대축제

드디어 나왔다. 아, 리, 랑! 한민족의 정서를 농밀하게 담고 있어 애국가보다도 더 한국을 대표하는 노래이자 한국을 상징하는 대표적인 고유명사가 된 지 오래인 아리랑.(1970년대부터 지금까지 전 세계 한인타운의 한국 식당 이름을 모아 봤을 때 '아리랑'이라는 상호가 압도적으로 많은 데에는 다 이유가 있다.) 아리랑이 주제인 축제에 가기 앞서 우리 마음속에 아리아리 아리까리 섞여 있는 아리랑들을 한번 정리해 보기로 했다.

가장 유명한 곡은 떠난 상대가 고작 4킬로미터도 못 가서 발에 병이나 나길 바라는 다소 순하고 무력한 저주로 맺음하는(그래서 더 슬픈) "아리랑 아리랑 아라리요 아리랑 고개로 넘어간다."일 것이다. 하지만 이 노래는 100년도 채 되지 않은 '창작' 아리랑이다. 1926년에 영화 「아리랑」을 만든 나운규가 영화 배경음악으로 쓰기 위해 어릴 적 들었던 노동요 선율에 가사를 붙인, 말하자면 당시의 대중음악인데, 이게 수백 년 된 전통 민요처럼 오해받고 있는 것이다.(그렇다고 소중하지 않다는 건 아니다. 오히려 대단하다고 생각한다.) 이 노래의 후렴부를 노래방 리모컨의 댄스 리믹스 버튼을 눌러 변환시킨 듯한 "아리아리 스리스리 아라리요 아리아리 고개로 넘어간다."는 「강원도 아리랑」이고, 중간에 응응으응 콧소리가 간드러지는 "아리아리랑 스리스리랑 아라리가 났네 아리랑 응응응 아라리가 났네."는 「진도 아리랑」이다. 반면 「정선 아리랑」은 모든 아리랑의 시조로서 고전의 반열에 올라 있는데, 그냥 고전이 아니라 '컬트적 고전'에 이르는 바람에 아는 사람도 거의 없고 모두가 알 만한 후렴도 적을 수가 없다…….

그리고 오늘의 주인공 「밀양 아리랑」이 있다. "아리~"라고 자신의 정체성을 스리슬쩍 내밀면서도 은은하게 시작하는 다른 아리랑과는 달리 "날 좀 보소오 날 좀 보소오 날 조오옴 보오오소오오!"라며 단도직입적으로 치고 들어오는 게 '관종' 아리랑 아니냐고 놀리고도 싶지만, 그 화끈한 읍소를 계속 듣다 보면 마음 한구석이 애절해지며 '그래, 볼게, 본다고, 진정해, 본다니까?' 두 손 들게 되는 맛이 있는 아리랑이다. 그래서 보러 왔다, '밀양아리랑대축제'.

하지만 중대한 난점이 있었다. 널 보러 오긴 했는데 정확히 너의 무엇을 봐야 하는지 모르겠어! 프로그램은 풍부했다. 문제는 그 프로그램들이 총체적으로 지향하는 바가 무엇인지를 좀체 파악할 수 없다는 것이었다. 올해 축제에 붙인 제목만 봐도 "백 년의 함성, 아리랑의 감동으로!"인데 약간 '어쩌라고'의 느낌이 든다. 우리가 방문했던 2019년이 3·1운동, 임시정부 수립, 의열단 창단 '100주년'이라는 걸 감안하고 봐도 말이다. 홈페이지와 리플릿에 빼곡하게 적힌 설명들도 마찬가지였다. 참으로 열심히 설명하고 있는데 텅 빈 것 같았다. 이렇게 '구체적으로 추상적인' 게 가능하다니…….

물론 밀양 출신 위인들을 내건 공식적인 '축제 3대 정신'이 어엿이 있다. ① 임진왜란에서 나라를 구한 사명대사의 충의(忠義) 정신, ② 조선 시대 성리학의 태두인 점필재 김종직 선생의 지덕(智德) 정신, ③ 죽음으로써 순결의 화신이 된 윤동옥 아랑 낭자의 정순(貞純) 정신이다.(적으면서도 무척 괴로운 ③에 관해서는 뒤에 다시 이야기하겠다.) 구국과 학문과 정조요, 불교와 유교와 샤머니즘이다. 이번엔 '어쩌라고'가 아니라 '어쩌려고' 하는 생각이 든다. 어쩔지야 두고 보면 알게 되겠지만, 정작 문제는 '밀양'과는 관련이 있어도 '아리랑'과는 딱히 관련이 없는 사명대사와 김종직과 윤동옥을 축제의 3대 정신으로 내세우면서 '아리랑이란 무엇인가' '그중에서도 왜 밀양 아리랑인가'라는 본질적인 질문은 슬그머니 외면하고 있다는 것이다. 그렇게 '그럴싸해 보이는 것들'을 모아 놓기만 하고 제대로 꿰어 두질 못했으니 세부 설명이 장황하고 구차해질 수밖에.

5월의 초록이 넘실대는 강변 축제장에 도착하니 이곳에서 어떤 '아라리 난장(亂場)'이 펼쳐질지 가슴이 두근거렸다. 주 무대 옆 너른 잔디밭을 내려다보게끔 설치된 계단식 관람석 구조가 독특했는데, 여기에 앉으면 탁 트인 하늘과 넉넉하게 흐르는 밀양강과 강 건너 낮은 절벽 위의 영남루가 한눈에 보이는 게 무척 아름다워서 가만히 앉은 채로 몇 시간은 보낼 수 있을 것 같았다. 하지만 축제는 자신의 사명에 맞게 우리도, 이 풍경도 가만히 놔두지 않았다. 우리가 이내 맞이할 축제의 하이라이트가 바로 이 풍경 전체를 무대로 펼쳐졌기 때문이다.

· K-스펙터클의 서막 ·

관람석이 사람들로 빽빽이 들어찰 즈음, 시가지를 돌고 온 퍼레이드 행렬이 행사장에 당도하며 '서막식'이 시작되었다. 다른 축제와 달리 '개막식'이 아니라 좀 더 거창하고 비장해 보이는 '서막식'이라는 단어를 선택한 것이 이후 우리가 보게 될 모든 것의 서막이었을까? 밀양시장이 퍼레이드와 함께 도착한 성화를 건네받았다. 올림픽도 전국체전도 아닌데 성화까지 준비하다니 이게 웬 성화인지 모르겠다는 점은 제쳐 두고라도 이 성화 자체가 보통내기가 아니다. 무려(앞으로 이 부사를 자주 쓰게 될 것 같다…….) 사명대사의 표충서원, 김종직의 예림서원, 윤동옥의 아랑사당에서 각각 채화된 '충의 불씨'와 '지덕 불씨'와 '정순 불씨', 이 세 개의 불씨가 무려 '단군 성조를 모신' 천진궁에서 합쳐져 무려 '3대 정신이 깃든 불꽃'이 된 것을, 또 무려 '전년도 아랑 규수'가 오픈카를 타고 실어 와서 전해 주는 대단한 성화다. 시장이 성화대에 불을 붙이자 이 의미 과잉의 불꽃이 이글이글 타오르며 엄숙하게 서막식이 열렸다.

「정선 아리랑」 초청 공연(그 귀한 컬트적 고전을 이렇게 듣다니 감격스러웠다.)과 의열단을 소재로 한 창작 뮤지컬 「멋진 친구들」(단장 김원봉을 비롯해 의열단 창단 멤버 네 명이 밀양 출신이다.)이 이어진 후 모두가 기다려 왔고, 밀양아리랑대축제의 모든 역량을 그러모은 축제의 하이라이트 '밀양강 오딧세이'의 막이 올랐다. 무려 '실경(實景) 멀티미디어 퍼포먼스'라는 수식어를 달고 사회자 멘트 없이 이어지는 한 시간 반짜리 스펙터클 쇼다. 하지만 밀양의 '의미 과잉'에 아직 적응하지 못한 박태하는 대체 왜 '오딧세이'냐며, 누가 왜 귀향하는 거냐며, 차라리 밀양 박씨인 내가 귀향을 하겠다며 툴툴댔고, 김혼비는 적당히 스케일 큰 모험담에 있어 보이는 말 갖다 붙인 거 뻔히 알면서 그냥 좀 넘어가라고 박태하를 타박했으나 장중한 음악과 함께 깔리는 오프닝 내레이션을 들으면서는 그 또한 입술을 깨물지 않을 도리가 없었다.

(……) 이 강을 물들였던 수많은 영웅들의 뜨거운 눈물은 흘러가는 이 강물 어디쯤에 있을까. 산 자와 죽은 자가 희망으로 만나고 용서와 위로가 사랑으로 넘치는 곳, 이 얼마나 아름다운 희망의 땅인가. 오늘 밤 우리는 영원히 끝나지 않을 밀양강 이야기에 한없이 빠져 봅니다.

아니 이게 대체 무슨 소리야! 저 멀리 파란 레이저를 받아 빛나는 영남루를 배경으로 빛깔이 시시각각 달라지는 배 한 척이 호젓이 강을 지나가는 장면에 넋 놓고 있는 바람에 깜빡 속을 뻔했다만, 잘 뜯어보면 그저 희망, 용서, 위로, 사랑처럼 '있어 보이는' 말들을 때려 넣었을 뿐인 실로 '정성스러운 아무 말' 아닌가! 산 자와 죽은 자가 희망으로 만나는 게 뭔데? 용서와 위로가 사랑으로 넘친다니 이게 대체 무슨 말인가. 지금 생각해 보면 이 쇼 전체의 성격을 예고하는 참으로 의미심장한 내레이션이었다.

'하얀 나비의 춤' 코너가 시작되었다. 스피커에서 '아랑설화'가 흘러나왔고, "억울했던 아랑의 원혼은 하얀 나비의 전설로 되살아나"라는 대목에서 레이저로 만든 하얀 나비가 넘실넘실 밤하늘로 날아올랐다가 어느 순간 암흑 속으로 빨려들듯 사라지는가 싶더니, 저 멀리 허공에 쬐그맣고 하얀 것이 나타났는데, 엇? 저건!? 나비다! 아냐, 나비인 척하는 사람이야! 레이저 말고 진짜 사람! 저 먼 허공에서 하얀 옷을 입은 무용수가 무려 타워크레인에 매달린 채로 춤을, 나비춤을 추고 있었다. 세상에. 새까만 하늘에서 긴 소매를 나부끼며 날갯짓을 하는 무용수는 멋지다기보다 그로테스크해서 우리는 잠시 압도되었지만, 굳이 이렇게까지 할 필요가 있었니……이렇게까지 높을 필요가 있었니……. 거금을 들였을 크레인으로 스케일을 압도하(려)는 건 좋았는데 쇼가 너무 크레인에 흥분해 있었다. '밀양 중장비 박람회'도 아니고, 춤을 잘 보여주기보단 크레인의 성능을 과시하는 데 집착하는 듯한 높이였다. 김혼비는 "안 보이잖아. 나비가 아니라 누에가 꼬물거리는 거 같아."라며 안타까워했고(이렇게 돈과 정성을 들여 나비를 누에로 만들다니.) 박태하는 "사람들에게 중요한 건 춤이 아니야, 높이지!"라며 내심 감탄했다.(밀양, 보통내기가 아니군.)

줄줄이 이어지는 무대들. 풀밭에서는 말들이 달렸고,(레이저 말고 진짜 말!) 강 한가운데에 띄워 놓은 소무대에서는 병사들이 군무를 펼쳤으며, 턱시도를 입은 남성 합창단이 나와 「밀양 아리랑」을 불렀고, 내레이터가 불쑥 "퇴계 이황과 함께 조선 최고의 문장가로 꼽히는" 밀양 출신 변계량을 소개한 후 시를 읊더니, 선비로 분한 어린아이들이 우르르 나와 '한량무'를 추고 퇴장했다.(학문의 달인 변계량 이야기를 하다 대체 왜 학문은 뒷전이고 주색에 빠져 노는 한량을 소재로 한 춤을 추는 것인가. 그것도 어린애들이. 변계량을 멕이는 건가.) 자잘한 코너들은 적지도 않은 것인데, 정말 '이렇게까지 다 넣을 필요가 있나' 싶을 정도로 중구난방인 것들이 정색하고 이어지며 혼을 쏙 빼놓았다.(그런데 아직 반도 안 왔다.)

　　사이렌이 울리고 빨간 레이저가 사방을 핏빛으로 물들이자 잔디밭은 만주 벌판이 되었고 독립군과 일본군 사이에 전투가 벌어졌다. 총성 또 총성, 그리고 총성들. 독립군이 모두 쓰러지자 조명이 어두워지고 무대 한쪽의 스크린에서 다큐멘터리 필름이 상영되기 시작했다. 밀양 출신 독립운동가 윤세주 열사의 발자취를 따라 허베이까지 가서 찍은 자체 제작 다큐멘터리였다. 공영방송사도 아니고 '뭘 또 이렇게까지' 하는 생각이 스쳐 갔지만, 이역만리 무덤 앞에 선 BJ가 '밀양 시민의 마음을 담은 헌화'를 하는 걸 보니 그리 알려지지 않은 독립운동가를 '이렇게라도' 기려 주는 것이 마음을 크게 울렸다.(순간 잔디 무대에서 병사의 가족들이 나와 쓰러진 병사들을 붙들고 오열하는 통에 울림이 더 커져 버렸다.) 그렇게 살짝 눈시울이 뜨끈해질 무렵, 다큐멘터리가 끝나고 무대 위에 쓰러져 있던 병사들이 몸을 일으켜 가족들과 함께 「밀양 아리랑」을 변주한 노래를 합창하기 시작했다. 이름 없이 죽어 간 사람들이 입을 모아 부르는 "날 좀 봐요, 날 좀 보소."는 어찌나 아리던지, 우리는 (의병제전에 이어 또) 속절없이 숙연해졌다.

• 진정한 K-쇼? 진정해야 할 K-쇼? •

여운에 젖은 시간도 잠시. 밀양은 아직 우리에게 보여 주고 싶은 것이 많았다. 쇼는 임진왜란을 향해 거침없이 내달렸다. 축제 3대 정신에 속하신 사명대사의 등장이야 예상 범위에 있었는데 이어진 내레이션은 그 범위를 훌쩍, 아주 훌쩍 벗어났다. "오늘 밤 우리는 동병상련의 심정으로 조국의 자유와 독립을 간절히 염원하는 히브리 노예들의 노래와 함께 또 다른 역사의 기록을 기억하고자 합니다." 뭐라고? 히브리 노예? 갑자기? 이어서 주세페 베르디의 오페라곡 「히브리 노예들의 합창」이 흘러나오며 민초들이 부교를 통해 강을 건너왔고,(히브리가 아니라 조선의 민초들 복장이었다.) 사명대사의 품에 안겼고,

그 뒤의 밀양교에서는 불꽃이 아래로 떨어져 흐르는 일명 '나이아가라 퍼포먼스'가 펼쳐지더니만, 갑자기 삼삼오오 강강술래는 왜 해요……. 동서양을 초월한 연대 의식, 뭐 좋은데, 불꽃 낙화, 진심으로 장관이었는데, 사명대사와 베르디와 히브리와 나이아가라와 강강술래까지 한 화면에서 만나는 이 근본 없는, 혹은 너무 많은 혼종을 어떻게 받아들여야 할지……. 그렇게 고개를 절레절레 젓고 있는데 또! 대뜸! "그런가 하면 바다에서는!"이라는 단호한 내레이션과 함께 설마, 진짜 설마 했는데 이순신이 등장하는 건 아, 좀 심하잖아요.

밀양에서 이순신까지 테마로 끼워 넣을 필요가 있을까 하는 마음과 히브리 노예까지 나온 마당에 '왜 안 돼?' 하는 마음이 섞인 채 『난중일기』 낭독을 듣고 있자니 약간 심리적 그로기 상태가 되어 버렸는데, (수중전을 암시하듯) 바닷빛 레이저 불빛이 (수전증을 암시하듯) 어지러이 마구 흔들리며 사방을 비춰 대는 와중에 오른편 하늘에 홀연히 나타난 것이 있었으니 무려…… 거북선 모양의 비행선이었다. 풍선 비행선에 채색되다 보니 위엄 있다기보다 약간 경박해 보이는 거북선이 시치미를 뚝 떼고 까만 밤하늘을 비틀비틀 나는 장면에 그래, 우리가 졌다, 패배를 선언하려는 순간, 아직 그러기엔 이르지 않느냐는 듯 거북선 입에서 어설프게 폭죽까지 뿜어져 나오는 바람에 우리도 결국 뿜어 버렸다.

그때부터는 될 대로 되라는 심정의 우리와 갈 데까지 가 보자는 축제의 한마음 큰 잔치였다. 1000여 명의 시민 배우들이(변계량도 독립군도 사명대사도 이순신도 국적 불명 민초도 모두 모두!) 잔디 무대에 쏟아져 나와 다 함께 「아! 대한민국」을 불렀고, 댄스 리믹스 버전 「밀양 아리랑」이 이어지며 단체 춤판이 벌어진 위로, 장엄한 엔딩을 향해 지금껏 등장했던 모든 종류의 불꽃과 레이저가 총동원되어 하늘엔 커다란 불꽃이 펑펑, 사방에 폭죽이 팡팡, 이 거대한 'Club Miryang'에 걸맞은 오색찬란 레이저쇼가 현란하게 펼쳐지고, 아악! 저기! 또 나왔어! 나비 사람! 아악! 쟤도 나왔어! 거북선! 불 또 뿜어! 아주 있는 대로 다 쏟아붓는구나, 신나서인지 어이없어서인지 모를 폭소도 팡팡, 모든 것이 다 터져 버리며 대단원의 막이 내렸다.

도대체 우리가 뭘 본 건지 혼란스러운 가운데 또렷하게 떠오른 느낌, 완전 '미니 평창'이네! 평창올림픽 개회식 때 우리의 트위터 타임라인은 수많은 폭소와 '대체 무슨 의미야?' '여기서 저게 왜 나와?' '저건 대체 뭐야?'로 줄줄이 이어지는 의문들로 난리가 났었다. '강원도의 다섯 아이'(심지어 당연하다는 듯 고향을 버리고 도시로 나가서 사는 설정이다.)와 고분벽화 속 여인들과 백호와 웅녀와 메밀밭과 촛불과 도깨비 비보이와 사랑스러운 인면조와……. 핵심 메시지는 뭔지 모르겠고 ('평화'였다고 한다…….) 세부 내용은 '그럴싸해 보이는 것들'을 총동원한 후 개별 캐릭터의 개성으로 때우고, 그 와중에 홀로 그램, LED, 드론 같은 IT 기술로 때깔만큼은 기가 막히게 잘 뽑는, 박태하가 요약한 '무맥락—탈미학—테크니컬—키치'라는 한국의 독보적 정체성이 만개한 흥미진진한 개막식이었다. 중요한 건 이 모든 것들의 결합을 통해 '미친 흥이 절로 나는' 상태에 기어이 다다르고야 마는 것이었다. "이쯤 되면 인정!"을 외치지 않을 수 없을 정도로, 그리고 어처구니없이 살짝 뿌듯해지기까지 할 정도로.

그런 점에서 애초에 '아리랑이란 무엇인가.' '왜 밀양 아리랑인가.' 같은 질문을 놓지 못한 우리가 고지식하고 순진했다. 축제란, 아니 K-쇼란 본디 그런 본질적인 질문 대신 '우리가 왜 짱인가'를 증명하기 위해 관련될 수 있는 모든 것을(관련 없을 것 같으면 '관련'의 의미를 무한 확장해서라도) 때려 넣어 보여 주면 되는 것이었다. 부재한 철학은 중구난방 콘텐츠로, 중구난방 콘텐츠는 음향·조명·스케일을 최대치의 '고퀄'로 뽑아내어 잘 커버하는 것이 K-쇼의 척도라면 '밀양강 오딧세이'는 예상을 훌쩍 넘는 양과 질로 흠잡을 구석 없는 쇼다. 축제 기간에 밀양에 갈 일이 있다면 꼭 한번 보라고 추천할 수도 있겠다. K에게서 늘 배우는 교훈은 일관되게 일관성이 없으면 일관성이 생긴다는 점이다. K에게 가장 아쉬운 점이면서 동시에 (불가피하게 선택할 수밖에 없는) 어떤 힘이기도 한, '이렇게까지'를 통해 가닿는 K-뚝심.

　하지만 그런 뚝심을 발휘해서는 안 되는 영역도 있는 법이다. 축제 기간 내내 이곳저곳에서 아랑과 관련한 프로그램이나 콘텐츠를 맞닥뜨릴 때면 어쩔 수 없이 얼굴이 굳고 말았다. 아랑 설화는 「장화홍련전」의 원형이 되는 설화다. 성폭행에 저항하다가 피살된 한 여인(아랑), 부임한 날 밤에 귀신으로 나타난 여인을 보고 족족 죽어 나가는 부사들, 마침내 여인의 이야기를 듣고 가해자를 벌해 주는 용감한 신임 부사……. K-전통설화 속 여자들은 귀신이 되어서도 어쩜 그런가. 가해자들에게 바로 달려들어 찢어 죽여도 시원찮을 판국에 늘 그놈의 원님을 찾아가고, 원님이 그들의 억울함을 헤아려 가해자들을 대신 처벌해 준다. 이렇게 죽어서도 법적 절차를 준수하고 삼강오륜을 지키는 귀신들이라니. 이놈의 유교 국가에서는 여자는 죽어서도 예의를 지키고 조신해야 하는 것이다. 아무리 처참하게 살해당해도 가해자에게는 힘도 못 쓰고 힘 있는 다른 남성의 손을 통해서야 그들을 벌할 수 있는 것이다.

　조금 양보해서 설화야 만들어지고 구전되는 시대상을 반

영하기 마련이니 어쩔 수 없다 치더라도 밀양시가 이걸 21세기에 접어든 지도 한참인 지금까지 소비하고 추앙하는 방식은 최악이다. 축제의 3대 정신이라며 써 놓은 문구를 다시 보자. "죽음으로써 순결의 화신이 된 아랑 낭자의 정순 정신." 성폭행에 저항하다 살해당한 상황을 이렇게 해석할 수 있다는 게 경악스럽다. 저게 정절을 지킨 거라고? 저걸 본받으라고? 여성에게 순결을 강요하는 것도 충분히 시대착오적인데 순결을 잃느니 죽는 게 낫다는 메시지를 축제 정신으로 정하는 게 제정신은 아닌 듯하다.

뿐만 아니다. 축제 프로그램의 하나로 매년 '아랑 규수 선발대회'를 연다. 이쯤 되면 정말 '어쩌라고'와 '어쩌려고'를 넘어 '어쩌자고' 하는 기분이 드는데, 행사 내용도 가관이다. 밀양에 살거나 고향이 밀양인 17세 이상 28세 이하 '미혼' 여성들이 필기시험을 치르고, 아랑이 '살해당한 현장'인 영남루에 모여 '재예 겨루기'를 한다. 한복을 갖춰 입고 머리도 길게 땋아 내린 여성들이 한데 모여 차를 얼마나 맛있고 곱게 우리는지, 다과상을 어떻게 차리는지, 절하는 자태는 어떤지 등으로 심사를 받고 '장기자랑'까지 한다.(1등은 다음 해 축제의 성화 최종 봉송자가 된다.) 주최 측은 이 행사의 취지를 "아랑의 뜻을 되새기기 위해"라고 밝혔는데, 그러려면 '규수'를 뽑을 게 아니라 영남루에서 성폭력 가해자 규탄대회 같은 걸 열어야 하는 게 아닐까. 여기에 쓸 예산으로 그 어느 지자체보다도 강력한 성폭력 대응 TF팀 '아랑'을 만들고 운영하는 게 낫지 않을까.

물론 오랜 세월 아랑을 만들어 온 방식을 갑자기 바꾸기는 힘들지도 모른다. 하지만 진정한 '고퀄'은 크레인 위에서가 아니라 낡고 상한 것을 버리는 데에서 나온다. 나비가 된 아랑을 높이 띄우려고만 하지 말고, 아랑이란 글자에 '리' 하나만 끼워 넣으면 아리랑이 될 뿐인 것을 무리해서 엮으려 이런저런 의미를 덧대지 말고, 시대와 윤리에 맞게 재해석된 아랑에게 제대로 하늘을 날게 해 주었으면 좋겠다.

쓸쓸하게 축제장을 거닐다가 다행히 그런 희망을 좀 더 가져 보고 싶은 무대를 의외의 장소에서 만났다. 주 무대로부터 멀리 떨어진 보조 무대에서였다. '밀양 아리랑 경연대회'가 막 시작하고 있었다. 불러 봤자 얼마나 다르게 부를 거라고 또 질리도록 아리랑을 들어야 하나 싶은 마음에 그냥 지나치려 했지만, 「밀양 아리랑」을 재해석하는 창작 대회이고 마침 학생부 경연이라기에 호기심이 동해 슬쩍 자리에 앉았다가 끝까지 눌러앉고 말았다. 크지 않은 무대 위에서 누군가는 「밀양 아리랑」을 EDM으로 편곡한 디제잉을 선보였고, 누군가는 랩을 만들어 가져왔으며, 누군가는 발라드 가요를 「밀양 아리랑」과 관련한 가사로 개사해 불렀다. 편곡된 「밀양 아리랑」에 맞춰 에어로빅을 하는 팀, 벨리댄스를 추는 팀, 우그러뜨린 캔을 밑창에 붙인 신발을 신고서 '캔탭댄스'를 추는 팀(어느 여자 중학교의 한 반 전체 학생들이었다.)도 있었다.

지역 축제에서 학생 장기자랑이 드문 행사는 아니다. 하지만 이 대회가 우리의 마음을 사로잡았던 것은 대부분 축제명만 따왔을 뿐 사실상 그 지역 학생들의 '종합 장기자랑'과 다를 바 없는(그리고 참가자들 대부분 아이돌 댄스나 힙합을 선보이는) 다른 경연과 달리 참가한 학생들이 '밀양 아리랑'이라는 정해진 주제의 (주최 측도 외면하는!) 의미를 찾으려 노력한 흔적들이 있었기 때문이다. 학생들은 이렇게 말하곤 했다. "주제에 어긋날까 봐 좀 걱정이 되는데요. 그래도 제가 생각한 바를 담아 보았습니다." "무대를 준비하면서 밀양 아리랑에 대해 고민을 많이 할 수 있어서 좋았어요."

한편 이런 말들도 있었다. "저희가 공부는 좀 못하지만 그래도 열심히 가사를 썼거든요? 여기에 나간다고 하니 이상하게 보는 시선도 있었지만 저희들끼리 잘 놀아 보겠습니다." "대회를 준비한다고 하니 놀리는 친구들이 많았는데 제가 한번 보여 주고 싶습니다." 듣기 전까지는 떠올리지 못했지만 왜 안 그랬겠나 싶은 장면이 머릿속에 바로 그려졌다. 「쇼미더머니」도 「고등래퍼」도 아니고, 그렇다고 다른 몇몇 지역 축제처럼 '힙'한 이름과 큰 상금을 내건 대회도 아닌, 지역 축제의 작은 대회에 나간다고 했을 때 주변에서 나올 반응들.("심지어 아리랑이 주제래!") 혹여나 나가고 싶은 마음이 들더라도 '가오' 빠지고 눈치 보여서 그러지 못했을 성격으로 10대를 보낸 우리의 눈에는 그럼에도 결국 이 무대 위에 선 아이들이 참 눈부셨다. 이들이 「밀양 아리랑」을 현대적으로 바꿔 내기 위해, 완성도를 높이기 위해 수없이 돌려 들으며 고민했을 시간들, 서른 명의 여중생들이 아리랑에 맞는 스텝을 찾아내고 오랜 시간을 들여 발을 맞췄을 시간들을 생각하면 어쩐지 힘이 났다. 누군가들의 비웃음이나 놀림을 눈 딱 감고 무시하고 문득문득 꺼내 보며 웃을 수 있는 순간을 쟁취해 낸 사람들에게서 얻는 어떤 기운 같은 것.

물론 공연이 별로였다면 그런 부분들은 단지 '시도'로서만 좋았을 텐데 공연 자체도 무척 신선하고 즐거웠다. 「밀양 아리랑」을 재해석한 흔적을 발견하는 것은 순간순간 짜릿할 정도로 재밌었고, 그들 덕에 "날 좀 보소."는 물론이고 후렴구의 "어절씨구 잘 넘어간다."가 얼마나 많은 감정을 담을 수 있는지 처음 알았다. 이런 걸 볼 수 있어서 너무나 감사하다는 기분이 드는 공연을 만나는 건 결코 쉽지 않다. 만약 우리가 이 축제에 다시 온다면 '밀양강 오딧세이'가 아닌 이 작은 공연을 보고 싶어서일 것이다. 지금도 김혼비는 이날 들었던 랩 "날 좀 보소 날 좀 보소. 나를 봐야지 도대체 어디를 보소. 동지선달 꽃 본 듯이 하더니 나를 보는 것이 그렇게도 어렵나.”
를 종종 흥얼댄다. 이 부분 너무 애달프지 않니? 부를 때마다
물으면서.

· 어쩌라고 어쩌려고 어쩌자고를 넘어 ·

　이 대회 말고도 축제장 곳곳에는 ‘아리랑’에 의미를 부여
하기 위해 애쓰는 부스들과 프로그램들이 많았다. ‘아리랑 주
제관’ 한쪽에서는 「독립군 아리랑」 관련 다큐가 반복 재생되
었고,(먼 객지에서 목숨을 걸고 투쟁하는 이들에게 「아리랑」이 얼마
나 사무쳤을까.) 한쪽에서는 젊은 국악인 팀이 「밀양 아리랑」을
공연하고 있었다.(반응이 미지근해지자 국악으로 편곡한 트로트곡
「내 나이가 어때서」로 레퍼토리를 바꿔 노년의 관객들에게 마이크를
내밀기는 했지만.) 또 한쪽에서는 ‘아리랑’을 제호로 사용한 문
학 작품이나 잡지들,(전 세계 한인타운에 비치된 교민 잡지 이름을
모아 봐도 이 이름이 가장 많지 않을까.) 심지어 아리랑 담뱃갑까
지 모아서 전시 중이었다. 주제관 바깥에서는 외국인들을 앉
혀 놓고 소고, 북채 등을 쥐어 주고는 「밀양 아리랑」의 장단을
가르쳐 주고 있었다. 한데 잘 꿰어지지는 않았지만 그래도 그
것과 함께하려는 잡다하고 서툰 흔적들이 소중하다는 걸 이

제는 안다. 그런 점에서 날 좀 보라고 그 어떤 축제보다 노골적으로 말하고 있는 이 축제에서 우리가 정말 봐야 할 것들은 곳곳에 숨은 이런 흔적들인지도 모른다.

떠나기 전에는 축제장을 오갈 때마다 은근히 신경 쓰였던 술을 마셔 보기로 했다. 무려 클래식 음악으로 발효 숙성시켰다는 '클래식생막걸리'였다. 술 하나에도 이렇게 의미가 이글거리다니, 지금 이 한 모금에는 베토벤이 녹아 있는 거야, 「히브리 노예들의 합창」으로 숙성시켰을지도 몰라 따위의 말을 주고받다가 저 멀리 솟아 있는, 이제는 용도를 아는 타워크레인을 보고 웃음이 터지는 바람에 한참 동안 술잔을 들지 못했다. 오늘 또 저 하늘에는 나비 인간과 거북선이 떠다니겠지.('밀양강 오딧세이'는 축제 기간 매일 밤 공연된다…….) 술은 새콤하고 구수하면서 부드러워 잘도 넘어갔다. 유난히 싫은 것과 좋은 것이 극명하게 대비되는 축제였고 덩달아 감정 기복도 극명했던 탓에 지쳤던 듯하다. 그런 상태로 장터에 앉아 맛있는 술을 나눠 마시고 있자니 어쩐지 "용서와 위로가 사랑으로 넘치는" 것만 같은 기분이 되어 마음속에 여전히 걸려 있던 '어쩌라고'와 '어쩌려고'와 '어쩌자고' 들도 술과 함께 어쩔시구 자알, 넘어갔다. 어쩌면 이게 아리랑의 정신인지도 모르겠다. 어떤 토로이면서도 연가이면서도 흥이면서도 체념이기도 한.

에헤라 품바가
잘도 논다

충북 음성
음성품바축제

· 미뤄 왔던 품바 이야기 ·

거의 모든 지역 축제장에는 야시장 혹은 장터가 따라붙는다. 회전식 바비큐 그릴에선 통돼지가 빙글빙글 돌아가고 철판 위에선 파전이 지글지글 익어 가는 주점 풍경 위로 알전구가 불을 밝혀 오면 한 잔씩 걸치러 온 사람들과 팬스레 나와 본 사람들로 장터는 금세 북적해진다. 각종 생활용품, 길거리 음식, 경품 게임, 사주 부스에 어린이용 미니 바이킹까지 뒤엉킨 부산한 장터. 이곳에서도 가장 북적이고 시끌시끌한 천막이 있다면? 볼 것도 없이 '품바'다.

축제를 다니기 전에는 품바라는 존재에 대해 생각해 볼 일이 없었다.('품바' 하면 한때 '메멘토 모리'와 함께 싸이월드 프로

필 멘트를 휩쓸었던 '하쿠나 마타타'를 퍼뜨린 「라이온 킹」의 멧돼지 친구 아닌가.) 그리고 만약 축제를 다니지 않았다면 '품바'라는 말에서 "얼씨구씨구 들어간다 절씨구씨구 들어간다." 하는 노랫가락, 민중 문화의 한 아이콘, 또는 '순진한 노인들 속여 먹는 약장수 패거리' 정도의 이미지만 떠올렸을 것이다.(드라마 「왕초」의 김춘삼도.) 하지만 축제마다 어김없이 품바를 마주치면서 우리는 번번이 어색한 시선을 돌리곤 했다. 우리에게 품바는 차라리 저 정형화된 이미지들로 생각하고 치워 버리는 게 속 편할 정도로 심란한 심상을 자아냈기 때문이다.

빈말로라도 그럴싸하다고 하긴 힘든 누더기 패치의 작위적인 복장과 과장된 분장은 일단 넘어가자. 노래, 춤, 악기 연주를 잘하긴 하는데…… 이게 감탄을 자아내기엔 참 어중간한 실력이다.(우리는 프로 예술인뿐 아니라 각종 경연 프로그램에서도 실력자들을 지나치다 싶게 많이 보고 있다.) 이어지는 음담패설, 혹은 자기를 비하하거나 약자를 조롱하는 유의 농담들도 딱히 웃기지 않았다. 당사자들께는 매우 송구하지만, 도시적 감수성에 길들여진 1980년대생의 미학적 기준에서 품바는 전 영역에서 골고루 미달했다. 그럼 그냥 그런 존재가 있거니 하고 넘어가면 그만인데, 그게 우리가 살아온 방식이었는데, 마냥 그러기에는…… 이들이 생각보다 너무 자주 보였고, 또 생각보다 훨씬 인기가 많았다.

뽕짝뽕짝 전자음과 장구 소리에 더하여 가끔씩 심벌즈도 칭칭대는 이 혼종의 천막으로 장노년의 관객들은 느릿느릿, 하지만 꾸역꾸역 몰려들었고, 환하게 웃으며 박수를 치다가 관객석을 누비는 품바의 허리춤에 꼬깃꼬깃한 만 원짜리를 꽂아 주는 걸로도 모자라 어깨춤을 덩실거리며 직접 무대로 나가 꽂아 주고 돌아오기도 했다. 일명 '새끼 품바'들이 막간마다 들고 돌아다니는 파스나 치약 같은 것들에도 기꺼이 지갑을 열었다.(딱히 효능을 믿어서라기보다 노랫값과 이야깃값을 쳐 주는 느낌이었다.) 물론 이 바닥도 호락호락하진 않아서 별로다 싶은 공연에서 물건을 꺼낼라치면 '어디서 (치)약을 팔아.' 하는 표정으로 썰물처럼 빠져나가기도 하지만 말이다.(그러면 품바들은 서운하면서도 다급한 말투로 외친다. "에이 에이 엄마! 으리 옮게!" "우리 각설이들은 공연하느라 기가 다 빠져서 일찍 죽어. 그니까 부조금이라 생각하고 좀 사 줘요!")

　　어정쩡한 미학적 성취에도 불구하고 품바가 지역 어르신들의 마음에 한 줄기 위로가 되는 것은 분명해 보였다. '내 나이가 어때서' '있는 놈들 인생도 알고 보면 별거 없더라' '나를 위해 희생하신 부모님을 생각하며 불효자는 웁니다' 정도로 요약되는, 어르신들 마음을 직격하는 레퍼토리도 그렇지만, 어르신들 마음이 직결하는 수입 때문에라도 앉아 있는 한 사람 한 사람에게 정성을 쏟는 그들의 태도도 크게 작용하는 것 같다. 텔레비전 속 유명 트로트 가수들을 직접 보면 좋기야 하겠지만(실제로 축제에 초대 가수로 오기도 하고) 그들과는 이렇게 밀착하여 소통할 수 없잖은가. 품바들이 자주 악역(?)으로 소환해 내는 '고향 떠나 먹고살기 바쁜 자식들'은 1년에 몇 번이나 볼지 모르고 본다 해도 품바들처럼 살갑지도, "불효를 용서하십시오." 하면서 울지도 않는다. 어차피 쇼인 걸 다 알면서도, 찰떡같이 맘 알아주고 깨알같이 말 건네 주는 이들과 어울려 한바탕 놀며 작은 위안을 얻는 것이다. 이러한 인기는 웹으로도 이어져서 인터넷 카페에는 수많은 품바 팬클럽이 있으며, 축제마다 쫓아오는 팬클럽 회원들(오직 품바를 응원하기 위해 전국 각지에서 걸음을 마다하지 않고 제주도에서 날음도 마다하지 않는다.)은 똑같은 모자를 쓰고, 똑같은 티셔츠를 입고, 노래에 맞춰 똑같은 타월을 흔들어 댄다. 삼각대에 캠코더를 고정하고 공연을 통째로 찍는 '횐님'도 계시고, 이들이 올린 영상은 몇십만의 조회 수를 기록하기도 한다.

그 앞에서 우리는 가치판단이란 걸 할 수가 없었다. 어느 세계에서는 소중한 것을 현대의 감성으로 함부로 재단할까 봐. 게다가 '전통'의 껍데기에 싸이고 '민중'의 이미지까지 덧씌워진 대상이니 더 조심스럽다. 그렇다고 애정 어린 눈으로 바라보기에는 미적 감성이 그걸 좀처럼 용납지 못했다. 그래서 외면……해 왔다. 음성품바축제를 가는 데에도 다소 용기가 필요했다. 한 장터에 한 팀씩만 있는 게 이 바닥의 암묵적인 룰인 듯한데 아예 이 사람들을 떼로 모았다고? 각설이 배틀이라도 펼치나? 우리가 그 장면을 감당할 수 있을까? 혹시 초일류 품바들은 정말 압도적인 테크닉을 가지고 있나? 혹시 그냥…… 초대형 경로잔치인 건 아닐까? 그래도 이 축제를 빌미로 한국 축제 속 음지의 제왕 품바에 관해 한번 정리하고 가도 좋지 않을까?

· 작년에 왔던 각설이는 어떻게
죽지도 않고 품바가 되었나 ·

축제장 도착에 앞서 짚고 넘어갈 것들이 있다. 일단 질문 하나. '품바'와 '각설이', 이 둘은 같을까 다를까? 정답은 '그때는 다르고 지금은 같다.'이다. '품바'는 원래 각설이들이 타령 중에 입으로 내던 일종의 후렴구로 "품, 바"라고 또박또박 발음하지 않고 입술을 떨며 "푸루루루룸바"에 가까운 소리를 냈는지 '입방귀'라고 불렸다는데, 이 단어는 1981년 김시라 극작가가 각설이를 주인공으로 발표한 연극 「품바」가 크게 히트하며 각설이를 통칭하는 고유명사로 자리매김했다. 말하자면 한 극작가가 두통에 시달리는 사람을 주인공으로 희곡을 쓰고, 아플 때 내는 소리를 제목으로 붙여 연극 「아야」나 「끙끙」을 발표하여 대히트하자 대중이 '두통을 앓는 사람'을 '아야'나 '끙끙'이라고 부르기 시작한 모양새라 보면 되겠다. 이 연극의 성공을 등에 업고 가장 빨리 움직인 건 오일장의 엿장수들이었다. 현란한 가위질과 입담으로 이목을 끌어 온 그들이 재빨리 「각설이 타령」을 배워 대중에게 선보였고 그 퍼포먼스가 오늘날의 (장터) 품바로 이어진 것이다.(그런 점에서 품바야말로 '엿장수 마음대로'의 최대 수혜자겠다.)

1980년대는 그전까지 이룬 경제적 풍요와 급속도로 유입된 외래문화 사이에서 한국인들이 '우리는 누구인가.'를 자문하기 시작한 시대였다. '우리의 뿌리'를 찾다 보니 잠시 뒷전이었던 전통문화에 눈길이 간 것도 자연스러운 수순이다.(당시 운동권이 풍물패에 얼마나 집착했던가.) 연극 「품바」도 전통의 흔적을 의미 있게 복원·계승하려는 노력의 일환이었다고 짐작된다. 게다가 본디 광주민중항쟁 희생자를 추모하는 일종의 풍자극이었던 이 연극은 전통문화의 단순 복원이 아니라 독재하 저항적 민중문화의 적극적 재구성이기도 했다. 요약하면 품바란 ① 조선 시대의 '거지 행색 공연단'인 각설이패에 근간을 두지만 ② 그 이름은 현대의 풍자·저항극에서 비롯된 존재이면서 ③ 21세기에는 지역 축제장을 돌며 전통요 대신 트로트를 부르고, 날카로운 풍자 대신 흐물거리는 음담패설과 신파를 펼치며 상품을 팔고 공연비를 받고 팁을 얻는 상업화된 존재인 것이다. ①, ②와 ③ 사이의 이 커다란 존재적 간극. 그 속에서 유실된 품바의 존재적 '디그니티'. 이쯤 되면 푸루루루루룸바, 입방귀에 한숨 한번 살짝 곁들이고 싶어지는 것이다.

질문은 하나 더 있다. 이 축제는 왜 충북 음성에서 열리는가? 순리대로라면 전남 무안에서 열리는 게 맞을 것이다. 현대 품바의 정초자라 할 김시라의 고향도, 연극 「품바」의 배경인 천사촌이 있던 곳(주인공 '천장근'이 천사촌 각설이패의 대장이었다.)도 모두 무안이니까. 애초에 무안의 마을 공회당에서 초연된 것이 입소문을 타며 광주로, 서울로, 해외 교민 사회로까지 퍼졌던 공연이다. 천사촌 걸인들은 전라도 일대를 유랑하면서 전통 각설이 공연을 펼쳐 왔고 '한국각설이품바보존회'도 무안에 있다. 품바 축제가 무안에서 안 열리는 게 무안할 정도인데 어쩌다가 음성이?

음성청결고추와 전 UN 사무총장의 고향이라는 점을 제외하고 음성의 전국적 지명도를 책임지고 있는 것이 바로 복지시설 '꽃동네'다. 그리고 이 꽃동네는 오웅진 신부가 이 동네 출신 '거지 성자', 불편한 몸을 이끌고 동네 사람들에게 구걸해서 얻은 밥으로 몸이 더 불편한 다른 걸인들까지 거두어 먹인 최귀동 할아버지를 보고 큰 깨달음을 얻어 설립한 곳이다. 자, 이제부터는 신나는 K-탁상행정식-퍼즐게임 시간이다.

지자체가 축제를 만들어(쥐어짜) 내는 알고리즘과 거기에 온 갖 의미들을 얼기설기 갖다 붙이는 메커니즘을 질리게 봐 온 사람들이라면 그다음을 쉽게 상상할 수 있다. 고추축제 하나 로는 좀 아쉽고 뭐 하나 더 만들어야겠는데, 꽃동네로 뭐 어떻 게 안 될까? 그래, '베풂'! 이런 거 좋잖아! 근데 좀 심심한데. 가만있자, 최귀동 할아버지. 그래, 거지 성자! 거지잖아. 그럼 품바를 가져와. 오케이! ……이랬을 것이 눈에 선하다.

　이리하여 저 존재적 간극에 ④ 무려 '박애'와 '사회복지' 의 의미마저 덧붙어(축제 공식 홈페이지에 "품바에 대한 현대적 해 석은 '사랑을 베푼 자만이 희망을 가질 수 있다'는 뜻을 함축하고 있 다."라는 글귀가 당당히 쓰여 있다. 뭐 뜻이야 좋다만 대체 품바를 두 고 누가 이런 해석을 한단 말인가!) '품바는 음성적으로 퍼진 문화 다.'라고 할 때나 품바와 겨우 이어질 법한 음성에서 품바축제 가 열리게 된 것이다. 그나저나 최귀동 할아버지는 「각설이 타 령」은커녕 춤 한번 춘 적 없을 것만 같은데, '걸인'이라는 공통 점만으로 품바축제의 간판 얼굴이 된 이 상황에 관해 어떻게 생각하실까? 정작 간판이어야 마땅할 천사촌 천장근 대장은 품바에 대한 저 현대적 해석에 관해 뭐라고 생각하실까? 서로 좀…… 무안하지 않을까?(역시 품바는 무안인가.) 음성으로 내 려가는 길, 우리는 이토록 심란한 마음을 달래기 위해 우리가 아는 다른 품바의 주문을 빌려야 했다. 부디, 하쿠나, 마타타!

• 미즈 18억, 미스터 글로벌 •

행사장인 설성공원에 들어서자마자 마음의 준비를 할 새
도 없이 주 무대에서 펼쳐지는 본격 품바 공연과 맞닥뜨렸다.
장노년층 관객들이 그늘마다 빼곡히 들어앉아 중년 여성 품
바의 질편한 입담에 손뼉을 치며 웃고 있었다.

"사내 자슥들은 영 값어치가 없어. 소시지 500원에 호두
두 짝 해 봐야 얼마나 하겄어? 800원? 근데 우리 여자들은 말
이지, 보통 18억짜리라고. 일단 수박 두 통만 해도 사내놈들하
곤 게임 오버. 근데 거기서 쭈욱 내려가면 풀이 무성한 전원
주택이 10억! 더 내려가면 샘물 솟는 광천수가 4억!"

……더는 옮겨 적지 않겠다. 그마저도 끝까지 안 듣고 일
어선 건 그 긴 이야기를 듣기엔 햇살이 지나치게 따가웠던 탓
이었을 것이다. 그래, 단지 그뿐이다. 800원짜리 몸이야 그렇
다 치더라도 18억짜리 몸은 소중하니까.

하지만 그 자리를 벗어난다고 해결될 일은 아니었다. 나
중에 자세히 쓰겠지만 정말 어디를 가나 도처에 품바들이 잔
뜩 있었다. 품바축제니까 그건 당연한데도 이 모든 게 너무 낯
설어서 시차, 아니 공간차 적응에 실패했다. 눈 가는 곳마다
그로테스크한 분장과 퍼포먼스가, 귀 닿는 곳마다 질편한 입
담과 욕설이 펼쳐지는 세계를 거닐고 있자니 급속도로 기가

빨려 나갔고, '투 머치 K-키치'에 질려 '아야'나 '끙끙'이 되기 일보 직전이었던 우리는 급기야 외색에 찌든 문화가 그리워졌다. 저녁에 '글로벌 품바 래퍼 경연대회'가 예정되어 있어 다행이었다. 그래, 랩! 게다가 글로벌! 우리가 바라던 외색이야! 주최 측에서도 꽤나 공들인 행사로 프라임 타임에 주 무대에서 열릴 뿐 아니라 청소년을 대상으로 한 대회치고 상금도 컸다. 청소년들에게 인기 있는 힙합, 그중에서도 랩은 '품바 정신'과도 제법 잘 엮이는 것 같고 말이다.

음성 청소년들의 열렬한 환호 속에서 대회가 시작됐다. 그리고 시간이 흐를수록 깨달았다. 역시 랩과 품바는 잘 엮였다. 지나치게 잘 엮였다. "뭐래 등신 새꺄, 닥쳐 등신 새꺄." 같은 랩들이 듀엣으로 울려 퍼지고, "미친년 나쁜 년 정신 나간 년." 따위를 훅이랍시고 치는 걸 듣고 있으려니 영혼에 라이트 훅, 레프트 훅이 듀엣으로 들어오며 그로기 상태가 되었다. 우리는 낮에는 품바들이 욕하는 걸 듣고 밤에는 동네 중고딩들이 욕하는 걸 들으러 여기까지 온 것인가. 왜 굳이 쫓아다니며 정성껏 욕을 듣는 것인가. "이거 끝나고 돈(상금) 받아서 피자 존나 사 먹을 거야, 말리지 마." "각설이고 뭐고 우린 바보라서 그딴 거는 잘 몰라, 딴 애들은 돈 벌러 (무대에) 올라온 게 티 나는데?" 같은 랩을 듣고 있자니 뭔지도 모를 어떤 것을 포기하고 있는 기분이 들었다.

그나저나 대체 뭐가 글로벌이라는 것인가 의아할 즈음, 르완다 학생이 나타났다. 짝을 이뤄 나온 한국인 학생과 영어 랩을 주거니 받거니 한(그 와중에 '소주'만큼은 또렷한 한국어로 발음했다.) 그는 대회를 끝까지 지켜본 결과 유일한 외국인 참가자였다. 총평을 하러 나온 조직위원장이 작년까지는 '품바 래퍼 경연대회'였던 대회 이름을 올해 처음 '글로벌 품바 래퍼 경연대회'로 바꿨다며 "음성의 품바가 대한민국을 넘어 글로벌로 넘어가도록 이 대회를 통해 힘쓰겠습니다!"라고 의기양양하게 선포했는데, 그러니까 그 르완다 학생은 이 대회에서 '글로벌'을 담당하고 있는 것이었다. 차라리 외국인이 아무도 없었더라면 지향적 의미로 읽혔을 '글로벌'이 딱 한 명의 존재로 너무나도 지시적 의미가 되어 버리는 이 당황스러운 마법. 저 르완다 학생은 자신에게 무려 '음성 품바의 세계화'라는 과업이 주어져 있다는 걸, 혹은 그 존재만으로 이미 그것의 시발점이라는 걸 상상이나 할까? 그러든지 말든지 경연은 성황리에 끝났고 대상 팀에게는 300만 원의 상금이 주어졌다.(청소년 경연치곤 과하지 않나 싶은데 피자는 존나 사 먹을 수 있겠다.) 우리의 '미스터 글로벌'은 아무 상도 받지 못했다. 품바 세계화의 미래가 참으로 창창했다.

· 에헤라 품바가 진짜 잘들도 논다 ·

다음 날 다시 찾은 축제장. 주 무대에서는 '천인의 엿치기'와 '천인의 비빔밥 나누기' 행사가 열렸다. 관람석을 반으로 나누어 왼편의 수백 명에게는 호박엿을 하나씩 나눠 준 뒤 뚝 분지르게 해서 그 안에 당첨 종이가 있는 사람들에게 상품을 주었고,(물론 음성청결고추와 고춧가루다.) 오른편의 수백 명에게는 셰프 복장을 한 열댓 명의 사람들이 무대 앞 거대 식판에서 열심히 비벼 낸 비빔밥을 한 그릇씩 나눠 주었다. 품바계를 견인해 온 엿장수의 존재적 의의를 되새기고 나눔의 정신을 살리고자 한 행사였겠으나, 두 행사가 동시에가 아니라 순차적으로 진행되는 데다가 중복 참여를 막기 위해 진행 요원들이 사방과 가운데를 떡 막고 있으니, 반대편 절반에게는 굉장히 멀뚱한 시간이었고 바깥의 구경꾼들에게는 다소 의아한 시간이었다. 대체 왜 굳이 여기 서서 생면부지의 사람들이 비빔밥 먹는 걸 보고 있단 말인가. 재미있을 줄 알고 몰려들었던 사람들이 완전 속았다는 얼굴로 하나둘 자리를 떠났다. 이렇게 사람을 많이 모아 놓고 이렇게 흥 없는 행사를 할 수 있다니 놀라웠고, 이렇게 많은 사람들에게 이렇게 맥 빠진 프로그램으로 한꺼번에 엿을 먹이다니 뜻밖에도 행사의 의의를 매우 잘 살린 게 아닌지 또 놀라웠다. 엿 나눔의 정신!

하지만 주 무대의 이런 실패쯤이야 뭐 대수냐는 듯 축제장은 열기로 가득했다. 사실 이 축제의 메인은 크고 작은 행사들이 아니라 '축제장 그 자체'라고 감히 말할 수 있다. 일단 20여 평 정도의 부지를 할당받은 음성군 각 면들이 축제 첫날 열린 '품바 움막 짓기 대회' 시간에 손수 움막을 짓고 개성껏 꾸며 놓은 '품바촌'이 대단하다. 울타리마다 면 이름이 적힌 팻말이 걸려 있었고, 움막 앞마당은 찌그러진 양은그릇들, 까맣게 때가 내려앉은 세간들, 빨랫줄에 걸린 누더기 옷들, 철망 안에서 혼돈스러워하는 닭과 토끼 등으로 그야말로 난장판이었다. 움막 본채에는 창호지가 너덜너덜 찢어진 문짝과 뒤주박, 조롱박 등이 매달려 있었다. 민속촌에 쥐 떼를 풀어 20년간 마음껏 갉아 먹게 한 후에 알록달록한 찢어진 천들을 여기저기 걸어 놓은 모양새였다.

게다가 마당마다 거적때기를 입고 기괴한 분장을 한 '그지 떼'(이곳에서는 다들 자신을 그렇게 소개한다.)가 떼거지로 있었다. 품바로 분장한 면민들은 제각기의 방식으로 궁핍을 열연하고 있었다. 누군가는 땅바닥에 큰대자로 드러누워 실감나는 술주정을 선보였고,(연기가 아니었을 수도 있다.) 누군가는 가난과 싸우다 삶의 의욕마저 잃어버린 양 허공만 응시했고,(사실 더위에 지쳤던 것 같다.) 누군가는 「각설이 타령」도 뭣도 아닌 요상한 노래를 부르며 깡통을 들이밀었고, 누군가는 막무가내로 배고프다며 울었다. 그러다가도 관광객들이 쭈뼛거리며 마당에 들어서면 사진용 포즈를 취해 주는 프로 의식도 발휘했다. 트로트를 틀어 놓고 군무를 추기도 했고, 거적때기 위에 둘러앉아 점심을 먹다가 기웃대는 관광객에게 보쌈한 점을 불쑥 내밀기도 했다. 이 '면민 품바'들은 울타리를 넘어 축제장 곳곳을 적혈구처럼 흘러 다니며 춤을 추고 먹을 걸 나눠 주고 서로 인사를 나누고 관광객에게 농을 걸었다. 마치온 세계를 품바화하겠다는 듯 글로벌한 기세였다. (약간 좀비같았다.) 여기에 휩쓸린 관광객들은 한편에 있는 '품바 분장 체험' 부스에 제 발로 들어가 완벽한 품바의 얼굴이 된 뒤 얼굴과 함께 영혼도 변한 듯 품바적 그루브를 타며 축제장에 섞여들었다. 그러니까 품바들이 눈앞에서 무한 증식까지 하고 있었다! (좀비다!)

볼 때마다 흠칫거리게 되는 인형탈 품바 마스코트는 몇걸음 가다 보면 또 마주쳤고, 도대체 누가 어떤 기준으로 올라가는지 모를 '품바 버스킹' 무대에서는 보는 이 없는 열연이끝없이 이어졌으며, 잔디밭에서는 동네 헬스클럽이 조직한 듯한 품바들이 트램펄린 위에서 파워 품바 댄스를 추었고, 그 옆에 장구와 북이 주르륵 놓인 '품바 가락 배우기' 체험장에서는일반인들(=무한 증식 품바들)이 앞다투어 채를 잡고 신들린 듯두드려 댔다. 하루 네 번 열리는 유료 품바 공연의 인기도 대단해서 원하던 시간의 다음 회차 표를 겨우 구해 들어갔는데, 한 차원 다른 수위의 욕과 음담패설에, 누르면 삑삑 소리가 나는 장난감을 가슴팍에 넣고 나온 '코리안 드래그 퀸'에, 발로 페달을 밟아 등에 짊어진 북을 두드리며 하모니카도 동시에 연주하는 '트래디셔널 원맨밴드' 품바에, 난타에 아주 난리 통이었다. '그지 떼'와 '별 그지 같은 것들'이 그득그득 들어차 만들어 내는 이런 분위기가 축제 내내 이어졌고, 그래서 축제장을 걷다 보면 몰입도도 피로도도 엄청났다. 그것은 다른 어떤 축제에서도 쉽게 볼 수 없는 굉장한 에너지이자 품바라는 렌즈를 통해 한 점에 모여 당장에라도 불을 낼 것처럼 이글대는 키치의 정념 그 자체였다.

· 홀연히 왔다 간 품바의 정령 ·

인파에 휩쓸려 백혈구처럼 돌아다니다가(얼마간 넋이 나가 좀 하얗게 질리긴 했다.) 마주친 것은 일군의 휠체어였다. 노란 조끼를 입은 자원봉사자들이 노인들이 탄 휠체어를 밀며 축제장을 돌아보고 있었다. 근처 복지시설에서 단체로 구경 나온 듯했다. 거센 느낌표로 점철된 공간에서 작은 쉼표라도 만난 듯 그제야 숨이 쉬어지며 좀 흐뭇했는데, 정작 숨을 틔우

셨으면 하는 주인공들의 얼굴에서는 흥의 기미가 조금도 보이지 않아 우리는 금세 다시 초조해졌다. 지루하신가? 지치신건가? 비슷한 심정인지는 모르겠으나 우리 말고도 그들을 눈여겨보는 사람이 있었다. 어느 면의 리더로 보이는 이였는데 기색을 살피던 그는 대뜸 그들을 자기네 움막 앞에 붙들어 놓고 마당에 있는 품바들을 불러 모았다.

뭔가 쑥덕거리는 것 같더니 순식간에 열댓 명의 품바들이 휠체어 어르신들 앞에 대열을 갖추고 트로트 반주에 맞춰 율동을 시작했다. 그런데 그렇게 빵빵한 앰프 소리에 코앞에서 신나게 몸을 흔들고 있으면 무심결에라도 몸이 흔들거릴 법도 하건만, 어르신들은 굳건했다. 두 번째, 세 번째 곡이 끝나도록 호응이 전무한 무표정한 노인들을 상대로 신나게 공연하기가 쉬운 일은 아닐 텐데 면민 품바들은 포기하지 않고 소주병을 짤랑짤랑, 온몸을 들썩들썩 흔들며 율동의 강도를 높여 갔고, 비로소 어르신들의 표정에도 하나둘 희미한 미소가 떠오르기 시작했다. 이에 고무된 율동 팀은 온갖 레퍼토리를 아낌없이 쏟아 냈고, 미소가 웃음으로 바뀐 어르신들 사이에서 옅은 박수들이 흘러나왔다. 공연을 펼치는 사람도, 그걸 보는 사람도 서로가 서로의 반응에 점점 더 즐거워지느라 한두 곡 하고 말겠지 싶었던 공연이 꽤나 길어졌다. 우리가 이 축제에서 본 수많은 공연 중 가장 진심 넘치는 공연이 바로 여기서 벌어지고 있었다. 합의된 흥을 서로 연기하는 게 아니라 우러나오는 흥을 주고받는 풍경.

그러다가 한 가지 이상한 점을 발견했다. 율동 팀 건너편 끝에 이질적인 존재가 섞여 있었던 것이다. 이 알록달록 원색의 세계에서 누르스름한 모시 적삼 깔맞춤에 망건도 비니도 아닌 무언가를 뒤집어쓴 할아버지 한 분이 태평소처럼 생긴 악기를 불고 있었다. 앰프 소리가 커서 또렷하게 들리지 않았지만 불고 있다는 사실만은 분명했는데, 미세하게 어긋나는 멜로디를 들어 보면 썩 좋은 솜씨가 아니라는 것 또한 분명했고, 자그마한 체구와 대춧빛 얼굴에서 느껴지는 단단한 고집과 한 곡이 끝날 때마다 내심 뿌듯해하는 표정이, 모두가 진심 어린 이곳에서 특히 진심이라는 것 또한 분명했다. 하지만 찬찬히 지켜보니 어울리지 못하는 건 악기 소리만이 아니었다. 율동 팀이 그 할아버지의 존재에 지나칠 정도로 당혹스러워하고 있었다. 율동 도중에 그들이 주고받는 눈빛은 잘 아는 동네 할아버지에게 보일 법한 반응이 아니었고, 같은 팀의 멤버에게 보일 법한 반응은 더더구나 아니었다. 과연 곡과 곡 사이에 서로에게 파이팅을 외치고 휠체어 노인들께 다가가 살갑게 손을 잡아 주던 율동 품바들도 그 할아버지에게만큼은 애써 시선을 돌리고 있었다. 우리는 불현듯 깨달았다.

"저 할아버지, 이 팀에 속한 사람이 아니야. 이 면 사람도 아니야. 그냥 지나가던 사람이야!"

그러니까 지나가던 할아버지가 남의 공연에 멋대로 끼어서 혼자 합주를 하고 있는 것이다. 품바들 입장에서는 갑자기 나타나 너무나 열정적으로 진심을 다해 태평소를 불어 대는 노인의 존재가 얼마나 당황스러웠을까. 한구석에서 악기를 불고 있을 뿐인 할아버지를 쫓아 버리는 것도 못할 짓이고, 그렇다고 이 돌발 상황을 공연의 한 부분으로 끌어안을 수도 없는 마당에 뭐 어쩌겠는가. 한 곡이 끝날 때마다 뿌듯한 입맛을 다시던 할아버지는 다음 곡의 전주가 시작되면 또 시치미를 뚝 떼고 일행인 양 열정적인 합주를 이어 갔다. 그리고 우리는 또 깨달았다. 미세하게 어긋나는 멜로디는 실력 문제 이전에 합주곡을 전혀 고려하지 않은 제멋대로 연주였기 때문이라는 사실을. 그것은 합주를 빙자한 독주였다는 사실을.

이후 우리는 할아버지의 페이스(pace/face)에 말려 거의 정신을 차릴 수가 없었다. 어쩜 저렇게 한 치 흐트러짐이 없으시지? 앗, 방금 너무 힘껏 부셨나 봐, 비틀대셨어! 근데 정말 아무거나 부시잖아! 다음 곡 기다리고 있는 저 얼굴 좀 봐! 방금 연주를 흡족하게 자평 중이신 게 분명해! 지금 여기서 제일 행복하셔! 긴 공연 내내 함께하며 야무지게 합주, 아니 독주를 마치신 미지의 노인은 품바들이 움막으로 돌아가고 휠체어 탄 노인들이 뿔뿔이 흩어질 때까지도 뭔가 아쉬운 표정으로 서 있다가 담배 한 대를 맛있게 태우시고 어디론가 홀연히 사라지셨다. 실로 품바의 정령 같은 분이었다. '유랑하는 예인'이자 '반항하는 정신'이며 '해학하는 존재'이자 '난입하는 타자'로서의 진짜 품바를 이렇게 만나다니.

· 품바는 이제 어디로 ·

축제장은 품바 이외에도 온갖 것이 마구잡이로 혼종되어 있었다. 괴상망측한 거대한 고철 나무나 두꺼비 조형물 등등이 여기저기 널려 있었고, 복개 도로 아래 천변에 마련된 '시간 여행 추억의 거리'에는 미러볼이 돌아가고 올드 팝이 울려 퍼지는 고고장, 「미워도 다시 한번」을 상시 상영 중인 '귀동극장', 물건을 갖다 놓기도 귀찮았는지 그림으로 그려 놓은 옛날 구멍가게 등 1970년대 레트로 '갬성'이 근본 없이 재현되어 있었다.(사실 1970년대라는 설정 자체가 난데없다. 「품바」는 1981년 작입니다.) '전국 품바 사진 촬영 대회' 공식 모델로 초빙되어 한복 입고 삿갓 쓰고 잔디밭에 앉아 있는 젊은 백인 여성 둘과 그들을 둘러싸고 야릇한 표정과 포즈를, 그것도 반말지거리로 강요하는 재수 없는 아저씨들도 있었다.(정말 불쾌한 장면이었다.) 좋은 의미로든 나쁜 의미로든 이 축제 자체가 품바의 옷처럼 '거대한 누더기'였고, 그 점에서 가히 메타적-프랙털적 축제라 할 만했다. 다른 축제들이 무언가를 조금이라도 더 세련되게 만들려고 애쓰다가, 그런데 좀 과하게 애쓰다가 본의 아니게 키치에 빠지고 만다면, 이 축제는 그런 골치 아픈 고민 없이 키치를 마음껏 드러내도 되는 축제, 아니 더 드러내야 하고 더 드러낼수록 목표한 바에 가까워지는 '대놓고 키치' 축제인 것이다.(약간 날로 먹는다는 생각도 들긴 한다.) 이곳에서 키치는 기지다.

그 정도로 괜찮은 건지…… 아직은 모르겠다. 양반들을 조롱하던 각설이패도 독재 권력을 고발하던 마당극도 아닌 '현대의 품바'에게 익살은 있으나 그것은 편하게 얻기 쉬운 '저속함'에 기반하고 있다.('익살'에 '품위'가 더해져야 '해학'이 된다.) 하지만 사회의 다른 분야에서도 이미 유실된 품위를 이곳에만 강요하는 것도 불공평한 처사일 것이다. 품바를 근본 없다고 폄하할 이유도 없다. 어차피 모든 전통은 어느 순간부터 만들어지는 것이니까.(나운규의 「아리랑」이 그랬듯이.) 다만 안타까운 건 이 품바라는 존재가 너무도 급속도로 변해 가는 시기에 등장해 세상의 변화에 밀리고 치이며 자신만의 미학을 발전시킬 기회를 잃어버렸다는 것이다.(반면 시간을 충분히 가졌던 트로트는 나름의 미학을 구축해 냈고 소구력을 갖게 되었다.) 그리고 이것은 아직 '우리 것'을 제대로 정리하기도 전에 산업화에 이어 '세계화'(글로벌!)라는 과제까지 덜컥 안게 되어 소화불량이 된 대한민국의 모든 가치들의 필연일지도.

장터의 주막을 찾아 자리를 잡았다. 그래도 일자리 사정이 나은 도시여서인지, 축제장이 읍내 한가운데 오가기 좋은 곳에 있어서인지 장노년층 사이에서 많은 20~30대들이 삼삼오오 모여 술 마시고 있는 모습이 신선하면서도 반가웠다. 그들 틈에서 막걸리를 마시고 있자니 저편 품바 천막에서(그렇다. 품바가 차고 넘치는 축제일지라도 딸린 장터에는 어김없이 또 품바 천막이 있다……) 왁자한 웃음소리가 들려왔다. 이 축제가 품바축제든 고추축제든 딱히 상관없을 듯한 젊은이들이 술잔을 기울이며 깔깔거리는 어깨 사이로 품바 천막 아래 해맑게 웃고 있는 할머니 할아버지 들의 자글자글한 얼굴이 언뜻거렸다. 품바도 품바의 관객들도 같이 나이 들어 가고 있다. 지금 이 세대가 이 땅에서 사라지면 품바들은 다 어떻게 될까? 현재로서는 시대 단절적인 문화의 산물로 보이는 장터 품바들이 과연 세대를 건너서까지 사랑받을 수 있을까? 살아남는다면 그때는 어떤 형태로 어떤 가치를 갖게 될까? 가치판단도 미래 예측도 도무지 할 수가 없다. 다만 시간의 흐름과 사회의 거대한 변화 속에서 누구도 너무 멀리는 뒤떨어지지 않기를, 아무도 너무 갑자기는 외로워지지 않기를.

어느 천년에
그거 다 했어

강원 강릉

강릉단오제

· 신과 함께 — 술과 떡 ·

　단오를 제대로 쇠어 본 적이 없다. 그네뛰기, 씨름, 창포
물에 머리 감기 같은 세시풍속이야 귀에 익지만 실제로 단옷
날에 이것들을 해 본 적 없고, 단오 뒤에 '쇠다'를 붙이는 게
낯설 만큼 단오가 '명절'이라는 사실도 깜빡깜빡 잊는다. 공휴
일도 아닌 데다가 설이나 추석처럼 기차표 예매 전쟁이니 귀
성길 장거리 운전이니 친척집 순방이니 뭐니로 사람의 기력
을 급격히 쇠하게 해서 '쇠다'라는 동사를 쓰는 게 아닐까 의
심이 갈 정도로 요란하지도 않지만, 단오는 설, 추석과 함께
엄연히 한국 3대 명절이다. 오늘날에는 '3대'로 묶이기에는 좀
멋쩍은 위상이 되어 버렸어도 고된 모내기를 끝낸 뒤 늦봄에

서 초여름으로 넘어가는 햇살 틈에 찍히는 며칠간의 쉼표는 농사라는 업을 짊어진 옛사람들에게 분명 무척 소중한 시간 이었을 것이다.

단오의 줄어든 위상과 달리 강릉단오제는 무척 메이저한 축제다. 기획된 '양산형 K-축제'가 아니라 오래전부터 전승되어 오다가 자연스럽게 현대판 축제로 자리매김한 축제고, 전통의 원형이 잘 보존되어 국내 축제 중 유일하게 유네스코 인류무형문화유산으로 등재되어 있다.(그나저나 '유네스코'는 잊을 만하면 어딘가에서 튀어나와 한국의 무엇을 수식한다는 점에서 OECD와 참 비슷하지 않은가.) 그렇다고 관 주도하에 참여하는 사람들만 참여해서 뭔지도 잘 모를 전통만 외치다 끝나는 게 아니라 강릉인들 모두가 말 그대로 '쏟아져 나오는' 걸로도 모자라 외지에 있던 강릉인들도 여차하면 일정을 맞춰 귀향하려고 호시탐탐 노리는 축제다.(김혼비는 옛 회사 동료가 단오를 쉬러 고향에 가야 한다며 연차를 냈던 걸 인상 깊게 기억하고 있다.) 지금은 꼬리뼈나 충수처럼 약간 '흔적 기관'처럼 남은 명절(단오가 표시조차 안 되어 있는 스케줄러가 얼마나 많은지.)을 세계 최고로 유난스럽게 쇠는 지역과 축제라니 안 가 볼 수 없지 않은가. 우리는 단호하고 단오하게 결정했다. 강릉에 가자! 단오를 쇠자!

강릉단오제의 남다른 위엄은 축제장에 도착하자마자부

터 확인할 수 있다. 도착하면 우리가 가장 먼저 하는 일은? 개막식이 열리는 장소를 미리 봐 두고 시간을 확인하는 것이다. 하지만 여기서는 그럴 필요가 없었다. 왜? 개막식과 폐막식이 따로 없으니까. 단오제는 이 지역을 돌보는 부부 신인 '대관령 국사성황신'(범일국사)과 '대관령 국사여성황신'(정씨 여인)을 맞아들이는 영신제(迎神祭)를 드린 후 두 신을 축제장 안에 있는 굿당으로 모셔 오면서 시작하고, 마지막 날 송신제(送神祭) 후 원래 있던 곳으로 보내 드리며 끝난다. 그러니까 개막식이라는 이름하에 국민의례를 하고, 시장이나 군수, 도지사, 국회의원을 비롯한 조직위원장청년회장조합장각종유관기관장 이런 장 저런 장 각종 장장장장 등의 소개와 인사말을 긴 시간에 걸쳐 듣고, 우리 축제는 이래서 짱 저래서 짱 각종 짱짱짱짱 등의 자화자찬을 들은 다음, 트로트나 전통 공연 같은 짱자라짜라장짱 축하 무대를 감상하는 일련의 과정이 아예 없다는 말이다. 그저 신들이 깃들면 시작되고 신들이 떠나면 끝난다. 끝내주지 않는가!

그런 신들을 좀 적극적으로 맞고 싶어 영신제를 보러 길을 나섰다가 강릉대도호부 관아에 홀린 듯 들어섰다. 야트막한 담장 안쪽에 단정히 자리한 고건물들을 배경으로 연둣빛 잔디밭 위에 열 맞춰 놓은 300여 개의 플라스틱 의자에 듬성듬성 자리를 잡고 앉은 이들이 수런거리는 풍경이 마음을 붙들었던 것이다. 초여름 초저녁의 그 분위기만으로도 살짝 취하는 느낌이었는데, 두리번거리는 외지인들의 존재를 포착한 아주머니 한 분이 "절루 가 봐요."라며 등 떠민 천막 아래에서는 정말로 취할 뻔했다. '신주(신에게 바치는 술) 시음 및 수리취떡 맛보기' 현수막을 내걸고 술, 전, 떡을 나눠 주고 있었던 것이다. 줄 서서 하나씩 받아 들다가 세 번째 테이블에서 수리취떡을 받기도 전에 첫 테이블에서 받은 신주를 "크흐으."를 연발하며 다 마셔 버렸더니(참고로 두 테이블 사이의 거리는 다섯 걸음 정도이다…….) 신주 뒤쪽에 서 계시던 분이 병을 들고 쫓아와 다시 한가득 따라 주셨고, 그 모습을 지켜본 수리취떡 아주머니는 "모자라면 얼마든지 또 와요!"라며 웃으면서 떡을 건넸다. 와, 이렇게 오자마자 단오 음식을 맛보게 되다니! 게다가 다들 너무 다정해. 이런 게 명절이 아니면 뭐가 명절이란 말인가!

　게다가 이 신주는 공장이나 양조장에서 뚝딱 만든 것이 아니다. 강릉시의 5000여 세대가 마음을 담아 봉정한 일명 '신주미'로 축제 한 달 전에 빚어 놓은 술이다. 이 '신주 빚기 행사'를 넓은 의미에서 단오제의 시작으로 보기도 하는데, 행사에서 가장 인상적인 장면은 의관을 정제한 제관들이 술을 빚는 내내 냅킨만 한 하얀 한지를 입에 물고 있는 것이다. 신에게 바치는 술에 침 한 방울이라도 튈까 봐, 빚는 중에 행여나 부정 타는 말이라도 뱉을까 봐 한지를 입에 물고 조심하는 것이다.('재갈을 물리다.'의 민주적이고 온화한 버전으로 '한지를 물리다.'라는 표현을 추천한다.) 이렇게 정성 들여 빚은 술이 단오제 속 여러 제례에 제주로 쓰이고 우리 같은 방문객들의 목도 아낌없이 축여 준다. 뭔가 신과 술을 나눠 마시는 것 같지 않은가! 수리취떡 또한 신주미로 만든 것이라 강릉 시민들에게 따끈한 밥을 접대받는 기분까지 더해졌다. 초여름의 미풍이 문득문득 얼굴을 스치는 뭉근하고 따뜻한 저녁이었고, 산뜻한 출발이었다.

· 환대가 넘치는 단오제의 밤 ·

영신제를 보는 것은 포기했다. 영신제를 지내는 곳의 정확한 이름과 위치는 안내 요원들조차 제대로 대지 못했고, 겨우 알아내 인적 없는 둑방길을 10분째 걷고 있으려니(그러고도 그 길을 20분 더 가야 했다.) '개막식을 없애 놨더니 기어이 가장 개막식과 비슷한 걸 보러 부득불 가는 인간들'로서의 우리 스스로에게 약간 질려 버렸기 때문이다. 영신제가 어디서 열리는지 아무도 신경 쓰지 않는 데에서, 안내 요원조차 대답을 힘겨워하는 데에서 눈치챘어야 했다. 그냥 산뜻한 출발에 몸을 내맡기고 천국 같던 관아에 잠자코 앉아 대관령 신들과 술이나 마실걸. 그래서 대신 향한 곳은 '경방댁'이었다. 저 먼 미지의 장소(!)에서 영신제를 지내고 출발한 '영신 행차'가 국사여성황신 정씨 여인의 생가인 이곳에 들러 굿을 한 석 하고 가기 때문이다. 너른 마당 품 넓은 나무 아래 제사상이 차려져 있고 행차가 도착하기를 기다리는 수많은 주민들로 북적였는데, 엷은 흥분과 차분한 엄숙함이 교차하는 결들이 좋아 우리의 마음도 금세 기꺼워졌다.

위패와 신목(신이 내린 나무)을 앞세운 행렬이 대문을 들어서며 굿이 시작되었다. 접신을 한 무당이 작두 위에서 춤을 추다가 돼지 피를 뿌려 대며 알아들을 수 없는 말을 속사포처럼 뱉어 내는 스펙터클 굿……은 아니고 사람들이 차례를 지켜 절을 하고, 농악이 울리고, 무당이 이런저런 축원의 말을 늘어놓는 심심한(?) 행사였다. 몰려든 인파에서 무언가 화끈한 볼거리를 기대했던 우리의 예상은 빗나갔지만, 하나같이 골똘한 얼굴로 흐뭇하게 행사를 지켜보는 모습을 보니(심지어 동네 아이들과 중고등학생들까지) 강릉 사람들이 얼마나 정성껏 신들을 맞이하는지 십분 느낄 수 있었다. 종교적 맹신의 기운이 아니라 그보다 훨씬 담백한, 하지만 충분히 극진하여 무형의 대상에게 유형의 존재감이 깃드는 종류의 존중이라 조금 뭉클했다. 누구도 접신하지 않았고 모두가 신의 존재를 믿는 건 아니겠지만, 그래도 그 비슷한 어떤 존재들이 이곳에 와 있을 것만 같은, 적어도 와 있다면 참 좋겠다는 생각이 드는 그런 환대였다. 관아에서도 그렇고, 경방댁에서도 그렇고, 단옷날의 강릉인들이야말로 환대의 신인 것 같았다.

굿을 마친 행렬이 경방댁을 나서자 대기하던 읍·면·동민들이 뒤에 따라붙으며 거대한 '신통대길 길놀이'가 시작되었다. 국사성황신 범일국사가 태어난 구정면은 갓난아이 때 버려진 범일국사를 학들이 지켜 주었다는 설화에 착안해서 털로 만든 학 옷을 떼로 입고 학춤을 추었고,(영암 구림면에서도 그렇고 다른 설화들에서도 그렇고 버려진 아이들은 새들이 다 키우는 것 같다. 한반도 새들의 영아 돌봄 노동량에 경의를 표한다.) 주문진읍은 집어등까지 밝힌 거대 모형 오징어잡이 배를 끌고 나와 스케일로 이목을 끌더니 마른 오징어를 관객에게 아낌없이 뿌림으로써 허공에 오징어들이 마구 날아다니는 약간 SF적인 광경을 연출했다. 연곡면은 난데없이 턱시도를 입은 할아버지들을 등장시키면서 '영국 신사'가 아닌 '연곡 신사'라는 연곡식 유머를 보여 주었고,(이런 무리수를 두다니 내세울 만한 게 딱히 없었나…….) 강릉역 앞 동네인 옥천동은 KTX 열차 한 칸 모형 위에 사람도 아니고 동네 상징인 은행나무를 태우는 미야자키 하야오적 상상력을 뽐냈다.(자랑할 게 두 개나 있어서 이런 무리수를 두는 동네도 있는데…….) 대안학교 학생들, 강릉의 또 다른 특산물로 자리 잡은 커피업계인들, 외국인 무용 팀 등등도 함께 어우러진 이 거대하고도 즐거운 난장이 시가지를 한 바퀴 돌아 천변 축제장에 들어서자 빼곡히 모인 강릉인들의 열렬한 환호가 밤하늘을 뒤흔들었고, 다리 위 레드 카펫에 잠깐씩 멈춰 저마다의 퍼포먼스까지 풀어내니 축제 분위기는 최고조에 이르렀다.

그날 밤 축제장과 그 주변을 둘러싼 열기는 결코 잊지 못할 것이다. 이건 뭐…… 다른 축제들과 차원이 달랐다. 말했잖은가. 강릉인들 모두가 '쏟아져 나온'다고. 축제 퍼레이드에 이렇게나 사람이 몰린 것부터 처음 봤는데, 퍼레이드가 끝난 이후에도 축제장 부스마다, 부설 장터의 천막마다, 강 양편을 오가는 다리마다, 천변으로 뚫린 굴다리마다, 굴다리 바깥의 일반 가겟집마다 인파가 뭉치고 흘렀다. 규모도 열기도 이렇다 보니 심지어 시내 롯데리아가 축제장에 가설 매장을 냈고, 거대 천막에서는 추억의 그 이름 '동춘서커스'까지 열리고 있었다. 앞사람의 발을 차지 않으려 절로 종종걸음이 되었으며, 놓친 일행을 찾느라 혹은 저 앞에 뭐가 있는지 궁금해서 미어캣처럼 목을 쭉 뺀 사람들까지 더해져 그야말로 미어캣터졌다.

그중 한 음식점에 겨우 자리를 잡았다. 뭘 먹었냐고? 물으나 마나 감자전이다. 사실만을 건조하게 적어 놓는 축제 공식 리플릿에 "강릉 시민들은 감자전에 단오주를 먹으러 단오장에 간다고 해도 과언이 아니다."라는 다소 튀는 문구가 들어가 있을 정도이니 말 다 했지 뭔가. 골목마다 감자를 박스채로 쌓아 놓고 커다란 고무 '다라이' 앞에 앉아 감자 껍질만 줄창 벗겨 내는 '감자깎커'들이 작업 중이었고, 이들의 맹활약에 힘입어 과연 테이블마다 먹음직스러운 감자전이 기본 안주인 양 올라가 있었다. 야외 테이블에 앉아 큼지막한 감자전 한 접시에 단오주 두 통을 비우는 동안 박태하의 왼쪽 어깨는 지나가는 사람들의 몸에 연신 부딪혔지만, 그렇게 지나가던 사람들이 가게 안쪽에서 아는 얼굴을 발견하고 목청껏 서로의 이름을 부르며 안부를 주고받다가 "어으야, 나중에 보자! 연락할게!" "○○○ 찾아서 데리고 올게!" 하며 떠밀리듯 사라지는 모습이 정겨워 그리 싫지 않았다. 사실 좋았다. 사람이 많아도 이렇게 모두가 즐거워하면 부딪혀도 짜증보다는 흥이 난다.

계산을 하러 가게 안으로 들어갔더니 "단오제 기간 동안 감자전과 도토리묵무침만을 판매하오니 양해 부탁드립니다."라는 현수막이 걸려 있었다. 이건 또 무슨 소리인가 싶어 들여다보고 있자니 사장님이 슬쩍 걷어 올려 준 현수막 뒤로 꼼장어 메뉴판이 눈에 들어왔다. 아! 원래 꼼장어를 파는 집인데 단오라고 감자전과 도토리묵만 파는 거구나! 나와 보니 다른 가게들도 마찬가지로 '단오 메뉴'를 임시로 걸고 있는 게 그제야 보였다. 단오 메뉴로 선정하는 음식 종류만 다를 뿐 모든 가게가 단오를 맞아 단오빔 챙겨 입듯 단오제용 현수막으로 옷을 싹 갈아입은 것이다. 이런 광경을 볼 수 있는 건 대한민국에서 강릉단오제가 유일하지 않을까? 강릉에서 단오가 얼마나 중요한 날인지, 강릉 시민들이 단오제를 어떻게 만들어 왔는지를 엿볼 수 있는 대목이었다. 가게를 나서자 하늘에서는 막 시작된 불꽃놀이로 커다란 불꽃들이 피고 지고 있었다. 어쩐지 오늘만큼은 신의 존재를 믿고 싶었다. 신들도 분명 어딘가에서 신주를 잔뜩 마신 채로 이 축제를 즐기고 있을 것이다.

· 당신과 나의 슬픈 오독때기 ·

단오제에는 다양한 전통문화 행사가 있다. 사실 어지간한 축제에는 '다양한 전통문화 행사'가 늘 있기 때문에 앞의 문장은 (백반 한 상을 놓고 "다양한 영양소가 있다."라고 말하는 것만큼이나) 참으로 하나 마나 한 말이지만 (그럼에도 한정식집의 수라상 코스처럼 특출하게 영양가 높은 상차림이 있듯이) 강릉단오제의 전통 행사들에는 이렇게 꼬집어 명시할 수밖에 없는 중량감이 있다. 그 자체가 문화재로 지정된 각종 제례와 단오굿들, 국내 유일의 무언가면극이자 국가무형문화재이며 2022년

유네스코 인류무형문화유산 등재에 도전 중인(또 나왔다, 유네스코!) 관노가면극 등 다양한 전통들이 축제의 뼈대를 옹골차게 잡아 주고 있는 것이다. 이런 행사들을 따라다니다 보면 미술관에서 명화들을 감상할 때처럼 하루가 금세 지나갔고, 보는 것마다 고유한 지역색이 물씬 묻어나는 한 폭의 풍속화 같았다.

다음 날 우리가 처음 찾은 것은 '강릉 학산 오독떼기'였다. '오독떼기'라는 이름부터가 이미 "나 전통전통전통!"이라고 마구 주장하는 듯한 느낌인데 처음 이 낯선 단어를 들었을 때는 사물인지 사람인지 행위인지 그 종조차 가늠이 되지 않았다. 정답은? 노래다. 농사지을 때 부르던 노동요이고, 그중에서도 김매기 때 불렀던 농요인데, 한 번으로 그치는 다른 작업들과 달리 세 번씩이나 해야 하는 지긋지긋한 김매기의 위상 덕에 덩달아 완성도도 높아지고 종류도 다양해져 농요 전반을 일컫는 말로 쓰이게 되었다고 한다. '학산'은 이 오독떼기를 잘 전승해 온 마을의 이름이다.

농악대를 앞세우고 호미와 망태기 등을 짊어진 채 등장한 농민들이 잔디 마당에 둘러서서 대형을 갖추었다. 마이크 앞에 가창자 셋이 서고, 타령처럼 느릿느릿 이어지는 그들의 노래에 나머지 스무 명 정도가 추임새를 넣어 가며 모찌기 → 모내기 → 김매기 → 벼 베기 → 타작하기로 이어지는 '농사 1

년 압축 퍼포먼스'를 펼치는 식이었다. 꾸밈음도 고음도 많아 그냥 부르기도 힘들다는 그 노래를 굳이 일하면서 불러야 했을까 하는 생각이 스쳐 가기도 했지만 고된 노동을 버티게 하는 노래의 힘에 대해, 전국 어디에나 있는 농요를 오늘날까지 이렇게 꿋꿋하게 지켜 내는 강릉의 힘에 대해 생각했다. 다만 시치미를 뚝 떼고 '모조 모'를 심는 척하는 모습까지는 괜찮았는데, 김매기 단계에서 뽑아 낼 '모조 잡초'까지 준비하진 못했는지 줄을 맞춰 맨손으로 맨땅을 하릴없이 쓸면서 엉금엉금 공연장을 종단하는 모습은 (호미라도 들고 나와 '장비발'이라도 세웠으면 좀 나았을 텐데) 약간 행위 예술적이면서 단체 기합적이라 웃음이 터져 나오려는 걸 "나 전통전통전통!"을 외치는 공연장의 분위기로 겨우 억누를 수 있었다.

그렇게 열심히 지켜보고 메모도 하고 쑥덕이기도 하는 우리를 지켜보는 매의 눈이 있었으니 김혼비의 옆자리에 앉은 다부진 체격의 노인이었다. 맨 앞줄에 앉아 있던 초등학생 하나가 '김매기 행위 예술'을 보던 중 "저게 지금 뭐 하는 거야?"라고 낭창하게 물어 보호자를 당황시키고 주변을 웃게 만들었는데(아이 눈에는 얼마나 황당할까? 어른들이 가짜 풀들을 뿌리더니 그 주변 땅을 밑도 끝도 없이 더듬으니…….) 거기에서 노인의 걱정 아닌 걱정이 시작된 모양이었다. "요즘 젊은 사람들이 저런 걸 어찌 아나. 마이크 잡고 노래만 부르고 있을 게 아니라 이건 뭐다, 저건 뭐다, 누가 설명을 해 줘야지.”라는, 듣고 보니 꽤 합당한 탄식을 우리에게만 들릴 정도의 음량으로 흘리며 힐끗 눈치를 본 것이다. 쫙 빼입은 군복 가슴팍에는 훈장 몇 개가 달려 있고 색이 들어간 안경까지 장착한 전형적인 모습에 살짝 고개만 까닥인 박태하와 달리 “정말 그러네요.”라고 대답해 준 김혼비가 대화의 물꼬에 걸려 버렸다. 노인께서 신나게 ‘썰 풀이’를 시작하신 것이다.

“저건 모라고 해서 크면 벼가 되는 것인데……” “김매기 아나? 먹는 김이랑은 전혀 다른 건데……” 같은 허망한 이야기,(아니, 어르신, 그래도 저희가 그 정도는 아는데요!) “6월에 보리타작을 하면 보릿대로 모깃불을 피우는데 사실 모깃불로 진짜 좋은 건 쑥이야. 단옷날 전에 쑥을 싹 베어서 쑥떡을 하는데 단오 지나면 쑥이 너무 독해서 못써. 그 독한 걸로 모깃불을 피우면 모기가 다 도망갔다고.” “모내기할 때 먹는 밥을 ‘못밥’이라고 해. 강릉엔 못밥 파는 식당도 있어.” 같은 알찬 이야기,(오, 몰랐어요! 재밌어요!) “강릉 사람들은 다 ○○○ 의 원님께 고마워해야 해.” 같은 싫은 이야기(……)가 5대 3대 2의 비율로 섞였다. 누가 이야기를 시작하면 지나치게 귀담아 듣는(그래서 그 이야기가 한도 끝도 없이 이어지게 만드는 다소 피곤한) 습성이 있는 김혼비의 장단에 맞춰 그의 이야기에는 점점 흥이 올랐고, 둘은 모르는 사람이 보면 사이좋은 부녀지간이라고 오해할 만큼 화기애애한 분위기 속에서 공연을 끝까지 함께 봤다.

　여기에는 쓸쓸한 반전이 있다. 공연이 끝나고 의자 아래 내려 두었던 가방을 챙겨 멘 후 "재밌는 이야기 들려주셔서 감사했습니다." 인사를 건넸는데 그의 얼굴이 일순 차갑게 굳어 버린 것이다. 어찌나 순식간에 표정이 싹 변하는지 어제 동춘서커스에서 본 '변검'인 줄……. 숫제 고개마저 홱 돌리고 못 본 척 못 들은 척 하는 그는 "저희 먼저 가 보겠습니다. 건강하세요."라는 마지막 인사마저 끝내 받지 않았다. 뭐지? 왜지? 공연장을 빠져나오며 우리는 대혼란에 빠졌다. 우리가 뭘 잘못했는지 변검적 모멘트의 전후 상황을 아무리 유추해 봐도 알 수가 없었다. 어쩌다 옆에 앉게 되었고, 나름 즐거운 시간을 보내며 함께 어울렸던 것뿐인데 그런 만남이 어디부터 잘못됐는지 알 수 없는 예감에 조금씩 빠져들고 있을 때쯤…… 앗! 박태하의 눈에 김혼비의 가방이 들어왔다. 거기에 매달려 있던 조금 큰 사이즈의 노란 리본도. 가방을 어깨에 걸치던 순간 그의 눈앞에서 흔들렸을 그 리본. 이거였구나. 군복을 입고 다니며 모 당 소속 국회의원을 존경하는 강릉의 70대 노인에게 그것은 리본이 아닌 눈엣가시였겠지.

　길에서 리본을 뜯겼다거나 시비에 휘말렸다는 이야기를 주변에서나 SNS에서 종종 봐 왔다. 언젠가 비슷한 일을 겪을

지도 모른다는 상상을 해 보지 않은 건 아닌데 어쩐지 이번에는 바로 떠올리지를 못했다. 그는 그대로 배신감을 느꼈겠지. 잘못되어도 한참 잘못된 만남이었고 서로를 한참 오독한 시간이었다. 노란 리본이 그런 오독을 떼어 낸 진정한 '오독 떼기'였던 셈이려나. 노란 리본이 미움받을 때마다 우리도 마음에 조금씩 내상을 입는다. 리본만으로도 이렇게 미움받는데 유족과 관련자 들은 대체 어떤 것들을 감당하면서 살고 있는 걸까 아득해서다. 매달려 있다는 사실도 가끔 잊어버리는 리본을 아직 떼지 못하는 이유도 그 때문일 것이다.

한낮의 축제장은 단오다운 여러 행사들로 후끈거렸다. 씨름판에서는 모래 알갱이가 튀어 올랐고, 그네는 기록 측정용 줄자를 달고 멀리멀리 날았다. 오독떼기가 진행되는 한 시간 내내 저 뒤편에서 공연은 안 보고 투호만 던지던 아주머니들이 계셔서 그 근성에 탄복했었는데, 읍·면·동 대항 투호대회장에서 불을 뿜는 승부욕과 응원 열기에 뒤늦게 상황을 이해하기도 했다. 뭐랄까, 음, 다들 좀…… 미친 것 같았다. 강릉인들의 핏속에는 '단오 DNA'가 있다는 말의 의미를 알 것 같았다. 모두가 단오라는 이 중요한 날과 단오제라는 소중한 행사를 위해 기꺼이 미칠 준비가 되어 있었고, 미쳐 있었다. 따지고 보면 전통문화 행사들을 빼고는 딱히 대단한 행사나 대회를 하는 것도 아니다. 어디나 있을 법하고 어디서 열어도 별

반 어려울 것도 없는 행사들을 가지고 이렇게 뜨거운 분위기를 빚어낼 수 있다니. 그것은 마치 경방댁에서 굿을 볼 때의 느낌과 비슷했다. 무언가를 귀하게 여기는 사람들의 태도가 바로 그 무언가를 귀하게 만드는 것. 이를테면 우리가 그동안 축제들에서 투호 체험장을 못 봤을까? 하지만 그걸 직접 해 보고 싶다는 마음까지 가게 만드는 건, 누군가가 기어이 직접 몸을 쓰게 만든다는 건 결코 쉽지 않다.(그렇다, 늘 그냥 지나쳤던 투호를 단오제에서 처음으로 신나서 해 봤다.) 그걸 이 축제가 해내고 있었다. 강릉인들의 애정과 몰입과 흥이 응축되어 만들어진 이 축제가.

• 창포 향에 취해서 •

신들을 모신 제단 앞 무대에서는 단오제 기간 내내 이 굿 저 굿이 줄줄이 이어진다. 우리도 굿 한 석 보고 가자며 '축원굿' 차례에 자리를 잡았다. 접신을 한 무당이 작두 위에서 춤을 추다가 돼지 피를 뿌려 대며 알아들을 수 없는 말을 속사포처럼 뱉어 내는 그런 굿……은 이번에도 아니었다. 오히려 이 굿은 '예술적으로 승화된 품바'에 가까웠다. 무녀가 악사의 연주에 맞춰 춤도 추고 노래도 부르고 이야기도 푼다. 무속 신을 주인공으로 한 신화를 들려주기도 하고, 공연 사이사이 청중을 웃기기 위한 농담도 한다. 아주 오래전, 그러니까 품바가 탄생하기도 훨씬 전, 오락거리라고 할 만한 게 마땅찮던 시절부터 출중한 예술적 기량으로 사람들에게(신들에게도!) 엔터테인먼트를 제공해 온 일종의 '예술단'인 셈이다.

단오굿이 대중에게 해 왔던 기능도 그렇고 춤-노래-이야기로 구성되는 레퍼토리도 그렇지만, 품바가 떠올랐던 또 다른 이유는 관객들이 굿판에 올라가 무당이 두른 띠에 돈을 꽂아 주거나 직접 건네곤 해서였다. 품바와 다른 점은 굿이니만큼 '복채'의 성격을 띠어서 소원을 들은 무당이 축원의 말 몇 마디와 함께 하얀 종이에 불을 붙여 태워 준다는 것이다. 그렇게 불붙은 종이는 두둥실 허공으로 떠올라 하늘로 하늘로 날아가……야 마땅하겠으나(종이가 높이 솟을수록, 더 완전히 탈수록 길한 것으로 여긴다.) 지붕이 막혀 있는 이곳에서는 천장에 가닿는 게 최대치일 터였다. 그래도 제사 지방을 태워 국그릇에 넣는 것이나 보아 왔던 우리에게 소지(燒紙)의 승천 장면은 일견 낭만적인 데가 있었는데, 잠시 넋을 잃고 그 광경을 지켜보며 누군가의 소원의 무게를 가늠하던 우리는 생각지도 못한 전개에 깜짝 놀라고 말았다.

단정한 주황색 칼라 티셔츠를 입고 무대 한쪽에 다소곳이 앉아 있던 한 청년이 뭔가 길쭉한 것을 스으윽 뻗었는데, 저게 뭐지 생각할 겨를도 없이 소지가 그 봉 속으로 빨려 들어간 것이다. 에엣? 날아오르던 작은 불새가 순식간에 독수리의 긴 부리에 확 채여 사라진 듯 가차 없었고, 의태어로 표현해 보자면 '호로록' 정도로 경박했던(청년의 조신한 움직임과 대비되어 더 극적이었다.) 그 증발에 우리는 다시 살짝 넋을 잃었다. 그리고 봉의 정체는, 바로, 진공청소기의 흡입구였다. 아…… 그렇……군요. 천장에 불이 붙거나 재가 떨어져 지저분해지는 걸 막기 위한 현실적 방안이라는 건 알겠지만 현실적이어도 너무 현실적인 거 아닌가. 굿이라는 행위도, 소원을 담은 종이를 태우는 것도 초현실적인 세계에 대해 어느 정도 합의된 믿음하에 이뤄지는 거 아니었어? 소지가 허공을 나는 시간은 길어 봐야 10초 정도였다. 무대 반대편 끝에도 한 명 더 해서 두 청년은 소지가 날아오르는 족족 경건경박하게 쏙쏙 빨아들였고, 충분히 봤으니 더 안 봐야지 안 봐야지 하는데도 소지가 떠오르면 가슴이 두근거리며 그쪽으로 눈이 갔다. 그때마다 박태하는 강릉판 고스트버스터즈를 상상했고, 김혼비에게는 '나의 바람이 10초 만에 쓰레기가 되었다.'라는 문장이 자꾸 떠오르며 이 문장이 은유적 표현이 아니라 현실이라는 것이야말로 초현실적이라고 느껴졌다.

이어진 순서는 한술 더 떠 이 굿판에 작정하고 은유를 해체하려는 데리다적 음모라도 있는 건 아닌지 의심케 했다. 한

바탕 춤과 노래를 한 무당이 자애로운 눈빛으로 관객들을 둘러보며 "세상에 쉬운 건 없다고, 굿도 쉽지가 않아요. 가사 외워야지, 노래 외워야지. 그래도 조상님들에게 '우리 모두 행복하게 원하는 것 다 이루면서 잘 살게 해 주십시오.'라는 기원은 우리가 열심히 굿해서 여러분 대신 빌어 드릴 테니까, 여러분은 그저 이 자리에서 편안히 앉아서 굿이나 보고 떡이나 드셔요!"라고 말한 것까지야 그러려니 했는데, 말이 끝나기 무섭게 무대 뒤편에서 자원봉사자들이 달려 나오더니 관객들에게 진짜로 떡을 한 덩이씩 나누어 준 것이다. 그렇게 우리는 말 그대로 굿이나 보고 떡이나 먹었다. 난데없는 호사에 좀 어리둥절하긴 했지만 단오굿의 이 작은 위트인 따끈한 백설기는 유독 맛있었고, 공중을 오르다 잡아먹힐지라도 끊이지 않고 소지를 날아오르게 하는 많은 소망들이 애틋했고, 그 소망들을 대신 빌어 주는 마음이 어쩐지 든든했다. 모든 게 정말 '굿'이었다.

굿을 보는 것 말고도 단오제에서 꼭 해 보고 싶은 게 있었다. 바로 창포물에 머리 감기! 살면서 창포물을 본 적조차 없는 우리는 두근대는 마음으로 체험 부스에 가서 인당 2000원을 낸 뒤 뒤쪽으로 안내받았다. 그런데 그곳의 풍경이 상상과는 전혀 달랐다. 우리가 기대했던 장면은 커다란 나무통에 담긴 창포물을 박 바가지로 퍼 대야에 담은 후 쪼그리고 앉아 머리카락에 한 올 한 올 기름을 발라 주듯 꼼꼼하고 느릿느릿 감은 후 수건으로 살짝 털고 축제장을 거닐며 불어오는 미풍에 머리를 말리는 것이었는데…… 현실은 플라스틱 대야가 주르륵 놓인 책상 앞에 앉아 있던 중년 여성 대여섯 분이 "이쪽으로 와요!"라고 손짓으로 불러서 다가가면 대야 위로 머리를 숙이게 한 뒤 커다랗고 파란 '바께스'에서 플라스틱 바가지로 창포물을 퍼 끼얹으며 머리를 싹싹 야무지게 감겨 주셨고, 저쪽으로 가라며 떠민 곳에서는 자원봉사자들이 주르륵 놓인 헤어드라이어로 머리를 말려 주기까지 하는 것이었다.

'창포물에 머리 감기'라는 어구에서 풍기는 고즈넉하면서도 운치 있는 느낌과는 다르게 예상치 못한 인력들이 동원된, 약간 '창포물 세발(洗髮) 공장'의 컨베이어 벨트 위에 오른 기분이 들었지만, 많은 인원이 밀리지 않게 빨리빨리 체험하고 지나가게 하려면 어쩔 수 없는 선택 같기도 했다. 이런 유의 서비스를 굉장히 부담스러워하는, 주변머리는 없고 감을 머리만 있었던 우리는 잔뜩 어색한 얼굴로 엉거주춤 선 채 머리 감겨지는 서로의 모습이 너무 웃겨서 체험장에서 나오자마자 미친 듯이 웃어 댔다. 그럴 때마다 대관령 정상에서 한기가 내려오듯 살짝 젖은 머리카락에서 선선하게 내려오는 창포 향에 취한 우리는 '버드나무'라는 강릉의 맥주 양조장에서 단오절 한정으로 창포를 넣어 만든 맥주 '창포 세종'을 마시며 창포에 더욱 취해 갔다.

그렇게 창포 향에 에워싸여 축제장을 걷고 있으려니 단오를 정말 단오답게 '쇠고' 있는 것 같아 잔잔하게 행복했다. 음식점은 단오 메뉴를, 지역 양조장은 '단오 에디션'을 내놓고, 지역 정보지 《교차로》의 강릉판은 축제 정보를 빼곡히 담은 '단오 특별판'을 발행하며, 시내 곳곳의 상점들은 '단오 맞이 바겐세일'을 연다. 지역의 모든 것이 마치 물 흐르듯 자연스럽게 단오를 향해 흘러가고 있었다. 그것도 지역의 색깔을 간직한 채로. 다른 지역 축제들이 자신이 홍보할 무엇인가를 뽑아 올려 뿜어내기 위해 수원지의 역할에 열심이라면, 강릉단오제는 시민들의 마음이 저절로 흘러들어 머무는 저수지가 아닐까. 이 저수지 안에서 우리는 넉넉히 푸근했고, 게다가 강릉 시내는 간판부터 조경까지 어찌나 '힙'하고 예쁜지 축제장과 시내를 오갈 때마다 마치 어느 축제 기획자의 꿈속과 어느 도시 디자이너의 꿈속을 걸어 다니는 것 같았다.

주최 측이 공식적으로 내건 이번 축제의 주제는 '지나온 천년 이어 갈 천년'이었다. 정말이지 강릉단오제니까 붙일 수 있는 말이다. 1000년이란 감히 상상도 할 수 없을 만큼 아득하게 긴 시간이다. "어느 천년에 그거 다 할래?"를 강릉단오제는 했다. 어느 틈에 후천적 단오 DNA가 깊이 새겨진 우리 또한 '이어 갈 천년' 중 100분의 1에 해당하는 시간만큼이라도 꼭 함께하고 싶어졌다. 이제 김혼비도 단오를 쇠러 강릉에 가야 한다며 연차를 내게 될지도 모르겠다.

갈라져야 쓰것네

충북 청주
젓가락페스티벌

· 흐린 가을 하늘에 젓가락을 써 ·

"그만! 그만하시고 여기 보세요. 게임 설명부터 들으세요! 연습 시간 따로 드릴게 제발 좀 집중! 스톱! 헤이, 쭝궈 팀, 스톱! 웨이트! 아, 통역사님, 얼른 통역 좀요. 아니 근데 한국 팀은 제 말 다 알아듣고 있으면서 왜 이리 말을 안 들으실까!"

절절한 하소연과 미세한 짜증 사이를 줄타기하는 사회자, 그 옆의 통역사, 못 들은 척 고개를 바닥에 박고 허리춤까지 올라오는 긴 막대기 한 쌍으로 그릇에 담긴 색색의 고무공을

● 읽어 보면 드러날 테지만 이 글은 한 사람이 썼다.

집어 올리려 애쓰는 무대 위 열 명의 사람들, 플라스틱 의자에 앉아 말도 더럽게도 안 듣는 어른들을 물끄러미 바라보는 10여 명의 아이들……. 태풍 '타파'가 보낸 먹구름이 낮게 내려앉은 9월의 토요일 아침, 청주시 구도심 골목 사이에 자리한 '옛청주역사공원' 야외무대 위에서 펼쳐지고 있는 이 광경의 정체는 바로 '젓가락 경연대회(국제부)'였다.

행사장에 도착해 멀리서는 이 무대가 그 행사인 줄 미처 몰랐고 가까이서는 그 행사가 이럴 줄 차마 몰랐다. 주최 측은 '젓가락 경연대회'라고 썼지만 사실 '젓가락질 경연대회'일 거라는 예상은 맞았으나, 무언가에 서툰 혹은 놀랄 만큼 능숙한 외국인들을 불러 놓고 호들갑을 떨며 만들어 내기 마련인 K-행사의 의례적 장면과는 달라도 너무 달랐다.

무대 위에는 젓가락을 밥 먹듯 쓰는(이것은 비유인가 아닌가!) 한국인과 중국인 들뿐이었고, 그들이 쥔 터무니없이 긴 젓가락(그걸 젓가락이라고 부를 수 있다면)은 이 대회에서 말곤 아무짝에도 쓸모없어 보였으며, 그걸로 고무공을 집는 장면(사회자 말 안 듣고 계속 연습 중)에는 어떤 재미도 감동도 없었다. 게다가 가만, 뭐야, 무대 위 참가자와 객석 아이들을 포함해 이 자리에 있는 40여 명 거의 전부가…… 소속 도시와 자신의 이름이 적힌 목걸이 명찰을 달고 있네? 그러니까 이 한 줌의 사람들조차 자발적 관광객이 아니라 진행 요원 또는 초청객(대부분 공연단)이었던 것이다. 상주 인구도 많지 않을 동네에 날씨까지 궂으니 산책 나온 어르신 한 분 눈에 띄질 않았고, 하늘과 마음의 먹구름이 함께 짙어져 갔다.

　게임 방식은 간단했다. 팀원 다섯 명이 나란히 선 뒤 장젓가락을 사용해 옆 사람 그릇에서 자기 그릇으로 고무공을 옮겨 모든 공을 맨 끝 사람 그릇에 더 빨리 옮긴 팀이 이긴다. 명색이 인터내셔널 콘테스트에 오해의 여지는 털끝만큼도 줄 수 없다는 듯 저 간단한 규칙을 설명하고 통역하는 데 장장 5분이 소요되었고,(한국 팀에게 시범까지 보이게 했다.) 주어진 소품으로는 저것 이외의 다른 방식을 상상할 수 없어 이미 (그렇게 말을 안 들으며) 저 동작을 연습하고 있던 참가자들은 고작 이 설명을 하겠다고 그 난리를 쳤는지 약간 어리둥절해하는 눈치였다.

　양 팀 첫 주자의 그릇에 고무공이 모였고, 시작 신호가 떨어졌다. 젓가락 같지 않은 젓가락들이 분주히 움직였고, 객석의 아이들이 진행 요원의 억지 호응 유도에 "한국! 한국!" "찌아오! 찌아오!"를 나눠 외치는 가운데 시범까지 보였던 한국(청주) 팀은 중국(칭다오) 팀에 참패……하고 만다. 이어서 중국 팀은 알고 보니 이미 부전승으로 결승에 올라 있던, 그러니까 연습 한번 제대로 한 적 없던 일본(니가타) 팀에 완패……했고, 왕좌에 오른 일본 팀은 흐린 가을 하늘에 승리의 젓가락을 치켜들고 먹구름을 콕, 콕, 찔러 댔다.

이어서 사회자는 이 지끈거리는 광경을 지켜봐 준 것으로도 모자라 열띤 응원까지 보내 준 참 고마운 어린이들(제주의 합창단원들)을 무대로 올려 깜짝 대회를 열어 주었다. 아이들이 젓가락질 연습용 키트를 가지고 열심히 개인전을 치르는 동안 뜨거운 응원을 날로 받아먹은 동아시아 어른들은 자기들끼리 시시덕거리느라 무대를 외면했고, 인솔자 선생님만 부지런히 아이들의 모습을 휴대전화에 담는 가운데 야속하게도 빗방울이 투둑툭 떨어지기 시작했고, 마지막 아이의 젓가락질이 끝나기가 무섭게 사회자는 다급히 상품(당연히 수저 세트)을 떠안기며 "오늘의 나머지 행사는 실내 강당에서 진행하도록 하겠습니다!"라고 선포했고, 기다렸다는 듯 쏟아지는 비와 우르르 달려가는 한 줌의 사람들 틈에서 박태하는, 잊혀져 간 꿈들을 다시 만나고파, 말없이 우산을 펼쳤다.

• 축제장 굽이굽이, 마음은 고비고비 •

하지만 이 심란한 광경을 함께 나눌 김혼비는 곁에 없었다. 지금 함께였다면 다 집어치우고 어디 가서 낮술이나 까자고 했을 가능성이 농후한 김혼비는 전남 순천에서 열리는 '저

자와의 만남' 행사에 참석한 후 저녁에 합류해 내일의 일정을 함께할 예정이었기 때문이다. 혼자라도 먼저 온 이유는 놓치기엔 너무나 아까운 오늘만의 행사들 때문이었는데, 그 핵심이라 할 '젓가락(질) 경연대회(국제부)'가 이렇게 오전 10시 반에…… 너무나도 아깝게도 막을 내렸다. 이걸 보러 새벽부터 일어나 홀로 먼 길을 달려온 건가 생각하니 어쩐지 분했다.(김혼비가 합류할 시점까지는 이 글을 혼자 이끌어 가야 하는 상황도 막막하다.)

그저 막대기 두 개, 무인도에 떨어진 초등학생도 밥 먹자고 하면 나뭇가지 뚝뚝 부러뜨려 알아서 만들 이 가장 단순한 식사 도구는 '한민족의 뛰어난 두뇌와 손재주'의 근원으로 은근하고 미묘한 자부심의 대상이 되어 왔다. 만약 젓가락이 오롯이 한국만의 문화였다면 K-부심(Kride)이 진작 폭발하고도 남았겠지만 동아시아에서 널리 사용되는 도구인지라 다행히 조금 자제가 되었는데, 바로 그 포인트가 이 축제의 기원이 되었다.

한중일 문화부 장관이 모여 "지역 내 상호 이해와 연대감 형성을 촉진하고 역내 문화의 글로벌 경쟁력을 강화"하자며 2014년부터 매년 각국 하나씩 세 도시를 '동아시아문화도시'로 지정하기로 했다. 2015년 대한민국의 두 번째 문화도시로 선정되어 의욕에 찬 청주시는 명예조직위원장으로 이어령 선생을 모셨고, 선생은 여러 행사와 더불어 '젓가락 페스티벌'이라는 아이디어를 냈다. 충분히 해 봄직한 시도였을 것이다. 맨날 티격태격하는 세 나라의 공통적 자긍심을 통해 연대감을 북돋울 수 있고 정치적으로도 그다지 민감하지 않은 소재로 젓가락만 한 게 또 있을까.(선생은 젓가락을 '아시아인의 문화 유전자'라고 멋지게 표현했다.) 그리하여 '제1회 젓가락 페스티벌'이 개최되었다. 어떤 다른 날짜도 감히 도전장을 내밀 수 없는 11월 11일에 말이다.

하지만 이후부터가 문제였다. 해가 바뀌어 문화도시 타이틀은 다른 도시로 넘어갔는데, 그렇다고 '제1회'를 붙여 닻을 올린 국제 행사를 냉큼 폐지하는 건 민망하고 자존심 상하고 비문화적인 처사. 2회와 3회가 열리긴 했으나 애초에 젓가락과 별 관련 없는 청주로서는 흥행의 동력을 유지하기 쉽지 않았다. 예산도 의욕도 차츰 사그라들더니 2018년에는 저 탐나는 날짜를 9월로 옮기기까지 했는데, 속내는 알 길 없으나 표면적으로 내세운 이유는 "올해부터는 한국만의 수저 문화에 주목해 차별성을 강화해 수저 한 벌의 이미지를 연상시키는 9월 11일을 중심으로 개최한다."라는 것이었다. '젓가락=11'을 넘어 '숟가락=9'까지 찾아냄으로써 (젓가락질로 계발된) 한국인의 창의력을 십분 발휘한 참으로 놀라운 조치였으나, 고작 1년 뒤인 오늘이 9월 21일이라는 건 더더욱 놀랍다.

알쏭달쏭한 마음을 추스르며 야외 부스를 둘러보기 시작했다가 5분 만에 출발점으로 돌아왔다. 뭔가 깜빡해서 돌아온 게 아니었다. 다 둘러보니까 5분이었다. 행사장인 옛청주역사공원의 규모는 작았고,('역사'가 'history'가 아니라 'station'이라는 걸 그때서야 깨닫고 마음이 더 알쏭달쏭해졌다. 그래, 무대 뒤로 보였던 저게 '역사'였어…….) 딱히 볼 것도 할 일도 없었으며, 비 때문에 인적마저 없으니 그마저도 천천히 걸은 결과였다. 전혀…… 축제 같지 않았다. 몇몇 어린이들이 '올바른 젓가락질과 식사 예절', '젓가락 꾸미기' 같은 부스에 앉아 있긴 했지만 수심이 그득해 보였고, 빈 부스의 어른들은 초탈한 듯 보였다.('젓가락 선생님' 명찰을 단 아저씨만은 굉장히 슬픈 표정으로 앉아 계셔서 마음이 아팠다.) 찍찍이로 젓가락들을 붙여 놓고 "삼각형 두 개를 만들어 보세요." 같은 성냥개비 옮기기 퀴즈가 출제되어 있는 천막,(뒤에서 차례를 기다리다 보면 답을 알게 되어 풀 필요가 없어지는, 혹은 문제 푼 사람이 원래대로 돌려놓지 않으면 초면에 정답을 만나게 되는 무기력한 구조였다.) 젓가락질이 얼마나 두뇌 개발에 도움이 되는지를 적어 놓은 현수막 끄트머리에 "쇠젓가락질은 더 많은 정교성을 요구합니다."라고 덧붙여 은근슬쩍 삼국 내에서의 우월감을 주입하는 천막(일본과 중국은 나무젓가락이 대세인 데 반해, 김치도 찢고 생선도 바르고 깻잎도 떼고 묵도 집어 먹어야 하는 한국에서는 일찌감치 금속제 젓가락이 발달해 왔다.) 등이 추적추적 비에 젖어 가고 있었다.

'젓가락 던지기 달인' 부스 앞에선 그래도 간간이들 발걸음을 멈추었는데, 스티로폼 과녁에 호쾌하게 꽂혀야 할 쇠젓가락이 머릿속 그림과는 달리 투웅 튕겨 땅바닥에 나동그라지기가 대여섯 번 반복되면 사람들은 시시해서 혹은 성질나서 혹은 미안해서(진행 요원이 계속 젓가락을 주워 주어야 했으므로) 젓가락 하나 꽂지 못한 채 엉거주춤 자리를 떴다.(얼마나 어려운지 시뮬레이션도 안 해 보다니!) 그나마 성황인 '나만의 젓가락 만들기'에서는 어른 아이 할 것 없이 다닥다닥 붙어 대패질을 하고 있었지만 생각보다 큰 근력과 지구력을 요하는 통에 다들 땀을 삐질삐질 흘리며 지쳐 가는 기색이 역력했다.(괜히 시작했다는 표정이었다.) 이 모든 풍경 앞에서, 어딜 가도 뻘쭘해하기 일쑤인 박태하는 이곳이라면 어느 누가 온들 마찬가지일 거라고 쓸데없는 위안거리를 찾으며 점점 눅눅해져 갔다.

발길을 가장 오래(한 1분 30초?) 붙잡아 둔 것은 밥과 국과 간장 종지만 놓인 밥상 위로 기다란 젓가락을 주욱 내민 스티로폼제 그림자 인간이 앉아 있는 부스였다. 허공에 굴비가 매달려 있었다는 힌트를 드리면 쉽게 짐작하시겠지. 그렇다…… 자린고비다. 의좋은 형제의 실존성을 확인하신 여러분이라면 '자린고비가 청주 출신이었어?' 반색하실 수 있겠으나 안타깝게도 자린고비는 전국 방방곡곡의 구두쇠 설화가 응집된 가공인물일 뿐 청주와는 관련이 없다.(부스 안의 자린고비 설명문에도 '청주'라는 단어는 등장하지 않는다.) 아니 그렇다면 저 양반은 대체 왜 여기에 불려와 나앉아 있는가? 어지간한 한국인 아무나 앉혀 놓고 젓가락만 들려 봐도 되는 것 아닌가? 축구인의 두 다리를 젓가락에 비유했던 김혼비의 축구팀 감독님이면 어떻고,(『우아하고 호쾌한 여자 축구』, 21~22쪽 참조.) 대한민국 식탁의 배후 조종자 백종원 님이면 또 어떠며, 그냥 모든 한국인이 존경해 마지않는 세종대왕님이면 또 어떠냐는 말이다. 누구라도 자린고비보다는 젓가락과, 하다못해 청주와 친할 텐데!(참고로 세종대왕은 청주 초정리 온천에 자주 행차하신 인연으로 청주시는 무려 '세종대왕과 초정약수축제'도 열고 있다.) 아니 조금 더 전복적으로, 꼭 한국인일 필요가 있을까? 「젓가락 행진곡」의 작곡가 유피미아 앨런이어도, 아이들에게 바른 젓가락질을 가르치는 히트 상품 '에디슨 젓가락'에 이름을 빌려준 에디슨이어도 상관없지 않아?(물론 에디슨 젓가락은 상표 이름일 뿐 에디슨이라는 인물과는 관계가 없다.) 이 거대한 고비 앞에 박태하는 굴비처럼 짭조름해졌고, 뻘쭘하니 젓가락을 내밀고 있는 자린고비 옹을 바라보며 당신이나 나나 여기서 뭘 하는 것이오 동병상련을 느끼다가 불현듯 깨닫고 말았다. 엇,

밥이랑 국은 숟가락으로 먹고 굴비는 눈으로만 먹는데 이놈의 젓가락은 대체 왜 필요한 거죠? 네?

· 기립하시오, 당신도. 이것은 인터내셔널이오 ·

보조 행사장이었다가 비 때문에 졸지에 주 행사장 역할까지 떠맡게 된 공원 한쪽의 도시재생허브센터. 비를 피해 들어온 이들로 어수선한 장내를 뚫고 강당을 찾아가니 2014년 중국 문화도시인 취안저우시의 공연이 시작된 참이었다. 역시나 관계자가 태반인 관객 40여 명 앞에서 비파 연주, 종이우산 춤, 전통 악기 합주 등이 이어졌는데, 이 장면에서 강릉단오제의 한 행사가 겹쳐 떠오를 수밖에 없었다.

천변을 벗어난 단오전수관 강당까지 '월드 패션 갈라쇼'라는 이름의 정체불명 행사를 군이 보러 간 이유는 '패션'이 'fashion'이 아니라 'passion'이라는 것에 화들짝 놀라서였는데('역사'가 'history'가 아니라 'station'인 것과 맞먹는 반전이다.) 실상은 중국 기예단, 몽골 악단, 독일 합창단 등 여러 해외 초청 팀의 모둠 공연이었다. 그중에서도 인구 90여 명에 불과한 작은 시골 마을의 주민 20여 명으로 구성된 독일 합창단의 무대가 무척 심란했다. 냉정히 말해 바다 건너 나올 실력이 절대 못 되는 저들의 존재를 강릉이 대체 어떻게 알고 초청했는지, 만만찮은 비용을 부담했을 이 행사로 강릉은 과연 뭘 얻는지 좀처럼 이해하기 힘들었기 때문이다. 독일인들이 부르는 헝가리 민요와 마오리족 노래를 들으면 강릉 시민들이 문화적으로 마구 고양되나? 저 작은 마을하고 의미 있는 교류가 가능한가?(이런 생각을 하는데 눈앞에서 지나치게 성심껏 노래를 부르고 있으니 더더욱 심란했다.) 무형의 가치에 혈세나 대차대조표를 운운하는 걸 썩 좋아하진 않지만 그래도 이건 계산이 안 맞아도 너무 안 맞았다.(합창단은 마지막 곡으로 진심 넘치는 「아리랑」을 불러 심란의 방점을 찍고 내려갔다.)

오늘 중국 팀의 공연과 그것을(혹은 핸드폰을) 지켜보는 시큰둥한 관객들을 보며(심지어 일본 공연단은 초반엔 이해할 수 없을 만큼 큰 소리로 떠들다가 중반부터는 아예 대놓고 잠들어 버렸다……) 그날의 감정이 되살아왔다. 접촉면을 넓히고 이해의 폭을 넓히는 건 물론 좋지만(이 축제가 그걸 위해 시작한 거고) 이렇게까지 많은 자원을 들여 할 일인가. 하지만 또 한편으로는 이렇게라도가 아니면 이럴 기회도 없지 않나.(그런데 저 사람들은 왜 자는가.) 그러고 보면 많은 축제가, 나아가 인구 유출을 겪고 있는 지자체들의 모든 사업이 결국 이런 패턴 아닌가 싶다. '이렇게까지 해야 하나.'와 '이렇게라도 해야 하지 않나.' 사이에서 고민하다가 대개는 하는 쪽을 택하는.(뭐라도 했다고 할 말은 있으니까.) 지역에 뿌리내리지 않은 우리로서는 이 사이에서 선뜻 가치판단을 내리기가 힘들다.

이 축제의 유일한 사회자는 공연 소개도 하고 호응 유도도 하고 장내 정리도 하다가 시간이 빈다 싶으면 무조건 젓가락(질) 경연대회를 열어 시간을 때운다.(제주 합창단 아이들이 썼던 그 키트가 사용된다.) 아동부의 경우 참가자의 수와 나이대를 고려해 즉석에서 '더 어린이'부를 신설하기도 하고 성인부의 경우 콩이랑 쌀알 옮기기로 종목을 변주하기도 하며 하염없이 이어지는 대회들. 자연히 일정표에 적힌 시간은 알 바 아니게 되어 버렸는데, '이렇게라도 하지 않으면' 정말 황량한 축제가 될 것임은 누가 봐도 자명했으므로 이해할 수 있는 처사였다. 강당 앞문으로 빼꼼 고개를 들이민 일가족이 조르륵 들어와 차례를 기다려 부모와 자녀가 번갈아 무대에 올라 열심히 서로를 응원하고는 스르륵 빠져나간다. 그러다 보니 참가자(와 가족)만 있고 관객은 없어서 사회자는 "설마 우리 자녀 끝났다고 홀라당 나가 버리시는 거 아니죠? 다른 아이들도 좀 봐 주셔야죠?" 처절히 읍소해야 했다. 그렇게 잠시 머물렀다 사라지는 가족들 틈에서 꿋꿋이 맨 앞줄에 홀로 앉아 출전 의지라고는 추호도 내비치지 않고 종종 헛웃음을 지으며 사진을 찍어 대고 있는, 그러다 눈이 마주치면 어색하게 눈길을 피하는 한 남자(=박태하)의 존재는 사회자 입장에서도 꽤나 수상쩍고 부담스러웠을 것이다.

피차 시간도 좀 가질 겸 점심도 먹을 겸 강당을 빠져나왔다. 먹거리 같은 건 있을 턱이 없는 축제장을 벗어나니 움직이는 것은 모두 느릿느릿한 구도심의 풍경이 펼쳐졌다.(이 구도심을 살리기 위해 이 자리에 '도시재생허브센터'를 지었을 것이다. '이렇게라도' 하려고.) 그런데 몇 걸음 못 가 눈앞에 펼쳐진 플래카드. "과거사 반성 없는 일본 정부의 경제 보복 규탄한다." 아…… 잠시 잊고 있었다. (축제장을 찾았던 2019년 가을 당시) 한일 무역 분쟁과 일제 불매 운동이 한창이었다는 것을. 플래카드 속 문장 왼쪽 끝에는 NO의 O가 새빨갛게, 오른쪽 끝에는 YES의 E가 태극무늬로 칠해져 있고 그 뒤편에 평화의 소녀상이 앉아 있는 이 풍경 속에서, 박태하는 젓가락이 다 뭔가 싶고, 우리가 서로를 이해할 수 있을까 싶고,(그런데 일본 팀은 왜 갔나 싶고) 다들 저 축제장에서 뭐 하고 있나 싶고, 젓가락은 너의 길을 뚜벅뚜벅 가거라 싶고, 이 축제와 축제를 둘러싼 모든 것이 거대한 희극처럼 느껴질 따름이었다.

· 인연은 어떤 면에서는 젓가락처럼 ·

가라앉는 마음을 순댓국으로 달래고(쇠젓가락의 정교함이

큰 도움이 되었다.) 애써 의욕을 차려 축제장에 돌아오니 얄미운 잠꾸러기 일본 팀의 전통 공연이 시작되었다. 탈 쓴 사자 텐구(북청사자놀음처럼 두 명이 연기)와 사람 텐구가 옥신각신 춤을 추었는데, 푹신한 의자에 몸을 파묻은 스무 명의 식곤인들이 관객의 전부여서 약간 쎔통이라고 생각하던 찰나 텐구들이 무대에서 내려왔다. 사회자가 "텐구가 물면 한 해 내내 복이 온답니다. 머리를 살짝 내밀어 주세요."라고 설명을 보탤 때까지만 해도 '참나, 와중에 할 건 다 하네.' 싶었는데 그게 여기 온 스무 명을 하나하나 다 물어 준단 말인 줄은 몰랐지……. 한 칸 한 칸 다가오더니 오른쪽 옆에 버티고 서서 눈을 부라리고 이빨을 딱딱거리는 사자를 향해 포기한 듯 고개를 기울이자 정수리에서 출발한 찌리리함이 입 밖으로 끄으으 튀어나왔고, 뭐야 이거 생각보다 훨씬 아프잖아! 눈물이 핑 돌면서 박태하는 자신이 거대한 희극의 쎔통 안에 들어와 있음을 실감할 수 있었다.(하지만 곧 신이 나 김혼비에게 문자를 보냈다. "나 사자한테 머리 물렸어ㅠㅠ" "?????")

마침내 '놓치기엔 너무나 아까운 오늘만의 행사들' 두 번째 시간. 2층 회의실로 올라가 방명록을 적고 자료집(3개 국어 수록)과 동시통역기와 기념품(당연히 수저 세트)을 받았다. 자리 잡고 앉은 이곳은 바로 '국제 학술 심포지엄' 행사장. 지금 이 순간 전 세계에서 젓가락에 대한 가장 수준 높은 담론들이 오갈 이곳에 30여 명이 운집했다. 어디에도 선공개되지 않았던 심포지엄 주제는 자료집 속지에만 살포시 적힌 '젓가락 문화 발전을 위한 한중일 3국의 제언'! 한국 패널의 발표를 시작으로 본격적인 막이 올랐다.

저, 그런데 말이죠,「고고학 자료로 본 충북 지역의 젓가락 문화」가 '젓가락 문화 발전을 위한 한중일 3국의 제언'과 딱히 관련이 있나요. 충북 지자체별 발굴 젓가락 개수와 특징(하지만 "표본이 적어 유의미한 특징을 발견하기 어려움"이 최대 특징이었다.)을 삼국의 학자들이 함께 보고 있을 이유가 있을까요……. 어쩌다 이 과업을 떠맡으셨는지 모를, 젓가락을 소재로 소논문을 쓸 일이 있으리라곤 상상조차 해 본 적 없으셨을 충청북도문화재연구원 소속 고고학자께서는 자신에게 이처럼 꼼꼼한 자료 조사와 정리 이상의 어떤 통찰은 애초에 무리였다는 듯 시종 겸허한 자세로 발표 및 질의응답에 임하셨다.

미술 교육을 전공한 일본의 연구자는 '젓가락의 당위성은 무엇인가'를 주제로 필요한 질문들을 위트 있게 던졌는데, '젓가락의 당위성' 같은 것을 쉽사리 단정할 수는 없으니 발표는 결국 '문화의 관습적 성격'과 '미학과 자기 수양' 정도로 슬쩍 비껴 간, 어쩌면 최선의 결론으로 맺음되었다. 반면 '상하이젓가락문화촉진회' 회장님이 나선 중국 측 발표 제목은「중국 강남 지역의 젓가락 문화」. 한국 측 발표와 마찬가지로 지엽적이라면 지엽적이겠으나 별의별 고문헌들 속에 등장한 강남 지역의 젓가락 이야기를 잔뜩 모아 와서 혀를 내두르게 했다. 이를테면 이런.

> "장경은 자기가 힘이 세다고 자랑했다. 술을 마시면서도 장경은 갑자기 팔뚝으로 저칠보를 한 대 칠 것처럼 겁을 주었다. 저칠보는 천천히 젓가락으로 장경의 가슴을 살짝 건드리며 앉아서 얘기할 수 없겠냐고 말했을 뿐인데 장경은 갑자기 말을 멈추고 잠시 후 인사를 하고 자리를 떴다. 이튿날 장경은 다리 밑에서 죽은 채로 발견되었다."
>
> ——『청패류초(清稗類鈔)』. 자료집 중 '젓가락과 무술'에서 재인용.

개수를 채우거나 형평성을 맞추기 위해 쥐어짜 낸 질문들, 발표문과 상관없이 젓가락에 대해 궁금한 걸 마구 던지는 질문들(하지만 발표문도 주제와 상관이 없었으니 공평하겠다.) 몇 개가 지나갔고, 국제 친선 행사 특유의 어색하고 과장된 화기애애함이 넘실거리던 심포지엄이 막을 내렸다. '젓가락 문화 발전을 위한 한중일 3국의 제언'은 발표문 속이 아니라 우리가 이렇게 한자리에서 함께했다는 사실 자체에 있지 않느냐는 듯이. 사회자의 클로징은 식상할 걸 알아도 안 하고 못 배길 멘트, 바로 이것이었다. "자, 그럼 함께 젓가락으로 식사를 하러 가 볼까요!"

자리에서 일어서려는데 통로 건너편의 일본인 노인과 눈이 마주쳤다. 등판에 '젓가락 바로 잡는 법'이 그려진 빨간 티셔츠를 입고 심포지엄 내내 열심히 듣고 적고 말했던 그는 멈춰 보라는 손짓을 하더니 가방 속을 뒤적여 지극히 공손한 몸짓으로 뭔가를 건네 왔다. 명함에 한글로 '효자에몽 대표이사 회장', '국제젓가락문화협회 이사장' 등의 직함이 찍혀 있었고, 함께 받은 자그마한 봉투 안에는 1엔짜리 동전 하나와 작은 쪽지가 들어 있었는데, 조심조심 펼쳐 본 쪽지에는 궁서체로 이렇게 인쇄되어 있었다. "함께 살아가자. 하나의 인연으로부터…… '1'부터 시작하는 인연, 하나의 사물 생각 사람과의 만남이 무한의 인연으로 펼쳐진다."

교환할 명함이 없어 생각도 못 하고 있다가 이미 살짝 지나쳐 간 노인의 뒷모습에 대고 다급히 "아리가토 고자이마스."를 외쳤다. 편지 속 문구가 좀 투박하게 느껴지긴 했지만(그리고 젓가락이면 '2'에 초점을 맞추는 게 낫지 않나 싶지만) 솔직히 조금 감동받았다. 적어도 이 사람은 젓가락에 최고로 진심이었으니까. 다시 자리에 앉아 명함에 적힌 회사 이름을 검색해 보았더니 100년 가업 젓가락 회사, 본사는 교토 근교의 소도시 오바마시(小浜市) 등의 정보가 떴다. 그나저나 도시 이름이 신기하네…… 엥? 뭐? 버락 오바마 재선 때 오바마 얼굴이 새겨진 젓가락 400쌍을 백악관에 보냈다고? 튀어나오는 폭소를 미소로 막으며 기분 좋게 일어나 회의실을 나서려다 숫제 출입구 앞을 지키고 서 계신 우리의 회장님을 다시 마주쳤다. 말은 안 통하니 애정과 감사를 듬뿍 머금은 눈인사로 마음을 전하려 했지만 회장님은 너 같은 건 처음 본다는 듯(그리고 왜 그렇게 과하게 웃느냐는 듯) 다시 공손히 명함과 봉투를 건네셨고, "아까 받았어요."라고 말하는 법을 몰라 잠자코 받아 들고 나왔다. 1+1엔 벌었네, 젓가락처럼.

오후 5시, 결심이 섰다. 김혼비와 박태하는 실은 내일 오전의 젓가락 경연대회 개인전에 참가 신청을 해 둔 상태였다.('네이버 예약' 시스템이 갖춰져 있었다.) 하지만 알다시피 일정표는 있으나 마나였고, 예약 확인은 단 한 번도 하지 않았다.(예약을 하고 5분 전에 왔는데 벌써 끝났다니 이게 무슨 경우냐는 4인 가족 가장의 분노에 찬 항의에 사회자가 일말의 동요도 없이 "아유, 오셨으면 하셔야죠! 지금부터 참가자 모집합니다!" 해서 즉석에서 한 회차가 열린 적은 있었다.) 우리가 이걸 위해 하루를 더 보낼 가치가 있는가. 냉정히 아니었다. 그럼 우리가 이 대회에 참여하지 않고 이 글을 쓸 수 있는가. 못 쓸 건 아니지만 좀 그랬다. 하여 박태하는 쑥쓰러움을 굳게 물리치고 다시 강당에 찾아가(사회자의 눈빛이 흠칫거리는 듯했다. '또 왔다고?') 대회에 도전장을 냈다. 응원군 하나 없이 무대에 오른 박태하는 시작 신호와 함께 허겁지겁 키트 위의 스펀지들을 뒤집고 옮기고 쌓았으나 순식간에 마치고 손을 든 1, 2, 3등에 밀려 열 명 중 몇 등인지도 모른 채 쓸쓸히 무대에서 내려와야 했다. 객석에서 봤을 땐 몰랐는데 다들 뭐가 이렇게 빨라…… 종일 잠자코 있다가 막판에 스윽 나와 판을 평정하는 숨은 고수가 되고 싶었는데 실패.

오늘의 공식 일정은 30분이 남았지만 야외 부스는 이미 정리 중이었다. 축제 마지막 날인 내일은 태풍 때문에 아예 야외 부스를 운영하지 않는다니 완전히 파장인 셈. 하루 종일 일곱 바퀴는 돈 것 같은 야외 행사장을 하릴없이 한 번 더 돌아보며, 텅 빈 니가타와 칭다오-취안저우 관광 홍보 부스에서 부질없이 유인물이나 챙겨 나오며 뒤늦게 깨달았다. 맞다, 이 도시들, 올해 동아시아문화도시도 아니고 청주가 선정되었던 4~5년 전 문화도시들이잖아? 맙소사…… 그러니까 그때 처음 안면을 튼 친구들끼리만 매년 모여 비슷한 걸 해 온 거고 이쯤 되면 축제가 아니라 우호 도시 행사라고 해야 하는 거 아냐? 그렇게 허탈해하고 있는데 건물 입구에서 심포지엄 외빈들을 저녁 식사 장소로 안내하려는 운영진들의 고함 소리가 들려왔다.

"어디로 가라고?"

"거기, ○○삼계탕집!"

"□□ 뒤에 있는 거기?"

아, 오늘은 삼계탕 드시는구나⋯⋯가 아니라, 저기요, 선생님들! 젓가락 쓰러 가자면서요? 한식 중에 가장 손을 많이 쓴다고 해도 좋을 삼계탕이라뇨! 여러분도 젓가락이 지겨운 거죠? 그쵸? 그 자리에 쭈그려 앉아 소리 없이 어깨만 들썩였다.

축제라기보다는 공무원들의 숙제 같았다. 악천후와 저예산 등 여러 악조건 속에서 분투하셨음은 알지만 태생부터가 지자체와 별 관련 없는, 짝이 맞지 않는 젓가락이었으니 잘못 출제된 과제 아니었을까. 다른 축제들은 거칠지언정 '이 축제를 왜 여는가.'에 대해 뜨거운 진심의 대답이라도 갖고 있는 반면, 젓가락 페스티벌에는 마지못함의 기운이 팽배했다. 문화도시로 선정된 그해에 일회성으로 열었다면 모두에게 행복했을 축제를 어영부영 꾸역꾸역 끌고 와야 했던 청주와 젓가락의 슬픈 인연도 이제는 끝낼 때가 됐지 않나 싶다.

오송역에서 김혼비와 재회했다. 김혼비는 의심의 눈초리를 거두지 못했지만 단언할 수 있었다. "내일 안 봐도 돼. 집에 가자."(결국 박태하 혼자 이 글을 쓰고 말았다는 이야기. 돌아다니고 또 쓰는 내내 김혼비의 시선과 문체가 섞여 드는 이상한 경험을 하긴 했지만.) 사실 그날은 우리의 결혼기념일이었고, 박태하는 언제부터인지 가방 속에 준비되어 있던 작고 예쁜 봉투를 젓가락의 다른 짝인 김혼비의 손에 꼬옥 쥐여 주었다. 김혼비

는 어리둥절 봉투를 받았고, 두근두근 열어 본 봉투 속 편지에
는 이렇게 쓰여 있었다.

　"함께 살아가자. 하나의 인연으로부터…… '1'부터 시작
하는 인연, 하나의 사물 생각 사람과의 만남이 무한의 인연으
로 펼쳐진다."

이건
떡고 들어가는
콘셉트

전북 완주
완주와일드푸드축제

· 그 남자와 그 여자의 사정 ·

"메뚜기 쪼꼬만 거 몇 마리만 드셔도 상품 드르……"

"아뇨, 안 해요, 안 합니다."

생각했던 것보다 훨씬 냉랭하게 튀어 나간 목소리에 박태하 스스로도 당황하여 웃음으로 얼버무리고 참가 신청 부스를 떴다. "사람 수 채우느라 그러는 거 알겠는데 안 한다는 사람한테까지 계속 왜 이래? 표정 보면 질색하는 거 모르겠냐고!"라고 툴툴대는 박태하 옆에서, 3분 전에 당연한 듯 박태하에게 들이밀어진 신청서를 여유 있게 가로채며 "제가 나갑니다."라고 말해 박력을 폭발시켰던 김혼비는 그 말은 듣는 둥 마는 둥, 왼쪽 팔목에 채워진 참가자용 형광주황 팔찌를 매

만지며 전의를 불태우고 있었다. 박태하는 약간 오싹했다.

김혼비만 참가할 그 행사는 한 시간 뒤에 열릴 '와일드푸드파이터 선발대회'였다. 지역 축제의 행사명에서 좀체 보기 힘든 '파이터'라는 단어는 신경 쓰지 않아도 좋다. 말만 그렇지 그냥 먹기 대회니까. 그럼 뭘 먹느냐가 문제인데…… 이 글의 첫 문장을 한 번만 다시 읽어 보자. 눈치 빠르신 분들이라면 저 메뚜기가 '1차' 예선의 음식이라는 점까지 간파하실 수 있겠지. 그러니까 이 대회는 '와일드푸드'라는 거친 이름으로 포장된 '이색 음식'(실은 '괴음식') 먹기 챔피언을 뽑는 대회다.

김혼비를 이 축제로 이끈 것은 8할이 이 대회였다. 닭발이나 생선 눈알처럼 형체가 지나치게 노골적인 무언가는 입에 넣기커녕 바라보기만 해도 입가에 메기수염이 잡히는 박태하에게는 '다른 축제도 많은데 왜 하필!'이었지만,(그는 뱅어포도 수많은 생선 눈이 다닥다닥 붙은 작은 '눈알들의 벽'처럼 여기는 사람이다.) 먹기 힘든 맛 혹은 보기 힘든 모양 혹은 맡기 힘든 냄새를(혹은 이 모두를) 지닌 음식들을 차례로 격파하고픈 '이색 소망'(실은 '괴소망')을 가진 김혼비에게 이 축제는 벼르고 별렀던, 버킷 리스트까지는 아니지만 '벼킷 리스트' 정도는 되었던 것이다.

그런 김혼비의 마음에 유일하게 걸리는 것이 있다면 축제가 올해 내건 슬로건 '오감만족, 완주에서 FUNFUN하게!'

였다. 맙소사. 김혼비는 '뻔'을 'Fun'으로 바꾸는 식의 K-관공서식-위트('위트'라고 불러 주는 것도 감지덕지다.)를 정체불명의 애벌레를 한 주먹 먹어야 하는 것보다도 견디지 못했다. 아직도 'Fun한'이라니 너무 뻔하지 않은가.(2016년 정도에서 끝냈어야 한다고 생각한다.) 그동안에도 '희로愛rock 공연', '우리가 그린Green 대회', '맘mom 편한 톡톡talktalk 타임' 같은 이름의 행사는 조용히 외면해 왔다. 그런 김혼비가 그래도 슬로건이 '가을 냄새 FallFall 나는 강추(秋) 축제!'가 아닌 게 어디냐고 애써 두둔해 주며 이곳까지 온 것은 그만큼 와일드푸드에 대한 열정이 컸다는 점으로밖에 설명이 되질 않는다. 완주에 도착할 때쯤, 완주군이 펴내 무려 전국 서점에서 유통 중인 관광 안내서의 제목이 '완주 놀Go 보Go 먹Go'인 것을 발견하고 마음이 다시 차갑게 sick기는 했지만(완주군을 떠도는 '제목 빌런', 그는 대체 누구인가.) 에라error 모르겠다, 눈 딱 감Go, 와일드푸드를 향한 우리들의 두드림DoDream!

참가 신청을 마치고 본격적으로 축제장을 둘러보기 시작한 우리의 눈에 가장 먼저 들어온 것은 '이색 음식존' 한쪽에 수북이 쌓인 중국식 대형 번데기였다. 어른의 엄지손가락 두 개를 붙여 놓은 것보다도 큰 번데기에 굵고 잘게 잡힌 주름들이 선명했고 수상한 광택마저 돌고 있었다. 못 본 척 지나치려는 박태하의 곁눈에 이를 앙다물며 주춤주춤하는 김혼비의

모습이 언뜻거렸고, 싸한 기운을 모른 척하고 발걸음을 재촉
하려던 박태하를 잡아 세우며 김혼비는 선언하듯 말했다.

"저걸 먹어야겠어."

어, 음, 저걸 굳이 돈까지 써 가며 먹겠다고? 뭐, 그래, 이
축제까지 왔는데 그럴 수 있지. 그치만 초장부터 이리 전투적
으로 달려들 일이냐고……. 그렇게 우두망찰 서 있는 박태하
의 뒷주머니에서 지갑을 빼며 김혼비는 덧붙였다.

"지금 저걸 먹을 수 있어야 이따 뭐가 나오든 다 먹을 수
있을 것 같아."

· 로드 투 와일드푸드파이터 ·

김혼비는 다 계획이 있구나. 대회까지 남은 한 시간을 예
상 문제를 풀어 보는, 아니 먹어 보는 데 쓸 요량이었던 것이
다. 하지만 만만한 일은 아니었다. 저걸 씹으면 바퀴벌레가 으
스러지는 소리(실제로 들어 보진 못했지만 살면서 어쩐지 수십 번
쯤 상상해 본 그 소리) 같은 게 입안에서 울리지 않을까. 한 입
베어 물면 단면에 허리 끊어진 벌레 비슷한 게 보이는 게 아
닐까. 그렇다고 한 입에 쏙 넣으면 혀끝으로 저 주름의 굴곡과
빤들빤들한 표면을 생생히 느끼게 되는 게 아닐까……. 그런

상상을 하다 보니 김혼비의 미간에도 삼선 주름이 잡혔다. 아, 이래서 사람들이 번데기 앞에서 주름을 잡는 거구나.

하지만 김혼비는 이 싸움이야말로 결국 '기세'라고 생각했다. 한번 기가 눌려 버리면, 원치 않는 상상력이 발동해 이 '음식'의 곤충성을 각성해 버리면, 애벌레도 메뚜기도 굼벵이도 아무것도 먹지 못할 것이다. 파이터가 되려면 우선 번데기 앞에서 주름 잡지 말아야 한다. 그렇게 이미지트레이닝을 마친 김혼비는 판매원이 건네는 번데기를 받아 들고는(번데기가 얼마나 크면 이쑤시개도 아니고 나무젓가락에 꽂혀 나올 일인가요.) 한 입 덥석 베어 물었고, "먹을 만해. 별맛 안 나는데 살짝 '곤충 맛' 같은 게 섞여 있는 느낌이야."라는 촌평을 남겼다. 베어그릴스가 강림한 듯한 그 기세에 박태하는 다시 한번 오싹했다.

40여 분 뒤, 와일드푸드파이터 선발대회의 서막이 올랐다. 주황 팔찌를 찬 사람들이 속속 무대 앞으로 모여들었는데, 어이없게도 돌림판을 돌려 나온 음식을 먹어야 무대로 올려 주는 '간이 예심'이 있었다. 돌림판으로 걸러 낼 만큼 참가자가 많은데 왜 자꾸 출전을 권했는지, "처음 나오는 메뚜기만 먹어도 상품을 준다."라는 뻥은 왜 쳤는지 박태하는 분통이 터졌다. 하지만 곧이어 찾아온 김혼비의 황망함에 비하면 그것은 아무것도 아니었으니, 뽑기 운이라면 먹고 죽으려도 없는 김혼비가 돌린 돌림판의 화살표가 가리킨 것이 '다음 기회에'였기 때문이다. 그럼 그렇지. 없던 운은 먹고 이기려도 없겠지. 망연한 표정의 김혼비가 안쓰러웠는지 사회자는 여성 참가자의 희소성을 명분 삼아 한 번의 기회를 더 주는 직권을 남용했고, 김혼비는 한 번 더 '다음 기회에'를 뽑아 사회자의 혀를 내두르게 하는 초유의 방식으로 예심을 통과했다.("와아, 이 정도면 통과시켜 드려야 하지 않겠습니까, 여러분!?")

무대 위에 선 참가자는 스물예닐곱 명. 연령대도 다양했고, 외국인 참가자도 있었으며, 성비는 여자와 남자가 1대 2 정도였다. 메뚜기튀김으로 가볍게(?) 몸을 푼 대회는 굼벵이로 이어졌는데, 끝내 씹지 못하고 혀 안쪽에 모아 뒀다가 몰래 뱉어 낸 베트남 청년 둘을 포함해(모아 두는 건 견딜 만합디까…….) 대여섯 명이 탈락했다. 김혼비는 물론 순항했다. 3단계 음식은 만드는 데 시간이 걸렸다. 대형 믹서에 꼬물꼬물 밀웜 애벌레를 한가득 넣은 뒤 굼벵이와 감식초를 넣고 갈아야 했기(뭐 하는 짓이야!) 때문이다. 진행 요원이 호들갑을 떨며 관객들에게 중간중간 내용물을 확인시켜 주면서(뭐 하는 짓이야!) 정성껏 음료를 제조하는 동안 옆에 있던 외국인 커플이 김혼비에게 말을 붙여 왔다. 미국 노스캐롤라이나 출신인 그들은 한국에 배낭여행을 왔다가 전주의 아취에 반해 머무르던 중 우연히 이 축제 이야기를 듣고 냅다 달려왔다고 했다. 그들이 기대하고 왔다는 바퀴벌레튀김, 전갈무침, 생선 눈알 젤리, 닭 혓바닥 요리로 이어지는 다소 몬도가네적인 목록을 듣고 있으려니, 완주 딸기나 봉동 생강 정도가 특산물인 이 안온한 고장 완주에서 이 사람들이 대체 뭘 하고 있는 건가 싶어 난감했고, 그들이 괜히 온 것 같다며 실망을 토로할 때는 어떤 반응을 보여야 할지 알 수 없었다.(닭 혓바닥을 못 먹어 속상해하는 사람에게 감히 인간의 혓바닥으로 어떤 위로를 건넬 수 있단 말인가.)

맹숭맹숭하게 대화를 마친 김혼비는 그런 이상한 것들을 먹고 싶어 하는 사람들과 나란히 대회에 참가하고 있다는 사실에 문득 강한 '현타'를 느꼈다. 게다가 때마침 눈앞에 당도한 애벌레 특제 주스를 미처 갈리지 않은 벌레들의 촉감과 형태를 혀끝으로 느끼며 꾸역꾸역 삼키고 있으려니 저 멀리 보이는 오렌지 슬러시를 놔두고 왜 이런 걸 마시고 있는 것인가 2차 현타가 밀려왔다. 여기저기서 구역질을 참는 소리(그리고 무언가가 비어져 나와 흐르는 소리)와 함께 10여 명이 떨어져 나가는 동안에도 묵묵히 자기 몫의 종이컵을 비우던 김혼비의 어딘지 초탈한 듯한 표정의 속내가 그것이었음을 박태하는 나중에야 알았다.

다음 메뉴는 삶은 돼지코. 살아남은 자들은 사회자의 요청에 따라 일렬로 서서 꼬챙이에 꿰인 시커먼 돼지코를 자신의 코 앞에 대는 포토 타임을 연출했는데, 상황이 이러니만큼 찍지 않을 수도 없어 카메라를 들이대던 박태하에게도 현타가 찾아오지 않을 도리가 없었다. 이 볕 좋은 가을날, 푸르른 하늘과 초록의 숲으로 둘러싸인 곳에서, 이 조명, 이 온도, 이 습도에서 왜 저들은, 나의 아름다운 아내는 저기서 돼지코를 코에 대고 꿀꿀대고 있는가. 나는 왜 이걸 찍어 주고 있는 것인가⋯⋯. 그러고서 모두들 열심히 돼지코를 뜯어 먹는 와중에 의외로 노스캐롤라이나 커플이 포기를 선언했다. 힘겨운 표정으로 콧구멍 한쪽만 남은 돼지코를 진행 요원에게 멋쩍게 건넨 뒤 김혼비에게 손인사를 보내며 무대를 내려간 것이다. 두 명의 몬도가네 벌써 가네⋯⋯. '딸기'와 '생강'의 고장 완주에서 하필 돼지코에 berry ginger리를 치며 그들은 그렇게 떠나갔다.(이 문장은 우리가 쓴 것이 아니라 완주 제목 빌런이 우리의 몸을 빌려 쓴 것임을 밝혀 둔다.)

준결승인 5단계 메뉴로 중국식 삭힌 오리알인 피단이 나오자 김혼비는 쾌재를 불렀다. 애초에 좋아하던 음식이었으니까. 출전 초기부터 마음 한구석의 떨떠름함을 떨치지 못했던 박태하도 '진짜로 일어날지도 몰라, 우승.'이라고 생각하자 어처구니없이 설레기 시작했다. 하지만 복병이 있었으니 먹는 도중에 사회자가 돌연 선착순을 선언한 것이다. 먹는 속도 느리기로는 굼벵이 뺨치는 김혼비는 백반 한 상 정도야 5분 안에 해치울 것 같은 남자들의 상대가 되지 못했고, 그 독한 걸 다 먹어 치우고도 결승 진출자 네 명 안에 들지 못했다. 도전은 그렇게 막을 내렸다. 박태하는 왠지 모를 안도감과 왠지 알 만한 아쉬움과 왠지 주최 측에 항의하고픈 억울함을 억누르며, 분해하는 김혼비를 꼭 안아 주었다.(냄새 때문에 얼굴은 살짝 돌렸다.)

결승전은 취두부 샌드위치로 치러졌다. 취두부도 김혼비가 무척 좋아하는 음식이었기에, 그리고 네 남자 모두 겨우겨우 욱여넣고 질색팔색 참으며 먹었기에(두 명은 결국 뱉어 냈다.) 김혼비는 더더욱 원통했다. 무대 위의 작은 브런치 카페 느낌으로 유유하고 맛나게 먹으며 취두부 샌드위치의 위상을 높일 수 있었는데! 그래도 겉봉에 '3등'이라고 큼지막이 쓰인 봉투를 받아 들었을 때는 뿌듯했다. 봉투에는 축제장 안에서만 쓸 수 있는 1만 원짜리 상품권 세 장이 들어 있었다. 요상한 걸 잔뜩 먹고 받은 선물로 다시 요상한 걸 잔뜩 먹어야 하는 시스템에 김혼비는 폭소를 터뜨렸고, 박태하는 약간 머리가 지끈거리는 것 같았다. 관객석을 통과해 자리를 뜨려는데 한창 점심때라 호객에 열심이던 식당 분들이 "잘 드시드만! 배부르시것어요." "언닌 지금 배부르지? 이따 배 꺼지면 여기로 와요!"라며 알은척을 해 주었다. 와, 나 완주 군민들이 알아보는 사람이 됐어! 와일드푸드파이터 동메달리스트 김혼비는 보무당당히 걸었고, 박태하 역시, 그래 오늘 나는 이 여자만 믿고 간다, 덩달아 어깨를 쭈욱 폈다.

· 와일드푸드다운 게 뭔데 ·

어쩌다 보니, 아니 필연적으로 '이색 음식' 이야기로 시작하긴 했지만 이는 와일드푸드축제의 한 단면에 불과하다. 이 축제에서 '와일드푸드'는 그저 괴상한 음식을 지칭하는 단어가 아니라 보다 폭넓은 뜻을 갖는데 어떤 축제 관련 자료에도 명확한 정의가 나와 있지는 않다.(학술적으로 정립된 개념도 아니라 인터넷 검색 결과의 대부분을 이 축제가 차지하고 있다.) 그리하여 와일드푸드란 이 축제에 소환된 여러 음식들을 통해 느슨하고도 귀납적으로 정의될 수밖에 없는바, 그것은 '이색 음식'이기도 하고 '야생 음식'이기도 하며 '로컬푸드'이기도 하고 '슬로푸드'이기도 한 뭐 대애충 그런 느낌의 음식들이다.(산업화 이전의 음식들은 대개 야생에서 구했으며 조리 방식도 느렸기 때문에 '야생'과 '슬로'가 합쳐져 '와일드푸드'의 한 장르로 '옛날식 음식'도 파생됐다.)

다행인 것은 이렇게 대애충 모아 놓은 음식들이 어쨌거나 건강에 좋을 확률이 높다는 사실이다. 자연에서 얻을 수 있

196

는 신선한, 가공과 조미를 최소화한, 친환경적이고 생태적인 산지 직송 먹거리가 안 그렇고 배기겠는가. 그렇다 보니 우연 반 필연 반으로 '미래적 가치'까지 손에 넣게 되었는데, 건강 먹거리에 대한 관심이 높아지는 것이야 너무 뻔한 미래이고 완주에서 선보이는 곤충들이 UN이나 세계 각국에서 미래의 친환경적 식량 자원으로 손꼽히고 있기 때문이다.(환경운동에 앞장서 온 안젤리나 졸리는 캄보디아에서 자녀들과 함께 전갈과 거미를 뜯어 먹지 않았던가.) 축제의 흥미를 위해 끼워 넣은 '괴식'들이 명분까지 얻은 것이다.

김혼비가 와일드푸드파이터 대회 참가에 지대한 관심을 보인 데에는 물론 비위와 먹성에 자신이 있어서이기도 했지만 '미래식'으로서의 식용 곤충에 관한 관심도 컸다. 인류의 식량문제에 지대한 관심을 가져서⋯⋯라기보단 '미래 인간'으로서의 스스로를 시험해 보고 싶었던 쪽에 가깝긴 하지만. 어쨌든 인류는 곤충에 대한 혐오감을 이겨 내고 그것을 먹을 수 있을지 앞장서서 겪어 보고 싶었던 것이다. 그에 대한 김혼비의 체험 후 답변은 눈앞의 이것이 곤충이라는 사실과 거기서부터 꼬리를 물고 이어지는 갖가지 연상을 뿌리치기만 한다면 혐오는 옅어질 수 있다는 것이었고('미래 인간'이 되기 위해 상상력을 발휘하는 게 아니라 억눌러야 한다는 게 아이러니하지만.) 박태하에게 그것은 "안 먹어 본 나도 아는" 결론이었다.

어쨌든 이 축제의 먹거리는 그 느슨한 정의만큼이나 다채롭다. 괴기하거나 괴기하지 않은 여러 이색 음식, 향수를 자극하는 주전부리, 전통 조리 방식을 고수한 음식, 현장에서 직접 잡아 조리하는 음식, 직접 기른 작물들로 만든 농축산 가공품(감말랭이, 홍시와플, 오미자주스 등)……. 어느 축제에나 있는, 지역 농가가 재배하거나 가공한 상품들도 '와일드푸드'라는 이름으로 묶어 놓으니 더 군침 돌게 보였고, 또 어쩌면 그 '와일드푸드'라는 이름이 있었기에 연구를 거듭해서 만들어졌을지도 모르겠다. 정의가 느슨하다 보니 오히려 그 정의에 포함되기 위해, 그러니까 '정의 구현'을 위해 강력한 콘셉트의 힘이 발휘되고 있달까.

이색 음식존에는 대형 번데기나 돼지코 같은 하드코어 음식뿐 아니라 비교적(어디까지나 비교적) 가볍게 즐길 수 있는 음식들도 많았다. 이를테면 한국식 개구리·메뚜기튀김, 필리핀식 돼지껍데기튀김, 베트남식 길거리 피자(반짱느엉), 태국식 망고밥 등등. 말젖을 발효시켜 만든 몽골 전통주 마유주도 처음 마셔 봤고, 꿀벌과 달팽이가 올라간 (프랑스……식?) 아이스크림도 먹었다. 꼬물꼬물 밀웜이 토핑된 피자는 온전히 김혼비의 몫이 되었지만 말이다. 김혼비의 끝 모를 식탐을 채워 주는 데 상품권 3만 원이 톡톡히 한몫했다.

앗, 그런데 저쪽에 '징거미튀김'을 파는 곳이 보였다. 박태하는 하다 하다 별걸 다 튀겨 먹는다고, 도대체 저 거미는 얼마나 징그럽기에 이름까지 징거미냐고 넌덜머리를 냈지만, 전래 동화 애니메이션 「은비까비의 옛날옛적에」 중 '가재가 된 징거미' 편을 눈물 없인 볼 수 없는 최고의 에피소드로 꼽는 김혼비는 징거미란 거미가 아니라 민물 새우의 일종이라고 박태하를 따뜻이 진정시켜 주었다.(유튜브에서 '가재가 된 징거미'를 꼭 찾아보시길 바란다. 자고로 바닷가재 하면 「인어공주」의 세바스찬, 민물 가재 하면 징돌이다.) 지도를 보니 그곳은 '이색 음식존'이 아니라 '옛 방식 음식존'이어서 박태하는 가슴을 쓸어내렸고, 그래, 나는 오늘 이 여자만 믿고 간다, 다시 한번 다짐했다.

징거미튀김과 피라미튀김에다 눈이 번쩍 뜨일 만큼 맛있는 '가마솥에 튀긴 생감자칩'까지 먹고 나니 배가 잔뜩 불렀지만 지나칠 수 없는 행사가 하나 있었다. '감자삼굿구이'의 개봉 타임이 다가온 것이다. 완주의 전통 조리법인 '삼굿구이'에 대해서는 설명이 필요한데, 옷감 재료인 삼을 찌려고(삼 껍질은 쪄야 잘 벗겨진다고 한다.) 파낸 구덩이인 '삼굿'에다가 감자, 고구마, 옥수수, 밤 등을 넣고 쪄 내는 것이다. 흙구덩이 안에 불을 피우고 돌을 넣어 달구고 그 위에 음식을 놓고 흙으로 덮은 후 구멍을 뚫어 뜨거운 물을 부어서 증기로 쪄 내는 독특한 방식이다. 마을 어르신들이 힘을 합쳐 수증기가 피어오르는 흙구덩이를 파내자 몇 시간 푸욱 묵은 탐스러운 구황작물이 수북이 모습을 드러냈고, 우리도 줄을 서서 감자, 고구마, 밤, 짚 꾸러미에 든 달걀 등을 한 아름 받았다. 그런데 세상에, 이렇게나 맛있을 수가! 다 뻔한 작물들이고 크게 보면 익히는 건 결국 마찬가지인데도 조리법에 따라 맛의 스펙트럼이 이렇게 다를 수 있다니! 특히 곱디고운 호박빛을 띤 촉촉하면서도 쫄깃한 고구마는 태어나서 먹어 본 가장 맛있는 고구마였다.

· 아이들은 완주에서 자란다 ·

비단 '존'이 아니더라도 구석구석 독특한 음식들이 널려 있었다. 연잎돼지구이, 삼채치킨, 꽁치김밥, 팝콘愛,(아아…….) 굼벵이로 만든 건강식품 등등. 그리고 부스마다 먹고 기웃거리고 또 먹고 기웃거리는 이들로 무척이나 성황이었다. 물론 애초부터 먹거리가 주제인 축제여서이기도 하겠지만 사설 장터를 끌어들이지 않은 주최 측의 흔치 않은 강단 덕이기도 하지 않을까 싶다.(장터가 이벤트 업체와 외지 상인들의 배만 불려 준다는 일리 있는 비판이 있다. 덕분에 이렇게나 먹을 게 많은 축제에 품바는 올 수 없었다고 한다…….)

먹거리만으로도 이미 뜨거운 분위기를 감자삼굿에 구워

내듯 탐스럽고 쫄깃하게 완성시킨 것은 이 축제가 야심 차게 준비한 각종 체험 행사였다. 일단 축제장인 고산자연휴양림을 관통해 흐르는 사량천에서 정해진 시간마다 '맨손 물고기 잡기'와 '미꾸라지 민물 새우 잡기'가 열린다. 어찌나 인기가 높은지 하천을 빽빽이 메운 사람들이 단호한 표정으로 눈을 번득이다가 물속으로 몸을 던지고 소리를 지르며 깔깔대는 아비규환을 다리 위에서 보고 있자면 무척 시원하고 즐거워 보이면서도, 그것은 하천 속에서 필사적으로 도망 다니는 물고기들의 들리지 않는 아비규환을 듣는 것이기도 해서 마음이 편치만은 않았다.

이렇게 건져 올린 물고기들과 수중 생물들을 자연스럽게 그 자리에서 '푸드'로 전환하는 점이 이 축제가 각별히 신경 쓰고 자부심을 갖는 포인트다. 뭍에는 잡아 온 물고기를 손질해서 꼬챙이에 꿰어 주는 곳이 있고, 그 옆에는 그걸 바로 구워 먹을 수 있는 화덕 체험장까지 세심히 완비되어 있었다. 화덕마다 큼지막한 송어와 향어, 미꾸라지나 새우나 우렁 등이 지글지글 익어 가는 가운데 삼삼오오 둘러앉은 가족이나 친구들 모두가 행복한 표정이었다. 분명 좋은 추억이 되겠구나 싶으면서도 그간 여러 축제에서 봐 온 '물고기를 다루는 어떤 방식들'에 관해 매우 부정적인 의견을 갖고 있는 우리는 조금은 복잡한 기분에 휩싸였다.(이에 관해서는 다음 축제에서 자세히 이야기할 예정이다.)

　축제장 한쪽에 조성된 네 줄짜리 인공 논에서는 메뚜기 잡기 체험도 펼쳐진다. 우리가 그날 본 가장 긴 줄을 이루어 목이 빠져라 기다리던 사람들은 정해진 시간에 입구가 열리면 주최 측에서 나눠 준 양파망을 하나씩 들고 메뚜기 떼처럼 우르르 난입한다.(메뚜기 입장에서는 인간 떼의 공습이겠다.) 이들은 벼 틈을 샅샅이 뒤지며 메뚜기 포획에 몰두했는데, 특히 이글거리는 눈동자와 안달 난 까치발에서 느껴지는 아이들의 기세가 대단했다. 이제 기세라면 약간 질린 박태하는 "난 초등학생 때 메뚜기 잡을 때마다 바들바들 떨었는데."라고 말했고, 묘하게 선을 긋는 듯한 기색을 느낀 김혼비는 "나는 지금도 못 잡아."라는 엄연한 사실을 말했지만 푸드파이터 대회를 기점으로 이제 그렇게 말해 봐야 '잡지는 못하지만 먹기는 하는' 이상한 사람이 되어 버린다는 걸 깨닫고 파이터로서의 짙은 고독을 느꼈다. 물론 "너도 생선구이는 먹지만 살아 있는 물고기를 만지진 못하잖아!"라고 항변하긴 했지만.

　지나치리만치 세심한 이 축제가 그렇게 잡은 메뚜기들 또한 가만 놔둘 리 없다. 역시…… 먹거리가 된다. 입구 옆 천막에서는 강아지풀에 메뚜기를 줄줄이 꿰어 화롯불에 구워 주었다. 축제장 곳곳에서 원시인 옷을 입고 한 손에는 강아지풀 메뚜기를, 한 손에는 슬러시를 들고 번갈아 먹으며 활보하는 미취학 아동 힙스터들을 마주치곤 했는데 다들 여기 출신이었던 것이다. 그나저나 그 힙스터들에게 방점을 찍어 주시는 저 메뚜페미스트 분들, 어쩌다 이 세심하디세심한 축제에서도 세심의 끝판왕 같은 이 일, 바늘귀에 실을 통과시키는 것과 비슷하면서도 더 복잡해 보이는 이 일을 맡게 되신 건가. 저분들은 사흘에 아홉 번 펼쳐지는 이 체험에서 대체 몇천 마리의 메뚜기를 꿰시는 걸까.

한편 원시인 체험 행사에서는 두 부족으로 팀을 나누어 족장님의 인도하에 족대로 고기 잡기 대결도 하고 여러 레크리에이션도 진행한다. 원시인이 되어 또래들과 함께 자연에서 뒹구는 아이들의 표정 하나하나마다 신남이 가득했고, 그 기운은 그런 아이들을 바라보는 다른 아이들 하나하나의 표정을 타고 번져 나갔다.(다만 '와일드푸드'에서 따온 '와푸족'의 상대 종족 이름이 '푸드족'이라니 너무 대충 지은 것 아닌가! 완주의 제목 빌린 뭐 했는가!)

그런 에너지에 서로서로 감화되어서인지 다른 축제에서는 그냥 구색만 맞추고 있기 십상인, 그래서 시큰둥 지나치고 마는 종류의 놀이 기구나 코너 앞에서도 아이들은 마냥 설레 보였다. 놀이터에서는 볏짚 미끄럼틀이나 통나무 그네 같은, 물론 신선하고 자연 친화적이지만(플라스틱을 최대한 배제하기 위해 군민들이 직접 만들었다고 한다. 심지어 물총까지도 대나무로 직접 만들었다니 역시 세심해⋯⋯.) 그게 또 그렇게까지 재미있을까 싶은 놀이 기구를 모두가 넋을 잃고 오르내렸고, 딱지치기나 제기차기 같은 흔한 민속놀이부터 쌍륙이나 고누 같은 전통 보드게임까지 줄이 늘어서지 않은 데가 없었다. 고무신 날려 바구니에 넣기 같은 무근본 놀이나 도리깨질 체험 같은 노동형(?) 놀이도 예외가 아니었고, 부스에서 장수풍뎅이 유충을 담아 가는 아이, 행사장을 누비는 댄스 팀의 춤을 따라 하는 아이, 송어를 한 마리 더 잡아야겠다고 화덕을 박차고 일어나는 아이 등으로 그야말로 행사장은 아이 후끈거렸다.

놀이터 한구석, '비워 두느니' 만들어 놓은 게 분명한 좁은 모래밭, 정말 모래밖에 없는 '생짜' 모래밭에서도 아이들이 빼곡히 퍼질러 앉아 세상 더없이 진지한 흙공예에 골몰하고 있었고, 걸어서 올라갔다가 반대편으로 내려오는 게 전부인, 장류진 작가의 단편 「일의 기쁨과 슬픔」에 등장해 유명세를 탄 '정체불명 판교 육교'와 비슷한 통나무 구조물도 인기 폭발이었다. 저걸 오르내리는 것만으로 아이들이 저렇게까지 즐거울 리가 없으므로 우리가 모르는 비밀이 있는 게 아닐까 싶어 한참을 뚫어지게 쳐다보았지만 그런 건 전혀 없었고 너무 없는 게 어이없어서 둘 다 부른 배를 부여잡고 웃었다. 아이들도 혹시 그 어이없음이 신났던 걸까?

하천에서, 논에서, 모래밭에서, 놀이터에서, 부스에서, 식당에서, 길에서…… 축제장 어디에서나 아이들은 즐거워 보였다. 아이들의 파토스에 관해서라면 가히 최고의 축제였고, 또 그 타이틀을 받을 자격이 충분한 축제였다.(문득…… 왕인문화축제의 어린이 여러분, 잘 지내고 있나요?) 텔레비전이나 책에서나 봤던 여러 생물도 직접 만나고, 특이한 음식도 먹어 보고, 원시인도 되어 보고, 친구도 만나는 이 축제에서의 경험들은 우리가 어린이였다고 해도 정말 소중하고 강렬하게 기억에 남을 것 같았다. 우리의 기억 속에 이 축제는 유독 아이들이 즐거웠던 축제로 남아 있을 것이고 말이다.

• 맷손에 손잡고, 벽을 넘어서 •

밥도 먹고 술도 먹고 디저트도 먹었고 축제장 구경도 실컷 했으니 이제 커피를 마실 차례다.(그동안 너무 술 이야기만 써 와서 믿기지 않겠지만 우리도 커피를 마신답니다…….) 가설 카페에서는 와일드푸드축제장에 걸맞게도 "아메리카노 따뜻한 걸로 드릴까요, 아이스로 드릴까요?" 대신 이런 질문을 던졌다. "맷돌로 갈아 드실래요, 절구로 빻아 드실래요?" 크으, 20여 년 커피 인생에 이런 선택지는 처음이잖아! 고민 끝에 '절구리카노' 대신 '맷돌리카노'를 골랐다. 건네받은 커피콩을 맷돌 아가리에 넣으며 맷손을 돌리니 원두가 갈리기 시작했다. 사물의 이름에는 주술적인 힘이 있어서 맷손을 돌리고 있으니 어쩐지 맷돌과 손을 꼭 맞잡은 느낌이 들었고, 맷돌을 돌돌돌돌리는 데에는 명상적인 힘이 있어서 그렇게 맷돌로 갈아 내린 커피를 마시고 있으려니 한갓지고 평온했다. 다른 테이블에서 맷돌 돌아가는 소리가 돌돌돌, 들려오는 것도 좋았다.

잠시 후 식당을 찾아갔다. "이따 배 꺼지면 여기로 와요!"라고 외쳐 주셨던 그곳에서 "언니 진짜 왔네!"라며 반갑게 맞아 주시는 마을 주민께 동동주와 안주를 주문하고(역시 커피로는 성에 안 찼네요⋯⋯.) 앉아 있으려니 산간에 어둠이 내리기 시작했고, 마침 조명이 켜진 무대에서 시작된 미니 재즈 공연의 선율이 어둠의 틈새로 나긋이 스며들었다. 그 몽근함 속에서 물끄러미 공연을 바라보던 박태하는 종일 믿고 따랐던 김혼비의 손을 잡으며 가만히 말했다. "재즈가 흘러나오는 저 무대 위에서 오전에 네가 시커먼 돼지코를 들고 서 있었다니 믿기질 않아⋯⋯."

생각보다 훨씬 짜임새 있고 알찬 축제였다. 축제 초기에는 (대부분의 지역 축제가 그렇듯) '이것저것 때려 넣어' 만들었을 확률이 다분하지만 엉겁결이든 아니든 '와일드푸드'라는 강력한 콘셉트를 세워 놓고 착착 살을 붙여 나가니 그림이 이렇게나 달라진다. 물론 콘셉트만 잘 잡는다고 저절로 그렇게 될 리 없지만, 콘셉트가 붕 떠 있을 때는 아무리 '진심으로 열심히'(요샛말로 '진정성 있게') 한들 헛돌게 마련일 텐데 이 축제는 재미나 가치나 흥행 면에서나 딱히 흠결을 찾기 힘들었다. 유일한 흠결이 있다면, 음…… 저 무대에서 결승 진출자의 숫자를 조절하려고 준결승 도중에 선착순을 선언한 와일드푸드파이터 대회의 서툰 운영 정도?(뒤끝 있다.)

강릉단오제와 함께 다시 오고 싶은 축제였다. 이 축제에서만 맛볼 수 있는 음식들을 먹으러, 그리고 열심히 먹고 다닌다고 다녔는데도 미처 다 먹어 보지 못한 음식들을 먹으러 말이다.(이 두 문장은 김혼비가 우리의 이름을 빌려 쓴 것임을 밝혀 둔다.) 내년에는 이 축제에 어떤 '살'이 더 붙어 있을까? 김혼비는 푸드파이터 우승자가 될 수 있을까? 그 전에 꽝이나 뽑지 말아야 할 것이다. 아, 그러고 보니 아까 뽑은 '다음 기회에'가 내년에 또 오라는 계시였나? 멋대로 해석한 '미래 인간' 김혼비의 얼굴에 수상한 미소가 번져 갔고, 박태하는 알 수 없이 불안했다.

이제 그만
거꾸로 거슬러
올라야 할

강원 양양

양양연어축제

• 와아 했던 축제와 해야 할 이야기 •

축제를 다니며 '물고기'를 많이 만났다. (홍어축제 속 홍어처럼 먹거리로서가 아니라) 의령에서 잉어·향어·장어를, 밀양에서 은어를 산 채로 만난 건 대형 고무 풀장에서 펼쳐지는 '맨손 물고기 잡기' 프로그램 때문이었다. 완주에서는 그나마 '와일드푸드'라는 명분이나 있었고(의병의 강인한 정신을 되새긴다며 '의병 맨손 물고기 잡기'를 여는 것에 비하면야) 산 아래 개울에서 행사가 열려 시각적 부담이 덜하긴 했지만 '가둬 놓고 잡기'라는 본질은 결국 마찬가지였다. '사람 반 고기 반'의 현장에서 기를 쓰며 도망 다니는 물살이들의 다급한 몸짓과 악을 쓰며 첨벙첨벙 뒤쫓는 사람들(대다수는 아이들)의 어떤 천진한 잔인 앞에 우리는 번번이 아득해졌지만, 저 모든 '맨손 물고기 잡기'는 하나같이 뜨거운 호응을 받으며 축제장 분위기를 띄우는 데 한몫했고, 그래서인지 방문할 축제를 추리려 검색을 하다 보면 여러 축제의 일정표에서 툭툭 눈에 띄곤 했다.(청양고추구기자축제나 국토정중앙양구배꼽축제에서까지 물고기를 잡아야 하나.)

동물 관련 축제는 우리에게 하나의 넘어야 할 산이었다. '대한민국 대표 축제' 화천산천어축제를 비롯해 '역사와 전통을 자랑하는' 청도소싸움축제,(소싸움축제는 청도 외에도 의령, 진주, 정읍 등 여러 지자체에서 열리는 인기 아이템이다.) 신흥 강자인 함평나비축제, 쏠쏠한 마니아층을 거느린 울산고래축제……. 가지각색의 주제로 꾸려진 한국의 축제 목록에서 동물 축제들의 이름은 꽤나 묵직했고, K-축제 이야기에 이것들을 빼놓을 수는 없었으니까. 그리고 해마다 여러 단체에서 거세게 제기하는 것처럼 이 축제들이 동물을 다루는 학대적 방식 또한 짚고 넘어가지 않을 수 없었다. 하지만 맨손 물고기 잡기만으로도 이미 아득해했던, 또 저 유명 축제들을 검색해보며 그 면면에 이미 질려 버린 우리에게는 일말의 용기가 필요했고, '양양연어축제'라는 규모도 작고 유명세도 덜한 축제로 마음의 타협을 하고서야 겨우 길을 나설 수 있었다.(저 유명축제들에 우리까지 머릿수를 보태 주기 싫은 마음도 있었다.)

남대천 변 축제장 입구에 서니 올 데 온 것뿐인데 올 게 왔다는 기분이었다. 인어를 빙자한 연어인지 연어를 빙자한 인어인지 모를 마스코트 조형물이 환한 미소로 우리를 맞이했고, 아직 이른 시간이라 어수선한 부스들 사이를 가로지르는 동안 스피커에서는 안 그래도 여기 오면 내내 듣지 않을까 예상은 했으나 제목이 '거꾸로 강을 거슬러 오르는 저 힘찬 연어들처럼'인지 '흐르는 강물을 거꾸로 거슬러 오르는 힘찬 연어들처럼'인지 '거꾸로 흐르는 강물을 거슬러 오르는 저 힘찬 연어들처럼'인지 한 번에 맞춘 적이 없고 이 대목을 읽고 난 후에는 헷갈린 적 없던 사람도 이제부터 헷갈릴 바로 그 노래가 울려 퍼졌다. 그리고 이내 눈에 띈 것은 강으로 내려가는 길목을 메운 일군의 인파. 200여 명의 사람들(역시 절반은 아이들)이 제자리에서 종종거리며 조금은 설레고 조금은 결연한 표정으로 눈앞의 강물을 바라보고 있었고, 마이크를 든 사회자는 "곧 시작합니다! 현장 접수 원하시는 분들 얼른 데스크로 오세요! 마감 임박!"을 외치고 있었다. '연어 맨손 잡기', 오늘의 첫 타임이 곧 시작할 참이었다.

· 연어에게 남대천이란 ·

　　행사장은 인파가 대기 중인 둔치를 한 면으로 하고, 나머지 삼면은 물 위에 녹색 그물을 둘러친 직사각형 꼴이었다. 징검다리를 건너고 야트막한 강 위로 드러난 흙길을 따라 반대편인 천 한가운데에 서자 고개를 들면 탁 트인 가을 하늘 아래 잔잔히 흐르는 남대천의 너른 품이 포근했고, 고개를 숙이면 맑디맑아 바닥까지 훤히 보이는 물이 청량했다. 하지만 그 맑디맑음 탓에 연어들이 지나치게 선명하게 보였다. 50~60센티미터는 족히 될 듯한 길이에 어지간한 성인의 팔뚝보다 굵고 큰 연어들은 몇 분 후 어떤 운명이 들이닥칠지 모른 채 한가로이 헤엄치고 있었다. 혹시 어제 치러진 행사에서 겨우겨우 살아남은 연어들은 극도의 불안에 떨고 있을까? 설령 그렇다고 한들 그들이 할 수 있는 건 없었다. 한 마리도 벗어날 수 없도록 야무지게 쳐 놓은 그물 테두리 안에서 그저 헤엄치는 것뿐.

　　사회자의 출발 신호와 함께 참가자들이 함성을 내지르며 물 안으로 뛰어들었다. 연어들은 갑자기 눈앞에 턱턱 내리꽂히는 다리 기둥과 쑥쑥 들어와 오므려지는 거대한 손 집게를 피해 자지러지듯 달아났다. 재빠른 그 몸놀림을 보면 인간의 맨손에 쉽사리 잡히지 않을 것도 같았지만…… 기둥과 집게가 많아도 너무 많았다. 맑은 물은 얕기까지 했고(아이들의 무릎에도 닿지 않았다.) 허겁지겁 도망치다 보면 막다른 곳에 몰리기 일쑤였으며, 여기저기 부딪치고 채며 지쳐 가기도 하는 와중에 어느 축제장에서보다 많은 구경꾼들의 훈수("저기, 저기!" "돌 사이에 끼었다!" "이쪽에 다 몰렸어! 빨리 와요!")까지 곁들여지니 연어들은 도리 없이 하나씩 허공에 들어 올려지기 시작했다. 가을 햇살을 받아 빛나는 연어의 늠름한 자태와 힘찬 펄떡거림에 탄성이 터졌고, 구경꾼들은 연어를 번쩍 치켜든 채 활짝 웃는 가족을 향해 부지런히 셔터를 눌렀다. 그렇게 잡힌 연어들은 곳곳에 배치된 진행 요원들이 다가가 건네는 큼지막한 비닐봉지에 하나씩 담겼다.

연어도 필사적이었다. 손아귀 힘이 느슨해진 틈을 타 잡혀 있던 연어가 온몸을 구부렸다 펄떡 휘면 놓치는 경우가 속출했다. 건장한 어른들도 그럴진대 아이들의 경우는 말할 것도 없어서 연어를 놓치며 물 위로 엉덩방아를 찧기도 했다. 그럴 때면 여기저기서 터져 나오는 탄식과 웃음에 아이들은 겸연쩍은 표정으로 일어나 다시 다른 연어를 쫓아 바삐 움직였다. 그래, 바로 저 힘으로, 아이들을 주저앉힌 저 힘으로 태평양에서부터 3~5만 킬로미터를 헤엄쳐 왔을 것이고, 거센 물살을 거슬러 거슬러 마침내 고향인 남대천에 닿았을 것이다. 기껏 그렇게 남대천에 돌아왔더니 이제는 그 힘으로 다시 사람들 손안에서, 봉지 안에서 몸부림을 쳐야 한다.

언젠가 김혼비는 연어가 폭포를 오르는 광경을 목격한 이야기를 각각 다른 두 친구에게서 들은 적이 있다. 아득히 높은 폭포를 중간중간의 바위들을 계단 삼아 한 칸씩 뛰어오르는데(때로는 그 한 칸이 2미터가 넘는다고 한다.) 그 과정에서 바위에 계속 부딪혀 살갗이 찢겨 나가기도 하고 거의 다 올랐다가 거센 물살에 떠밀려 한순간 저 아래로 다시 떨어져 내리기도 하는 그야말로 목숨을 건 여정이었다고. 한 명은 우연히, 한 명은 세 시간을 관찰해서 본 것이었지만 두 친구 모두 그 장면을 인생에서 결코 잊지 못할 순간으로 꼽았다. 그리고 오늘부터 김혼비는 연어에 관해 결코 잊지 못할 순간으로 비닐봉지 안에 담긴 연어가 미친 듯이 펄떡여 그 튼튼한 봉지를 찢고 나와 물속으로 다시 뛰어드는 장면을 꼽을 것이다. 세상에. 양손으로 잡아 뜯기도 힘든 저 비닐을 결국 뚫어 내다니. 숨이 막히는 것 같았다. 그 절박함에. 그리고 죽음 직전의 고비를 넘기고 저렇게 악착같이 헤엄쳐 가도 여전히 수많은 맨손들이 기다리고 있을 거라는 사실에.

그래도 그 연어는 희박하게나마 가능성이라도 있었지, 몇 분 후 한 어린이의 봉지를 가까스로 찢고 머리를 살짝 내민 또 한 마리의 연어가 "야야, 봉지! 봉지 봐라!"라고 구경꾼이 일러 주는 바람에 다른 봉지로 황급히 덮어씌워졌을 때, 먹

먹한 절망 같은 것이 연어를 덮친 비닐봉지처럼 김혼비의 마음을 덮쳤다. 누군가의 필사적인 삶의 의지를, 그리고 그 의지가 너무나도 간단히 꺾여 버리는 순간을 봐 버리고 나면 마음속에서 무언가가 같이 죽는 것 같다. 더는 행사를 보지 못하고 도망치듯 돌아 나오는 길, 그물망 한 귀퉁이에는 어떻게 이곳에 섞여 들었는지 모를 새끼 연어들이 죽은 채 둥둥 떠 있었고, 여기저기 살갗이 벗겨진 중간 크기 연어들이 그물 틈새와 바위에 몸을 뉘고 숨을 헐떡이고 있었다.

체험장 밖으로 나오면 잡은 연어를 마리당 3000원에 손질해 주는 부스가 있다. 꿈틀대거나 꿈틀대지 않는 봉지 하나씩을 들고 줄 섰던 사람들이 자기 차례에 돈과 봉지를 내밀면 테이블 전체가 도마인 대형 나무판 주위에 둘러선 사람들이 받아 들어 연어를 꺼내 배를 가르고 내장을 꺼내고 토막 내 되돌려 준다. 컨베이어 벨트 위에 오른 듯 일사불란하게 해체되는 연어들의 행렬. 수많은 연어가 쉴 틈 없이 거쳐 가다 보니 테이블은 씻어도 씻어도 금세 핏물로 뒤덮였고, 공기 중엔 피 내음과 비린내가 뒤섞여 떠다녔다. 몇몇 연어들의 배에서 두 주먹을 가득 채울 만큼 알들이 쏟아져 나올 때에는 마음 한구석이 또 살짝 무너졌다. 그 먼 길을 헤엄쳐 힘겹게 이곳에 돌아온 이유인 산란조차 하지 못한 연어들인 것이다. 이렇게 손질된 연어를(그리고 알도 함께) 바로 옆 부스에서 스티로폼 박스와 얼음을 사서 포장할 수도 있고, 포일에 싸서 화덕에 올려 구워 먹거나 군고구마 통 비슷한 훈제 통에 넣어 익혀 먹을 수도 있다.

우리는 '비건'도 아니고(김혼비는 '플렉시테리언'으로 한 달에 한 번꼴로 육류를 허용하며 해산물은 평소에도 먹는다.) 동물권이 침해받는 일을 보면 저절로 작동할 만큼 벼려진 감수성을 가진 것도 아니다. 연어를 직접 잡아 보고 그 자리에서 요리해 먹어 보는 일이 아이들에게나 함께하는 어른들에게나 남다른 추억이 될 수 있다는 것도 안다. 하지만 추억의 뒷면에서 연어가 당해야 하는 일은 없는 것으로 하면 그만일까? 연어들에게 남대천은 어차피 알을 낳고 생을 마감하러 오는 곳이겠지만, 이렇게 노골적으로 '움직이는 장난감'으로서 함부로 다뤄지다가 거대한 스트레스와 공포 속에서 고통스러운 방식으로 죽게 되리라고는 상상도 못 했을 것이다. 할 수만 있다면 연어의 언어를 배워 3월에 남대천에서 방류되는 치어(새끼 연어)들에게 몇 년 후 10월에 고향에서 벌어질 일을 미리 귀띔해 주고 싶었다. 알게 된다면 연어들은 남대천으로 돌아올까? 연어들에게 남대천이란 어떤 공간일까? 적어도 축제적 공간 따위는 아닐 것이다.

첫째 날과 둘째 날에 두 번씩, 셋째 날(토요일인 오늘)에는 네 번이나 열리는 이 행사는 인터넷 사전 예매분이 모두 매진

되었다고 한다. 그야말로 흥행 보증 수표라 할 이 행사가 마지막 날에는 의외로 한 차례밖에 열리지 않는데, 그 한 번이 '황금 연어를 잡아라!'라는 이름의 스페셜 이벤트이기 때문이다. 연어 몸속에 1등부터 5등까지 기록된 칩을 심어 놓고 1등 연어를 잡은 사람에게 1000만 원을 비롯해 총상금 1500만 원을 수여하는 이 빅 이벤트에 대한 호응도 당연히 뜨겁다. 마이크로 칩에 1000만 원이라니. 생태적 철학이 부재한 마구잡이식 맨손 잡기에, 그런 와중에도 '고퀄'인 기술력에,(몸속 칩을 읽어 내기 위해 축제장에 무려 감식대까지 설치한다.) 로또식 한탕주의까지 뒤섞인 너무나도 K적인 이 행사에는 선착순 3000명을 모집한다.

· 축제장을 걸어 걸어 걸어가다 보면 ·

연어 입장에서도 인간 입장에서도 '킬러 콘텐츠'인 이 행사의 존재는 아이러니하게도 축제에도 해가 되는 것 같다. 워낙에 시청후촉미각적으로 압도적이다 보니 다른 행사와 부스에는 신경을 덜 써도 되는 면죄부를 준 인상이 들었기 때문이다. 쉽게 말해 '저거 말고는 할 게 없는' 축제요, '나머지 재미들을 죽이는' 축제다. 연어 그림에 색칠을 하거나 나무로 연어를 깎아 보고, 연어랑 상관없이 솜사탕이나 슬라임을 만드는 등 어딜 가나 있고 없어도 그만인 아동 체험용 부스, '통증 없는 한방 체험' 같은 상업성 부스, '양양군청 사진 동아리 전시' 같은 자기만족적 부스 등이 늘어서 있었지만, 압도적 자극을 맛본 사람들의 발걸음을 좀체 붙들지 못했다.(부스 안의 사람들도 이 사실을 잘 아는지 딱히 의욕도 없는 것 같았고, 아예 열지 않은 부스도 많았다.) 다른 곳에서라면 축제장의 구심이 될 주 무대조차 저 먼 구석에 처박혀 있었고, 그 위에서는 썰렁한 관객석을 앞에 두고 할아버지들이 한 명씩 제기를 차올리고 있었다.

2인 1조로 제한 시간 내에 연어 주재료 3코스 요리(에피타이저-메인-디저트)를 만드는 '연어 요리 경연대회'는 그나마 힘을 준 행사였는데, 요리 서바이벌 프로그램을 현장에서 보는 듯한 두근거림도 잠시, 진행자의 멘트도 패널의 반응도 편집도 자막도, 심지어 앉을 자리도 없으니 민숭민숭하기 그지없었고, 누구 한 명 관객들을 붙들어 두려는 의지도 없었기에, 다들 요리 중인 테이블 앞을 스윽 지나 스윽 나갔고, 그렇게 당사자들만 열심인 대회가 되어 버렸다. 한편 군내의 한 호텔과 손잡고 연 '호텔 연어 요리 전문점' 코너는 천막에 무려 유리 출입문까지 달아 고급화·차별화를 꾀했지만, 안으로 들어가 보니 쭈글쭈글한 비닐 바닥과 빈티지한 식탁보와 잿빛 플라스틱 의자와 결혼식 피로연장 아르바이트생처럼 매끈하게 차려입은 훤칠하고도 서툰 종업원들이 어우러진, 장터와 호텔의 기묘한 혼종 같은 신비로운 세계가 펼쳐져 있었다. 이런 세계는 처음이어서 서비스나 맛의 기준을 어디에 두어야 할지 몰라 애매해하는 기색이 역력한 손님들까지, 물음표와 느낌표들이 공기 중에 둥둥 떠다니는 것 같은 공간이었다.

그나마 선전하고 있는 곳은 '연어 탁본 뜨기' 부스였다. 테이블 위에 입을 벌린 채 누운 큼지막한 연어의 몸(부스를 지키던 행사 관계자는 "잘생기고 피부 좋은 녀석으로 엄선했다."라고 자랑스레 말했다.) 전체에 꼼꼼히 먹물을 바른 후 그 위에 화선지를 덮고 누르고 두드려 연어 모양을 찍어 내면(아이들은 화선지를 누르는 데 손을 보태 잡기-먹기에 이어 체험 목록을 늘렸다.) 붓글씨 전문가가 형태가 덜 찍힌 부분에 먹을 채워 다듬고 여백에 참가자들이 요청하는 문구("우리 가족 건강하게!" 같은 가훈이나 "전교 1등을 향해" 같은 학구 지향 소망들, 드물게는 자영업자들의 가게 이름 등)를 멋들어지게 써 준 후 헤어드라이어 전문가들(강릉단오제에만 있는 게 아니었다니!)이 꼼꼼히 말려 돌돌 말아 원통에 넣어 주는 시스템이었다. 단돈 1000원에 제법 전통과 운치가 있어 보이는 선물을 가질 수 있어서인지 사람들이 쏠쏠히 방문했다.

맨손 잡기와 피칠갑 해체의 잔상을 떨치지 못했던 우리로서는 이 정도면 꽤 온건한 행사 아니겠느냐고, 폭력 대신 필력이, 핏물 대신 먹물이 어디냐며 헤어드라이어로 먹물 말리 듯 마음속 얼룩들을 애써 말리는 시간이었는데…… 현란한 붓놀림에 정신을 놓고 있다가 보고야 말았다. 몇 차례 탁본이 뜨인 거무죽죽한 연어가 치워지고 새 연어가 테이블 위로 올라오는 것을. 우리의 묘한 눈빛을 느꼈는지 아까의 관계자는 "똑같은 걸로 계속 뜨면 비늘도 뭉개지고 피붓결도 죽어서 예쁘게 잘 안 나와요. 새 걸로 처음에 뜨는 게 제일 예뻐요."라고 또 친절히 덧붙여 주었다. 과연 새 연어는 미어(美魚)였고, 비늘도 피붓결도 싱싱했다. 이제 저 싱싱함은 곧 몇 장의 화선지 속으로 빨려 들어가고 저 연어도 누군가의 소망 옆에 마지막 그림자를 남긴 후 쓰레기로 버려지겠지.

그런 순간에 아까부터 내내 흐르는 「거꾸로 강을 거슬러 오르는 저 힘찬 연어들처럼」(적절한 시기에 정답을 알려 드린다.) 의 가사 "걸어 걸어 걸어가다 보면 저 넓은 꽃밭에 누워서 난 쉴 수 있겠지."가 들려오니 약간 울고 싶었다. 걸어 걸어 걸어 가다가 꽃밭에 누워서 쉬는 게 아니라 고작 저런 건데요? 힘들게 헤엄쳐 헤엄쳐 헤엄쳐 왔더니 먹 위에 누워 있는데? 얼굴에 먹칠을 해도 유분수지 꼬리 끝까지 먹칠을 해서 몇 번 찍고 버리다니. 먹을 뒤집어쓴 연어는 유독 정물처럼 보였다.

· 어떤 체험은 소중하지 않다 ·

2020년 1월, 중국 충칭시의 한 테마파크에서 번지점프 개장 행사로 살아 있는 돼지의 발을 묶은 뒤 70미터 높이에서 강제 번지점프를 시킨 영상이 공개되어 SNS에서 난리가 난 적이 있다. 점프대 위에서 패닉 상태에 가깝게 잔뜩 겁에 질려 있다가 내던져진 돼지가 몸부림을 치며 꽥꽥 비명을 내지르다 온몸이 축 늘어지는 모습, 그걸 보며 폭소하고 환호하는 이들의 모습이 담긴 영상이었다. 그 영상을 보고 경악한 사람들의 비난이 거세지자 테마파크 측에서 "어차피 곧 먹힐 운명인 돼지였다."라고 해명해 더욱 논란이 되었고, 뒤이어 "돼지들이 도살되는 과정에서 (사람들이) 충격을 받는 건 당연한 일이다. 그 시련은 약간의 오락거리일 뿐이다."라는 글까지 올려 더욱 공분을 샀다. '먹기 위해 동물을 죽이는 것'과 '동물을 오락거리로 다루며 갖고 놀면서 고통스럽게 죽이는 것'은 다른 문제라는 데에 많은 사람들이 합의하는 것 같았다. 적어도 돼지 번지점프 행사에서는.

연어 맨손 잡기는 돼지 번지점프와 얼마나 다를까. 물고기 맨손 잡기가 양식이나 낚시와는 다른 차원의 잔인성을 갖고 있다는 걸 인정하는 사람들 중에서도 혹자는 이를 원시 채집 행위나 천렵 풍습을 예로 들어 '자연스러운 일'이라고 주장한다. 하지만 물살이들을 한정된 공간에 억지로 가두어 놓고 수백 명의 사람이 동시에 달려드는 식으로 이루어지는 채집이나 천렵은 세상에 없다. 축제에서 맨손 잡기라는 것이 만들어지기 이전에는 어디에서도 볼 수 없던 부자연스럽고 인위적인 행위다. 겁에 잔뜩 질려 패닉 상태에 빠진 점프대 위의 돼지와 물속에서 미친 듯 도망치는 연어가 뭐 그리 다를까. "어차피 곧 먹힐 운명인 돼지였다."라는 말만큼이나 "어차피 먹힐 연어다."라는 말은 비겁하다. 어류가 고통을 민감하게 지각한다는 것을 뒷받침하는 과학 연구들도 쌓여 가고 있지만 그 전에 연어의 처절한 몸부림만 봐도 알 수 있다. 그것은 돼지가 내지른 것만큼이나 크고 무시무시한 비명이었다.

'체험'이라는, 교육적이면서 적당히 모험적인 느낌까지 섞여 있어 어디에 갖다 붙여도 그럴싸해지는 마법의 단어로 포장한들 결국에는 대량 살상 행위의 일부가 되는 체험이 아이들에게 교육적일 리도 없다. 최근 몇 년 새 동물원이 "자연에서 동물을 뚝 떼어 도시로 데려와 전시하는 가혹한 공간"이자 "가장 비교육적인 방식으로 동물을 대면하는 곳"이라는 비판적 공감대가 조금씩 넓어져 가고 있는데(모 TV 프로그램에서 유시민 작가와 정재승 박사가 쓴 표현을 빌렸다.) 축제 속 맨손 잡기는 그걸 훌쩍 뛰어넘는다. 대면하자마자 죽이는 거니까. 아니, 죽이려고 대면하는 거니까. 동물을 대상화하는, 그들을 함부로 대해도 괜찮다는 메시지를 전방위적으로 송출하는 이 행사를 통해 아이들은 그 메시지를 내면화하고 펄떡펄떡 뛰는 생명을 제 손으로 너무나 간단하게 앗아 가는 전능의 '손맛'까지 알게 된다.(물론 그렇게 잡은 물고기를 놓아주게 하는 보호자들이 있다는 사실도 알지만 이는 극히 소수이며, 물고기가 겪는 고통은 마찬가지일 것이다.)

"동물을 아끼는 사람이 인간도 아낀다."라는 말은 믿지 않지만(히틀러만 봐도 그렇다.) "동물에게 잔인한 사람은 인간에게도 잔인하다."라는 칸트의 말은 믿는다. 그래서 "아이들이 너무 좋아해요!"라는 말로 맨손 잡기 같은 체험을 요약하는 말을 들으면 가슴이 철렁 내려앉는다. '인간의 생명 vs. 동물의 생명'이라는 화두까지는 어림도 없고, '인간의 재미 vs. 동물의 생명'에서 아무런 거리낌 없이 '인간의 재미'를 선택하는 그 해맑은 가학성이 별생각 없이 돼지를 번지점프대에 세우기도 하는 것이다. 아마 누군가에게는 번지점프당하는 돼지를 보는 것도 특별한 '체험'이고 즐거운 유희였을 것이다.

· 어미 연어 맞이 뒤통수 맞이 ·

천변 축제장을 떠나 '내수면 생명자원센터'로 향했다. 연어를 연구하고 부화시켜 매년 방류하는, 양양과 대한민국의 연어 관리 본부라 할 만한 이곳에서 '어미 연어 맞이 생태체험'이라는 다소 안심이 되(고 기대가 되)는 이름의 행사가 펼쳐지고 있었기 때문이다. 상류로 둑방길을 10분쯤 달린 '연어 열차'가 멈추자 9년차 연어 해설사가 일행을 맞았다.(영암의 '널뛰기 심사 위원' 이후 오랜만에 느껴 보는 '세상에 이런 '일'이?' 적 모멘트!) 그런데 건물로 곧장 들어가지 않고 비탈진 강가로 일행을 이끌더니 멋대가리 없는 좁고 흔한 방류구(공장 폐수가 쏟아져 나오는 그림을 그릴 때 자연스럽게 그릴 법한) 앞에 세우는 것이 아닌가.

"여러분, 저기 보세요. 연어 보이세요?"

엥? 진짜? 이렇게 대뜸? 고개를 빼고 실눈을 뜨고 물살이 떨어지는 곳을 응시하니 과연 연어 몇 마리가 고개를 들이밀고는 거센 물살을 버티고 있었다. 세상에, 이 너른 남대천 중에서도 이 인공의 센터를 진짜 자기 고향이라고 찾아온다고? 저 허접한 방류구가 거기로 통하는 길인 걸 알고 여기서 이러고 있다고? 어처구니없이 집요한 귀향 본능에 새삼 감탄하면서도, 제자리에서 물살을 버텨 내다가 겨우 축적한 힘으로 어느 순간 전진을 시도하다 다시 밀려 내려오고, 또 어느 순간 전진하다 밀려 내려오기를 거듭하는 연어들의 분투에 박태하도 가슴이 뭉클해 왔다. 응원하는 마음이 되어 손을 모으고 있다가 한 마리가 물살을 타 넘어 시야에서 사라지자 "넘었다!" 환호성을 뱉을 만큼. 그래, 이런 장면을 원한 거라고!

정말 그랬다. 연어축제에서 우리가 보고 싶은 건 바로 이런 거였다. 연어가 거센 물살에 맞서다가 온 힘을 다해 도약하는 순간 같은 것. 그 순간 우리 마음에 넘실대던 따뜻한 바닷물 위 윤슬 같은 감정. 도망치는 헤엄이 아니라 앞으로 나아가는 헤엄. 지켜보는 사람들이 어느샌가 연어와 한마음이 되어 연어의 전진을 응원하고, 그 응원이 조금씩 번져서 연어의 존재를 응원하게 되는 경험. 아이들이 체험해야 할 좋은 교육이란 연어를 쫓을 때의 스릴도, 연어를 만졌을 때의 촉감도, 연어를 맨손으로 잡아 구워 먹는 재미도 아니고 눈앞에 있는 이 생명이 얼마나 대단한 여정을 거쳐 여기까지 왔는지 경이감을 느끼게 해 주는 것, 나아가 아무리 먹기 위해 기르는 생물이라고 해도 어떻게 하면 그 생물에게 가해지는 통증과 고통을 최대한 줄일 수 있을지 깊이 고민하는 방법을 배우는 것 아닐까.

하지만 그 뭉클한 목격이 빚어낸 감동을 안고 시작된 '어미 연어 맞이 생태체험'조차 뒤통수를 때렸으니…… 첫 코너인 '체험존'에서 '연어와의 만남─터치 풀(touch pool)'이라는 이름으로 연어를 마구 만지게 하고 있었기 때문이다. 방류구를 찾아든 연어들을 보는 둥 마는 둥 했던 아이들은 비좁은 원형 수조 둘레에 빽빽이 둘러서서 너도나도 손을 쭉쭉 뻗어 댔고, 혼자서 여러 영역을 커버해야 하는 통제 요원은 저 멀리서 바라보다 아이들이 힘 조절을 잘 못하는 눈치면 "살살! 꽉 잡으면 연어 죽어요!"라고 외칠 뿐이었다.(그걸 알면 이런 걸 하지 마!) 힘없이 도망 다니는 연어와 수조 밑바닥에 딱 붙은 연어들 옆 안내문에는 이렇게 쓰여 있었다. "이곳은 연어를 직접 만져 볼 수 있는 공간입니다. 아프지 않게 조심조심. 멀고 험한 여정을 지나온 연어를 바로 가까이에서 응원해 보세요." 믿기지 않아 다시 한번 읽었다. 응원해 보세요.

　'어미 연어 맞이 생태체험'이라는 이름을 달고 그러기엔 부끄러웠는지 결국엔 '연어 만지기'일 뿐일 것을 '연어와의 만남', '터치 풀' 같은 덜 노골적인 말로 뱅뱅 돌리느라 최선을 다했으나, 합리화의 욕심이 과하다 못해 뭐? 응원? 으으응워어언? 아이들이 다음 장소로 몰려가고 다음 투어 팀이 오기 전까지 짧은 휴식을 얻은 연어들을 그제야 자세히 살피다가 코 부분과 지느러미 부분의 살점이 완전히 뜯겨 나간 채 수조 밑바닥에 기진해 엎드린 연어 두 마리와 눈이 마주쳤다. 옅은 분홍빛 속살 너머로 피부의 일부인지 살점의 일부인지 모를 하얀 실 같은 것들이 실밥이라도 터진 듯 계속 새어 나오고 있었다. 가만 보니 정도 차이만 있을 뿐 다른 연어들의 피부 상태도 좋지 않았다. 너무 슬펐다. 이런 게 아이들에게 '연어와의 만남'이 된다는 것이. 다시 화가 났다. 이런 걸 '응원'이라는 말로 포장하는 것이.

이런 상황이다 보니 방류구를 통해 올라온 연어들이 머물고 인공수정이나 부화가 이루어지는 양식장 내부를 둘러보는 '관찰존'과 ① 연어에 관한 각종 정보를 시각화해 놓은 학습관, ② 연어를 테마로 한 일러스트들로 꾸민 미니 전시회, ③ 연어가 주제인 책들을 꽂아 놓은 야외 도서관으로 구성된 '전시존'은 아이들에게는 무료했고 우리 눈에는 무력했다. 연어를 소재로 곳곳에 쓰여 있는 '감성 글귀'들은 공허했으며, 나아가 기만적이었다. "안녕, 연어!"라고 예쁘게 인사한 뒤에 (실제로 예쁜 일러스트 안에 이렇게 쓰여 있었다.) 괴롭히는 모양새랄까. 씁쓸하게 돌아 나오는 마지막 '포토존'에는 아이들이 갖가지 배경 앞에서 포즈를 취하고 있었다. 간이 테이블로 만든 주방 배경에서는 도마 위에 길게 누운 실물 연어를 먹음직스럽게 요리하는 셰프처럼, 낚싯배가 그려진 패널 배경 앞에서는 거꾸로 처박힌 실물 연어가 든 뜰채를 들고 갓 잡아 올린 낚시꾼처럼. 굳이 거기 있지 않아도 좋았으나 거기 놓이느라 죽어 간 연어들 옆 포토월에는 이런 감성 글귀가 쓰여 있었다.

"인내—우리는 틀림없이 이 폭포를 뛰어넘을 수 있어. 다만 시간이 좀 필요할 뿐이야."

가 보지 않은 축제라는 점을 감수하고라도 화천산천어축제에 관해 조금이라도 이야기하지 않을 수 없다. '물고기 맨손 잡기' 행사가 K-축제의 인기 프로그램으로 성행하게 된 가장 큰 이유이자 지금도 가장 대표적인 축제니까. 양양에서 느낀 이 혼란과 고통의 아비규환을 다섯 배쯤 증폭시키면 산천어축제의 감상이 될까? 전국 양식장에서 200톤에 달하는 산천어들을 며칠씩 굶겨(축제 때 사람들이 드리우는 미끼를 잘 물게 하기 위해서다.) 대량으로 운반해 온 뒤 체험장에 풀어 양양보다 몇 배 많은 사람들의 맨손 잡기 속에서 죽게 하고, 살을 찢고 파고드는 방식이 지나치게 고통스러워 낚시꾼들도 웬만하면 지양하는 훌치기 낚시 바늘에 몸이 꿰뚫려서도 죽게 하고, 살아남아도 낚싯바늘에 입은 상처 때문에 세균에 감염되어 죽게 하고, 그 세균에 물이 오염되어 또 죽게 하고, 그런 산천어들을 한꺼번에 모아 매립하거나 어묵으로 만드는 축제. 산천어 옷 속에 넣기, 살아 있는 산천어 입에 물기 같은 깨알 같은 괴롭힘까지 아주 촘촘하게 수놓아져 있다. 게다가 200톤이라니. 200톤의 생명이라니. 톤으로나 측정해야 할 만큼 수많은 생명이다.

훨씬 규모가 작은 연어축제만 봤을 뿐인데 왜 산천어축

제에 반대하는 이들이 이 축제를 두고 "집단 살상의 현장"이라고 말하는지도 완벽히 이해할 수 있었다.(고백하면 이전까지는 좀 '쎈' 표현이라고 생각했다. 하지만 넘침 하나 없는 적확한 표현이었다.) 문학적 성취보다는 산천어축제를 세상에서 가장 사랑하는 사람으로 더 많이 알려진 이외수 소설가는 2019년 김산하 생태학자가 「'화천산천어축제'에 가지 말아야 할 8가지 이유」라는 글을 발표했을 때에도, 조명래 환경부 장관이 이 축제를 "생명을 담보로 한 인간 중심의 향연"이라고 비판했을 때에도 SNS에 글을 써서 반박했다. 그는 왜 산천어만 가지고 그러느냐며 비슷한 논란이 있을 때마다 동물보호단체들이 가장 많이 듣는 질문을 던진다. "얼마나 많은 동물이 인간의 식탁을 위해 고통받거나 학대받으면서 사육되고 있는가. 닭은, 돼지는 자유로운 환경에서 행복하게 사육되고 있는가. 소는, 말은, 양은?"

닭, 소, 말, 양, 돼지가 자유로운 환경에서 행복하게 사육되지 못하는 것은 개선해야 할 문제이지 다른 생물을 똑같이 학대할 수 있는 근거가 아니다. 그래선 안 된다. 세상의 모든 동물 학대를 정당화시킬 수 있는 비겁한 논리다. 르포 작가 한승태가 쓴 『고기로 태어나서』의 한 대목을 빌리자면 "우리가 이런저런 윤리나 논리에 대해 고민하는 이유는 모두에게 공평하게 잔인하기 위해서가 아니라 우리가 야기하는 고통을 조금이라도 줄이기 위해서"니까. 먹거리로서의 살생을 포기할 수 없다면 적어도 오락거리로서의 살생과 학대부터 없애 나가야 한다.('먹기 위해 동물을 죽이는 것'의 정당성에 관해서도 생각해 봐야 하겠지만 거기까지 다루지는 않겠다. 그것이 이 글의 한계일 것이다.) 그동안 아무렇지 않게 해 온 일이 지적받으면 아무렇지 않았던 과거가 무안해지고 아무래져야 하는 미래에 포기해야 하는 특권들이 아쉬워서 반발심이 들기 마련이겠지만, 자연을 함부로 대해 온 대가를 톡톡히 치르고 있는, 아니, 이제 겨우 치르기 시작한 2020년만 보더라도 더 암울해진 미래를 맞지 않기 위해 우리는 아무래져야 한다.

생태적 상상력을 발휘해서 동물과 인간이 교감할 수 있는 콘텐츠들로 바꿔 나가지 않을 거라면 동물을 주인공으로 내세우지만 결국은 괴롭히고 죽이는 축제들은 이제 사라지면 좋겠다. 모든 축제에서 물고기 맨손 잡기와 그에 준하는 행사들도 사라지면 좋겠다. 산천어축제 측에서는 "그런 행사들이 없어지면 누가 무슨 재미로 오겠나."라며 맞서곤 하는데 이 말이 본의 아니게 실토한 대로 '살상의 재미'가 전부인 축제라면 폐지되는 게 맞다고 생각한다.

기만적인 프로그램들로 우리를 실망시키긴 했지만, 최고의 연어 전문가들이 모여 있는 내수면 생명자원센터를 가진 양양은 축제의 다른 길을 만들어 볼 수도 있지 않을까? 외국의 생태 공원들이 이미 그러고 있는 것처럼 연어가 강물을 거슬러 오르는 경이의 순간을 다 같이 직접 볼 수 있는 시설물과 프로그램을 만들고 매력적인 스토리텔링도 곁들여 아이들이 연어의 생태를 재미있게 관찰하는 축제로 말이다. 우리는, 특히 아이들은 담기는 그릇에 따라 모양이 변하듯 축제가 이끄는 대로 얼마든지 연어와 한마음이 될 수 있다. 존재를 죽이는 장소가 아닌, 존재가 깃드는 장소로서의 동물 축제를 보고 싶다. 남대천이 연어들에게 평온한 죽음을 맞이할 수 있는 진짜 고향이 되길. 그렇게 이 축제가 진짜 '축제'가 되길, 진심으로.

제철은
아니지만
제 길을 찾아

전남 보성
벌교꼬막축제

드디어 벌교에 간다. 이렇게 설레는 것은 둘 다 초행길이어서만은 아니다. 벌교 아닌가, 벌교. 역사의 한 시대와 우리의 한 시절을 강렬하게 비추었던 소설 『태백산맥』의 주 무대, 군청도 신도시도 없는 일개 '읍'이면서 높은 전국적 인지도와 만만찮은 읍세를 지닌 고장, 그 덕에 공식 행정구역명은 '전남 보성군 벌교읍'이지만 직속인 '보성'은 쏙 빼고 '전남 벌교' 내지는 그냥 '벌교'로 불리기를 선호하고 또 그게 안팎에서 아무렇지도 않게 통용되는 동네. 그리하여 우리에게 벌교의 이미지란 색깔 있고 자존심 있고(그럴 만하고) 권위에 쉽게 굴복하지 않는 것이었는데, 아니나 다를까, 군(郡)이 공식 홈페이지를 운영하는 대부분의 축제와 달리 벌교에서 벌어지는 이 축제의 공식 페이지는 '벌교읍민회.kr' 안에 하위 메뉴로 자리 잡고 있었다. 세상에, 요즘 세상에 '읍민회'라니!(& 요즘 세상에 '한글 도메인'이라니!)

이처럼 호락호락하지 않은 벌교의 면모들은 (보성군 입장에서는 약간 골치 아플 수도 있겠으나) 우리의 문학적·역사적·지리적 흥미를 북돋는 것이었고, 거기에 술맛을 북돋우는 꼬막까지 있다. 들뜬 발걸음으로 벌교에 들어서자마자 넓게 펼쳐진 마른 갈대밭을 훑으며 불어오는 바람에서 갯벌 냄새가 났다. 갯벌 속 꼬막들이 본격적인 등장에 앞서 보낸 전령 같은 냄새였다.

"자, 꼬막과 함께하는 다양한 게임이 준비되어 있습니다. 열심히 참가하셔서 많이들 가져가세요. 일단 요번 게임 성공하시면 꼬막 한 박스씩 무조건 드립니다! 와아, 진짜 이런 행사가 세상에 어딨습니까? 이거 한 박스 되게 비싸요. 이걸 여러분이……"

"그래요? 얼만데요?"

"아? 음…… 그건 모르겠는데요……."

기세 좋게 참가자를 모집하던 사회자가 기습 질문에 당황해 바로 꼬리를 내리는 모습에 김혼비는 웃음이 터지고 말았다. 거기서 순순히 당황하면 어떡해요. "300만 원입니다!"

하고 능청이라도 떨어야지!(그동안 축제에서 만났던 다른 사회자들이라면 능히 그러고도 남았을 것이다.) 하지만 박태하는 사회자의 첫 문장부터가 틀렸다는 사실이 마음에 더 걸렸다. "꼬막과 함께하는 다양한 게임"이라고 하기에는 준비된 게임이 두 가지뿐인 걸 뻔히 아는데……. 그러거나 말거나 사람들은 우르르 몰려들었고, 박태하도 냉큼 후미에 가서 섰다.

'꼬막 던지기'가 시작되었다. 그리고 사회자의 두 번째 문장도 틀렸다는 사실이 드러났다. "열심히 참가"한들 도저히 "많이들 가져"갈 수가 없었다. 게임 난이도가 지나치게 높았다. 와인 두 병이 꽂힐까 말까 한 작은 플라스틱 양동이에 2미터 거리에서 꼬막을 던져 넣어야 했는데, 그걸 무려 5연속(!)으로 성공해야 했고, 감이라도 잡을 수 있게 연습 기회를 주는 것도 아니어서 태반이 첫 시도부터 실패했다. 그때마다 사회자는 가차 없이 "탈락!"을 외쳤다.

스무 번째 참가자쯤 되었을까. "많이들 가져가세요."가 아니라 "어디 많이들 가져가 보세요."의 몇 글자를 웅얼거려 모두를 속인 걸까 의심이 들기 시작한 그때, 비로소 한 중학생이 4연속 골인에 성공했다. 좌중은 술렁이기 시작했고, 상품으로 준비된 꼬막 상자들 옆에 하릴없이 앉아 있던 스태프도 처음으로 몸을 일으켜 상자를 들고 걸음을 뗐다. 자, 그렇게 꼬막 던지기 신동께서 신중하게 던진 마지막 꼬막(!)은 안

타깝게도 빗나가 버리고……. 하지만 이 정도면 난이도 조절 실패를 겸허히 인정하고 첫 4꼬막 성공자에게 상품을 안겨 줄 줄 알았던 우리의 예상은 유난히 더 경쾌한 "타을라악!" 소리에 양동이 옆에 떨어진 꼬막처럼 빗나갔고, 거의 도착했던 스태프도 덤덤히 등을 돌려 멀어져 갔다.

헉, 뭘 또 도로 가지고 가요, 뭐가 이렇게 엄격해! 다른 축제에서는 상품을 하나라도 더 나눠 주려고 애쓰는데 이토록 물 샐 틈 없는 철통 방어라니. '탈락'을 외치는 데 약간 관성적으로 신이 난 것 같으신 사회자님, 이건 축제입니다, 축제! 출전자들한테 승부욕 불태우지 마시라고요!(여기서 또 웃음이 터진 김혼비는 문득 '다음 기회에'를 두 번 연속 뽑았는데도 게임에 참가시켜 준 완주의 사회자는 얼마나 온정적이었던가, 아련한 고마움을 느꼈다.) 잠시 후 벌교에 사는 70대 여성이 첫 성공자가 되어 환한 얼굴로 꼬막 상자를 들고 퇴장하긴 했지만, 또 한참 탈락이 이어지자 사회자도 슬슬 이건 아니다 싶었나 보다. "안 되겠네. 좀 가까이 해야겠어요."라고 운을 떼며 양동이에 다가가 허리를 숙이는 순간,

"그럼 안 되제! 그럼 앞에 한 사람들은 뭐당가?"

"안 되제! 똑같이 해야제!"

자리를 뜨지 않고 게임을 지켜보던 탈락자들이 득달같이 들고일어났다. 움찔한 사회자는 "아, 예, 그르조잉." 하며 또

다시 꼬리를 내렸고, 그걸 신호탄으로 발언권이 거세진 탈락자들이 이제는 사회자보다 더 매서운 눈으로 "저 할배 자꾸 선 넘는당께! 싸게 선 뒤로 가씨요!" "팔이 그래 넘어가불믄 안 되제!" "워째 허리를 저라능가!" 주의를 주는 통에 게임은 점점 더 엄격해져 갔고, 엄격이 낳은 더 심한 엄격 앞에서 참가자들은 점점 더 위축되었고, 결국 그 이후 누구도 상품을 타가지 못했다고 한다. 벌교, 역시 호락호락하지 않아…….

· 본격 참여, 엄격 벌교, 전격 망신 ·

사실 성공자가 더 나올 수도 있었다. 줄 선 사람도, 줄 꼬막도 아직 많이 남아 있었으니까. 하지만 이대로는 이도 저도 안 되겠다고 생각했는지 사회자가 무대에 훌쩍 뛰어올라 "자, 이제부터 '꼬막 무게 맞히기'를 하겠어요!"라며 대뜸 종목을 바꾸는 게 아닌가! 그 천연덕스러운 겨를에 박태하를 포함, 꼬막을 던지려고 대기하던 이들은 졸지에 꼬막 무게 맞히기 참가자로 자동 전환되어 버렸다.(얼마나 자연스러웠는지 항의하는 이 하나 없었다.) 연습용으로 쥐었다 던졌다 하던 엄지손톱만 한 자갈을 힘없이 바닥에 떨군 박태하도 마음을 추슬러야 했다.(뒤에서 연습씩이나 하고 있었다니 승부욕 불태우던 사람이 사

회자 말고 또 있었다.) 허 참, 그래요. 할 수 없죠. 자, 그럼 어떡
하면 되죠? 한 사람씩 꼬막을 들어 보고 말하면 즉석에서 저
울로 재서 확인하나요? 아니면 몇 명씩 조를 짜서 가장 근사
치를 말한 사람이 가져가나요? 게임 방식을 설명해 주길 기다
리는데 사회자가 뚜껑도 안 연 스티로폼 꼬막 상자를 들어 올
려 스윽 한번 보더니 떠보듯 말했다.

"이런 게 몇 킬로나 나갈까요."

주의 환기용 멘트인 줄 알았건만 갑자기 박태하의 주변
으로 우수수 손들이 올라갔고,(뭐야? 이게 손 들 일이야?) 사회
자의 지목을 받은 이가(정말 손 들 일이 맞다고?) "2.8킬로!"라
고 외치자(저렇게 막 맞히는 거야? 상자를 들어 보지도 않고?) 사
회자가 잠깐 고민하는가 싶더니(답을 아는 거야? 설마 맞힌 거
야?) 이내 준엄하게 외쳤다. "소수점 두 자리까지 맞혀야 해
요!"(헉, 역시 엄격맨!) 순간 여기저기서 급한 마음에 손도 안
들고 "2.82킬로!" "2.88킬로!" 하는 말들이 터져 나왔고,(잠
깐, 2.8킬로그램까지는 맞았다는 거야? 페이크야?) 수십 명이 손
을 들고 악을 쓰고 사회자가 이들을 진정시키는 난리 통 속에
서 떠밀리듯 뒤로 물러 나오고 만 박태하는 깔깔대고 있는 김
혼비에게 "이렇게 창의적으로 이상한 시스템은 영산포 홍어
경매 이후 처음이야."라며 넋 나간 듯 말했으며, 김혼비는 사
회자의 호객 멘트 중 "와아, 진짜 이런 행사가 세상에 어딨습

니까?"만큼은 최고로 맞는 말이었다고 맞장구를 쳤다.

그리고 잠시 후 박태하는 행사장 한가운데 아스팔트 위에 엎드려 있었다. "순천에서 인물 자랑 하지 말고, 여수에서 돈 자랑 하지 말고, 벌교에서 주먹 자랑 하지 말라."라는 유구한 문장의 진위를 직접 확인해 보고자 함부로 주먹 자랑을 했다가 된통 얻어맞아 뻗은…… 건 아니고, 왼쪽 무릎에는 기다란 널빤지를 대고 오른발은 땅에 디딘 채 몸을 바싹 낮춰 엎드린 것이었다. '바퀴 달린 널배 타기' 대회의 참가자로서 말이다.

'뻘배'라고도 부르는 널배는 갯벌에서 꼬막을 캘 때 쓰는 이동 수단이며 국가중요어업유산 2호로 지정되어 있다.(1호는 제주 해녀다.) 지금도 한겨울이면 커다란 스노보드처럼 생긴 (길이가 2미터쯤 된다.) 뻘배에 한쪽 무릎을 꿇어 몸을 싣고 다른 다리로 갯벌을 밀며 전진하는 꼬막 따는 여자들을 볼 수 있다. 낡은 뻘배에 바퀴를 달아 개조한 걸 타고 아스팔트 30미터를 달려야 하는 이 경주에서 네 개 레인 중 2번 레인을 배정받은 박태하는 양손으로 뱃머리를 단단히 움켜쥐고 출발 신호를 기다리고 있었다. 참가했으나 참가하지 못한 꼬막 던지기와 참가당했으나 참가하지 못한 꼬막 무게 맞히기에서의 부진조차 할 수 없었던 부진을 만회함으로써 와일드푸드파이터 대회 동메달리스트 김혼비에게 부끄럽지 않기 위해, 입술을 꽉 깨물고, 오른 다리에 힘을 바짝 주고. 자, 그렇게 사회자의 신호와 함께 출발! 했는데……

갯벌 위 바닷게인 줄. 박태하는 곧게 뻗은 노끈 레인은 내 알 바 아니라는 듯 옆으로, 옆으로, 달렸다. 2번에서 3번 레인으로 삐질삐질 나아가는 것도 아니고 아예 4번 레인으로 대폭주하고 있었다. 사방에 웃음이 터졌고, 세상 엄격했던 사회자(그의 엄격은 이전 조들의 경기에서 부정 출발을 잡아내는 데 큰 역할을 했다.)는 "워메, 아빠, 워디 가 워디 가? 난리네 난리. 어제 술 먹어 갖고!"라며 세상 신이 나서 박태하를 놀렸고, 박태하는 급기야 중간에 털썩, 완벽한 OTL 자세로 무릎을 꿇고 말았다. 대회 내내 약간 심드렁한 표정으로 지루한 듯 지켜보던 벌교의 아주머니들이 박태하를 손가락질하며 배를 잡고 웃었고, 김혼비는 애매한 순위로 입상하는 것보다는 아주머니들에게 웃음을 찾아 준 쪽이 훨씬 기뻐 우쭐했으며, 박태하는 OTL 자세 그대로 생각했다. 아, 역시 벌교는 호락호락하지 않다. 무언가를 쉽게 허락하지 않는다…….

⋅ 이 축제의 진짜 이름은 ⋅

이쯤에서 밝혀야 할 사실이 있다. 사실 이 축제는…… '벌교꼬막축제'가 아니다. 아니, 지금 와서 이게 무슨 귀신 꼬마 악 까먹는 소리요, 자정의 엘리베이터 안에서 "내가 니 엄마로 보이니?" 같은 소리인가 싶겠지만 공식 명칭은 따로 있어 하는 말이다. 바로 '벌교꼬막&문학축제'다. 공식 표기를 존중하는 우리가 이를 글 제목에 그대로 쓰지 않은 이유는 이 명칭이 아직 자리를 잡지 못했기 때문이다. 우리가 방문한 2019년은 벌교 축제 대통합과 대부흥의 해. '제1회 태백산맥 문학제'와 '제1회 채동선 음악콩쿠르'를 출범시켜 기존의 '벌교꼬막축제'에 통합하며 저 명칭을 처음 사용한 것이다. 하지만 대부분의 축제와 마찬가지로 2020년 축제는 취소되었고, 이후에는 어떤 행보를 보일지 짐작할 수 없는 상황. 재개될 때 은근슬쩍 '&문학'(무슨 트렌디한 문예지 이름 같다.)을 떼고 '벌교꼬막축제'로 돌아간다 한들 이상할 것이 없어 보인다. 뭐, 어쨌든 지금 우리는 축제를 빌미로 꼬막과 문학이 만난 흔치 않은 시공간에 와 있는 것이었다.

두말할 것 없이 여기서 '문학'은 곧 『태백산맥』이다. 축제장 곳곳에서 『태백산맥』의 흔적을 찾아볼 수 있다. 『태백산맥』 필사하기 부스, '太白山脈'이 큼지막이 적힌 대형 스티로폼 책등으로 만든 문,(하지만 문을 통과하면 벌교천에 처박히므로 통과하면 안 된다.) 『태백산맥』의 대목들을 읽게 한 벌교 사투리 경연 대회,(화려한 입담 자랑이 아니라 뻣뻣한 문학 낭독회가 되어 버려 사투리 대회로서의 재미는 영 빵점이었다.) 벌교천을 오가는 다리난간 곳곳에 적힌『태백산맥』속 구절들(이건 축제 때가 아니라도 있는 것 같긴 하지만.) 등등. 그뿐 아니다. 도보 20분 거리의 '태백산맥 문학관'에서는 조정래 작가의 토크쇼와 사인회, 전국 백일장 시상식, 전권 필사자에 대한 감사패 전달식 등 다양한 행사가 열린다.(이 정도는 되어야 '다양하다'라고 말할 수 있지 않겠습니까?)

그리고 어둠이 내려앉기 시작한 지금, 우리는 무대 앞에 앉아 있다. 우리가 이 축제에 오는 데 결정적 역할을 한 대단한 행사를 기다리면서 말이다. 행사의 무게감에 걸맞게 사회자는 무려 이금희 아나운서였고,(그가 반가운 목소리로 "여러분, 저녁으로 꼬막비빔밥 드셨어요?"라고 말하자 벌교의 야외무대가 돌연 '아침마당'이 되는 마법이 일어났다.) 축제장에서는 처음 보는 수화통역사도 있었으며,(축제를 다니며 왜 여태껏 이런 문제의식을 갖지 못했을까 깊이 반성했다.) 음악은 녹음된 것이 아닌 오케스트라의 몫이었다. 자, 그렇게 '제대로 각 잡고' 거행된 행사는 바로 '제1회 조정래 문학상 시상식'! 국내 문학상 최대 규모의 상금 1억 원이 주어지는 이 굉장한 상의 초대 수상자로 성석제 작가가 무대에 올랐다. "낯선 상징과 은유 속에서 의지하고 편히 기댈 나무 한 그루 보이지 않았습니다. 바로 그 무렵 저는 조정래 선생님의『태백산맥』과 접했습니다. (……)

그것은 숲이었고 산이었고 나태와 안일을 쓸어버릴 폭풍 같은 것이었습니다.”로 시작된 수상 소감은 『태백산맥』과 조정래 작가와 벌교와 벌교 읍민을 향한 경의와 애정이 두루 담겨 벌교의 밤을 훈훈하게 데웠다.

기다린 행사가 이거였냐고? 그건 아니다.(성석제 작가께는 죄송하지만 그분도 우리가 이걸 기다렸다면 부담스러우실 것이다.) 우리가 여기 앉아 있는 진짜 이유. 자, 이름도 찬란한, 두둥, '작가 조정래 노벨 문학상 수상을 위한 발대식'!

축제 검색 중에 고만고만한 프로그램 사이에서 이 이름을 발견하고 박태하는 코앞에서 두 손을 깍지 껴 맞잡으며 낮은 신음을 내뱉었고, 김혼비는 눈앞의 글자를 보고도 믿기지 않아 눈을 의심했다. 강소국 반열에 들어섰지만 한국인들 스스로도 너무 잘 인지하고 있는 사회 각 분야의 '빈약한 기초'를 단박에 덮어 줄 외부의 권위로 지나치게 자주 소환되는 노벨상, 그 K-노벨상-집착의 한쪽 끝이 이곳 벌교까지 닿아 있었다. 세상에 노벨 문학상을 받자고 발대식을 한다는 발상이 가능하다니! 다소 '뻘'하다는 점에서는 꼬막과 더없이 어울리긴 하지만.

이 시간 전까지 행사의 톤을 감조차 잡을 수 없었다. 읍민들이 플래카드랑 피켓을 만들어 다 함께 모여 궐기하듯 구호를 외치는지, 번역가에게 줄 지원금 모금함이라도 마련되어 있는지, 스웨덴 한림원에 전화 연결이라도 시도하는지, 발대식을 마치면 행진도 하고 그러는지……. 하지만 행사 시작 전 모든 관계자를 자발적으로 기립하게 만들고 시상자로서 후배 작가를 격려하고 들어간 조정래 작가를 앞줄에 모시고 치러진 행사는 시종 무게감을 유지했다. 보성군수, 전라남도 부지사, 관료 출신 정치인, 태백산맥 문학관 건축가 등 여러 내빈의 축사와 헌사를 종합하면 "조정래 작가가 진작 수상했어야 할 노벨상인데 발대식이 너무 늦었습니다. 우리가 너무 게을렀습니다."라는 반성과 "이제라도 그 담대한 시작을 같이 합시다."라는 촉구와 "선생님의 작품이 아니었으면 민주화가 훨씬 늦어졌을 것입니다." 등의 찬사가 어우러진 "한국 문학계의 새로운 시발점이 될 자리"였다.

으슬으슬한 가을밤, 어제나 그저께처럼 뒤이어 트로트 공연이 준비된 것도 아닌데 자리를 살뜰히 메워 준 벌교 읍민들(꼬막 먹으러 왔다가 얼결에 무려 '한국 문학계의 새로운 시작'을 목도하게 된 관광객들도 꽤 섞여 있었겠지만)은 "우리도 노벨 문학상 한번 타 봐야 하지 않겠습니까?"라는 말에 "그래야지요!" 우렁차게 화답했고, "수상을 염원하는 박수를 칩시다!"라는 말에 열렬히 두 손을 맞부딪쳤다. 그래서 지금 여기 모인 사람들이 그가 노벨 문학상을 받을 수 있게 정확히 뭘 어떻게 같이해야 하는지, 이렇게 모여 응원하고 염원하면 그걸로 되는지, '발대식'이라면 이제부터 어떤 조직이 본격적 활동을 개시해야 할 텐데 그 조직이 있기는 한지 도무지 알 수 없어 여전히 어리둥절한 우리도 어쩐지 박수를 따라 치고 있었다.

마침내 가장 뜨거운 박수를 받으며 연단에 선 조정래 작가는 "이 못난 사람에게 (……) 문학상 1억 상금도 주시고 또 발대식도 하시고 하여 저로 하여금 부끄럽고, 앞으로 글 더 열심히 쓰라는 채찍으로 알고 열심히, 인생이 끝나는 그날까지 글 쓰다 책상에서 죽도록 열심히 하겠습니다."라는 감사 인사를 남겼다. 이 행사의 기이함은 알고 있다는 듯 '노벨 문학상'이라는 단어는 일절 언급하지 않으면서도 이 정도 민망함쯤은 견딜 수 있다는 듯 여유 넘치는, 종합적으로 프로페셔널한 태도가 인상 깊었다.

물론 조정래 선생은 인터뷰와 저서를 통해 노벨 문학상이 우리 문학의 목적이 될 수 없음을 밝혀 왔다. 그럼에도 '노벨 문학상'과 '발대식'이라는 어색한 조합 속에 자신의 위치를 허락한 것은 '올해 뭣 좀 제대로 해 보고 싶었던' 문학적 고향 벌교의 분투에 대한 응원과 감사의 마음 때문 아니었을까? 벌교 입장에서 보면 고장의 살림살이를 낫게 하고 인지도와 자긍심을 높이는 데 큰 공헌을 한 그에게 보답하는 마음(그리고 앞으로 잘 부탁한다는 마음)과 그를 활용해 올해의 이 통합 행사를 성대하게 시작하고픈 마음이 섞여 있었을 테고 말이다.

하지만 행사의 효과에 관해서는 회의가 든다. 자칫 면구스러워 보일 수 있는 행사이더라도 강행해서 얻고 싶었을 일말의 화제성도 얻지 못했으니 말이다. 일단 어쩌다 만난 문학계 사람들에게 발대식 이야기를 꺼냈을 때 이 이벤트의 존재를 아는 사람이 단 한 명도 없었다. 한 번에 제대로 알아듣는 사람도 없어서("아니, 뭐라고?") 재차 설명해야 했다. 심지어 언론사들도 직전의 '조정래 문학상' 소식은 다루면서 이 행사는 거의 언급하지 않았다. 이걸 주최한 벌교읍민회가 조정래 작가와 벌교 읍민들에게 늦가을 밤의 꿈같은 추억을 만들어 준 데 만족한다면 그걸로 된 건지도 모르겠지만 과연…… 그랬을까? 그랬다 한들…… 정말 그걸로 괜찮을 걸까? 너무 무리수가 아니었을까?

• 참꼬막은 어디에 참가자는 어디에 •

그날 저녁은 벌교의 요식업계를 평정한 듯한 꼬막정식을 먹기로 했다. 꼬막정식집이 너무 많아 쉽게 고르지 못하고 여기저기 둘러보다가 알게 된 사실. "참꼬막 먹으러 벌교로 오세요!"라는 말이 무색하게도 참꼬막 찾기가 힘들다는 것. 가게 문 앞에 "참꼬막 구하기가 매우 어렵습니다. 참꼬막을 새꼬막으로 대체해서 팝니다."라는 안내문을 붙인 집들도 있었다.

"이게 참꼬막으로 해야 맛있는데 새꼬막이라 조금 싸게 받는 거예요. 아직은 일러요. 오일장에도 겨울이나 되어야 나오지 아직 진짜 철은 안 왔어요. 이제 막 맛이 들기 시작하는 때지. 진짜 맛있는 건 더 추워지고 나서."

어렵사리 골라 들어간 가게의 사장님이 휘황찬란한 꼬막 정식 한 상을 차려 주시며 말했다. "그럼 꼬막축제를 왜 진짜 제철에 안 하고 이때 하는 거예요?"라는 질문에는 뭐 그리 당연한 것을 물어보느냐는 듯 정식의 마지막 그릇과 함께 답을 툭 내어 주시고 사라졌다.

"날씨가 좋으니까! 꼬막 철엔 춥잖아!"

그렇지, 축제는 날씨지! 바로 납득하며 한바탕 웃으면서도, 그래도 많은 사람들에게 '벌교=참꼬막'인데 주인공이 이렇게 없어도 되나 싶으면서도,(축제장의 부스들에서도 새꼬막과 피꼬막만 팔고 있어서 참꼬막을 찾는 외지인들에게 사정을 설명하는 광경이 간혹 보인다.) 명색이 음식 축제인데 아직 완전한 제철이 아니라니 싶으면서도, 한겨울에서 초봄까지의 꼬막에 비할 바는 아니지만 나름 제철의 영역에 속해 있는 11월의 꼬막에 좋은 날씨를 더하면 종합 점수는 오히려 더 높은 현명한 타협안이라는 생각도 들었다. 참꼬막과 새꼬막의 맛 차이도 모르고 초겨울 꼬막과 한겨울 꼬막의 맛 차이는 더더욱 모르는 우리는 꼬막회부터 꼬막탕까지 여덟 가지 베리에이션으로 펼쳐진 꼬막을 술과 함께 신나게 먹었다. 다소 이른 꼬막 철에, 너무 늦었던(?) 노벨 문학상 발대식을 떠올리며, 과연 제철이란 무엇인지, 벌교의 제철은 이미 지난 건지, 다시 오긴 올 것인지 같은 이야기를 나누며.

숙취가 살짝 남은 축제 마지막 날 오전에는 드넓게 펼쳐진 뻘밭을 바라보며 서 있었다. 읍내 축제장에서 차로 10분 떨어진 외진 곳에 위치한 '레저뻘배대회' 행사장이었다. '꼬막축제 특설 갯벌 보조 행사장'이라 할 만한 이곳에서는 주 행사인 레저뻘배대회(목재 대신 합성수지를 써서 레포츠용으로 날렵하게 개조한 뻘배를 쓴다.) 외에도 갯벌 달리기와 갯벌 깃발 뽑기, 갯벌 풋살, 갯벌 보물찾기 등 뻘에서 할 수 있는 모든 걸 다 한다. 그렇습니다. 그런데요, 다 할 수가 없었습니다. 참가자가⋯⋯ 없었거든요.

시간표대로면 10시에 개막식, 11시에 대진표 추첨, 12시에 뻘배 대회로 이어져야 하는데 11시 30분을 넘어선 시각에도 접수 부스에서는 목 놓아 "신청하세요!"를 외치고 있었다. 더 안타까운 건 그걸 들을 사람도 거의 없었다는 점이다. 꽤나 공들였을 주 행사에 사람이 이렇게까지 없을 일인가 싶어(그리고 우리에게 쏟아지는 무언의 참가 압력이 더해져) 픽 당황스러웠다. 이 행사장을 책임진 '벌교중앙라이온스클럽' 아저씨 봉

사자들은 온화하지만 초조한 표정이었고, 한구석의 품바 팀은 빈 천막 아래서 하품을 하고 있었고, 이 둘을 합친 숫자가 서성이는 관광객들의 숫자보다 많은, 정말 서로 갯벌쭘한 상황이었다.

갯벌 이곳저곳을 서성이다 보니 모래시계 안에서 모래 떨어지듯 아주 조금씩 사람들이 늘었지만 그걸로는 역부족이었다. 대회 시작 시간에서 20분이 지났는데도 스피커에서는 "뻘배대회 참가 무료입니다! 얼른 접수처로 오세요!" "인원 채워지면 바로 시작합니다! 무료예요!"가 흘러나왔고, 막상 접수처에 염탐을 가 보면 신청하려는 이 하나 없어서 1분마다 반복되는 "무료예요."가 본인들의 현재 상태를 고백하는 "무료해요."처럼 들려 슬펐다. 20분이 더 지나도 인원이 모일 기미가 없자 결국 뻘배대회는 장렬히 무산되었다.

그렇다고 이 외진 곳까지 와 준 관광객들(궁금해서 와 보긴 했으나 몸에 굳이 개흙까지 묻히기 싫었던 이들인 것 같다. 우리처럼.)을 방치할 수는 없는 노릇이라 이 모든 시간을 말로 때워야 하는 막중한 임무를 맡은 사회자의 고군분투 타임이 이어졌다. '꼬막 던지기' 게임을 급조했지만 사람이 워낙 적으니 전원이 참여해도 40분이 겨우 흘렀고, '단체 가위바위보'도 했다가 즉석 인터뷰도 했다가 아이들을 무대 위로 올려 춤도 추게 했다가 급기야는 난데없는 '신발 던지기'까지…… '뻘에

왔으면 뻘짓을 해야지!'라는 메시지가 담긴 듯한 게임들에 우리도 성실히 참여했고, 다음 일정 때문에 이곳을 떠나야 할 때는 어쩐지 마음이 편치 않았다. 계속 이런 식이면 오후의 그 많은 프로그램들도 다 취소될 것 같은데…… 폐장 시간까지 잘 버틸 수 있겠어요?

하지만 마음이 무거운 데에는 더 근본적인 이유가 있었다. '벌교가 (자신의 읍세와 인지도를 과신하여) 일들을 너무 크게 벌인 건 아닐까?' '지나치게 의욕만 앞서 수습 못 한 일들이 오히려 벌교의 제철이 영영 오지 못하게 하는 건 아닐까?' '그 과정에서 어떤 종류의 상처가 남진 않을까?' 하는, 어젯밤부터 마음 한구석에 스멀거리던 불안감의 한 실체를 확인한 듯한 기분이었기 때문이다. 한 시절 호되게 겪은 참극과 한 시절 누렸던 호황이 한데 녹아 만들어졌을 벌교의 '호락호락하지 않음'이 도리어 벌교의 두 어깨를 짓눌러 걸음걸음을 무겁게 하는 건 아닐까 싶어서.

· 벌교의 동반자 『태백산맥』 ·

안타까운 갯벌을 뒤로하고 태백산맥 문학관에 온 이유는 '조정래 작가와 함께하는 태백산맥 문학기행' 때문이었다. 조정래 작가가 앞장서고 30~40명이 뒤따라 걸으며 진행된 이 기행의 코스는 문학관 옆에 위치한 현부자네 집과 소화의 집에서 시작해 김범우의 집, 홍교(횡겟다리), 조정래 작가 부조벽 광장, 남도여관(현 보성여관) 순으로 이어졌다. 『태백산맥』을 읽은 지 둘 다 15년이 넘었는데도 기억하고 있는 줄도 몰랐던 소설 속 장면이나 인물이 떠올라 신기했고, 내용이 조금 더 머릿속에 남아 있었다면 "저 골목으로 하대치가 도망쳤어!" "안창민이 저기쯤에서 총을 맞은 거 아닐까?" 등을 가늠하느라 한 걸음 한 발짝이 더 뜻깊고 남달랐을 것 같아 부질없이 아쉬웠다.

김혼비의 마음에 특히 남았던 건 소화의 집이었다. "부잣집 앞에 무당집(소화네 집)이 있는 건 있을 수 없는 일이야. 원래 소화네 집은 태풍으로 무너져 없어졌거든. 근데 2008년에 문학관 들어서면서 다시 만들려다 보니 뒤쪽에 세울 자리가 없어서, 그렇다고 소화가 없으면 이 소설은 이루어질 수가 없으니 앞으로 옮겨서라도 세웠지."라는 조정래 작가의 설명처럼, 책 속에 묘사된 소화의 집은 현부자 집 뒤편 으슥하고 외진 곳에 있어 안 그래도 기구한 소화가 한층 더 처연하고 외로워 보였는데 지금은 이렇게 양지바른 곳에 환한 햇살을 받으며 있는 것이 어쩐지 그렇게 좋았다. 실은 어제 꼬막무침을 먹으면서도 소화를 잠시 떠올렸었다. 소화가 유독 잘 만들었던 음식이 꼬막무침이었기에.

소화를 비롯한 『태백산맥』 속 여성들을 떠올리면 김혼비는 마음이 복잡해진다.(박태하는 옆에서 동감한다.) 고등학교 2학년 때, 이전까지 배워 왔던 역사와는 사뭇 다른 내용을 담은 이 책을 읽고 적잖이 충격을 받았고 그 이후 세상을 바라보는 관점도 적잖이 달라졌기 때문에 '인생의 책'까지는 아니더라도 '인생에서 커다란 커브를 한 번 틀어 준 책'으로 꼽곤 했지만, 이 소설이 여성들을 그려 낸 방식에는 매우 불쾌한 구석이 있기 때문이다.(여성주의적 관점을 딱히 정립해 본 적 없는 10대가 읽기에도 그랬다.) 하지만 그때까지도 그의 여성관의 자장 안에 직접 들어가 보는 경험을 하게 될 줄은 상상도 못 했다.(물론 그를 이렇게 가까이에서 만나게 될 줄도 몰랐지.)

마지막 코스인 보성여관 1층 카페에서였다. 짧은 질의응답 후 틈이 생겨 집에서 들고 간 『태백산맥』에 사인을 받으러 다가갔다. 이름을 물어 속지 위쪽에 '김혼비'라고 적고 아래쪽에 사인을 하려는 조정래 작가에게(약간 '뭐 이런 이름이 다 있나.' 싶은 표정이시긴 했다.) 옆에서 기다리던 박태하가 "저는 박태하요."라고 덧붙이자 잠시 멈칫한 그가 고개를 들고 물었다. "둘이 부부예요?" 그렇다고 답하자 아래쪽에 자리 잡았던 손이 위로 다시 주욱 올라갔는데, 그 손은 김혼비의 이름 아래에서 멈추지 않고 더 위로, 그러니까 두 사람 이름을 적을 줄 몰랐기에 여백을 남기지 않아 비좁은 그 틈새를 굳이 찾아들었다. 그렇게 '박태하' 세 글자는 '김혼비' 위에 또박또박 적혔다. 남편 이름은 당연히 아내 이름 앞에 와야만 한다는 듯이. 반대 순서는 상상조차 할 수 없다는 듯이. 무언의 메시지였는지 당신만의 예의였는지는 모르겠지만 그의 여성관이 얼마나 견고한지만은 확실히 알 수 있었다. 불쾌하다기보다 약간 경이롭고 기이하게까지 느껴졌던 순간이었고, 그야말로 '기행' 다운 마무리였다.

문학기행 중에도, 또 우리끼리 읍내를 거닐면서도 『태백산맥』이 이 고장에 미친 영향을 새삼 실감할 수 있었다. 축제 프로그램이 아니더라도, 굳이 소설 속 내용을 떠올려 연결 짓지 않더라도 풍경의 곳곳에서 『태백산맥』이 움틀대고 있었다. 다리난간뿐 아니라 가겟집들 앞에도 소설 속 대목들이 붙어 있었고("나라가 공산당 맹글고, 지주가 빨갱이 맹근당께요." 같은 문장이 읍내 한가운데에 적힌 동네가 대한민국 어디에 또 있을까. 역시!) 상점 간판의 배경에는 태백산맥 줄기들이 공통 로고인 양 그려져 있었다. '태백산맥 꼬막거리' 안팎의 수많은 꼬막정식 가게들, 축제장에 맞닿은 시장에서 쉴 새 없이 팔려 나가는 수많은 꼬막들 또한 '벌교 꼬막'을 고유명사화한 이 소설에 큰 빚을 지고 있을 것이다.('벌교 꼬막'을 유명하게 만들다 못해 '고막'이었던 표준어를 '꼬막'으로까지 바꾼 주역 또한 『태백산맥』임은 유명한 일화다.)

벌교읍 전체가 '태백산맥 민속촌' 같기도 하다. 읍민들이 조정래 작가를 마주치면 "선생님 덕에 저희가 먹고삽니다. 정말 고맙습니다."라고 인사를 한다는데 그럴 만하다는 생각이 든다. 한 소설가가 소설의 배경으로 벌교를 선택하는 순간 문학의 운명, 벌교의 운명, 꼬막의 운명, 그리고 많은 사람들의 운명이 바뀌었다. 물론 벌교가 가진 역사적 자원, 즉 동학농민 운동부터 항일운동으로 이어지는 강력한 저항의 역사(정확히는 벌교가 속했던 낙안군의 역사다. 낙안군은 1908년 일제의 입김에 의해 찢겨 서쪽은 보성에, 동쪽은 순천에 편입되었다.)가 작가로 하여금 그러한 선택을 가능하게 했을 것이다. 그리고 이제는 『태백산맥』이 가진 문학적 자원이 거꾸로 벌교의 경제를 받쳐 주고 자존심을 지켜 주고 있는 것이다.

한때는 당대와 후대 사람들의 의식과 삶에 큰 영향을 끼쳤던 문학이 하나의 '작은 취향'이 된 이 시대에 평범한 일상의 공간 속에서 문학이 힘을 발휘해 사람들을 돕고 또 사람들은 그에 감사해하는 이 그림은 우리에게 조금은 뭉클한 기분을 들게 했다. 하지만 지방의 인구는 5년 다르고 10년 다르게 줄어 가고 있고, 『태백산맥』을 새로 읽는 독자들의 수도 마찬가지일 것이다. 유독 인정 욕구에 목말라하는 K의 세계에서 이 하향세를 반전시키고 싶었던 벌교 또한 다소 무리를 한 건 아닌지. 영문 모를 엄격함이 주는 요상한 재미에 빠져 호락호락하게도 즐거운 시간을 보낸 축제였지만 '&문학'은 언제까지 동행할 수 있을까.(또 갯벌에는 사람들이 찾아올 수 있을까.) 너무 무리들은 하지 말고, 하지만 뚜벅뚜벅, 따로 또 같이 걸어갔으면.

작지만
맞춤한 것들을
만나기 위해

경남 산청
지리산산청곶감축제

· 정초부터 이게 무슨 ·

새해를 맞아 지리산으로 떠났다⋯⋯라고 쓰니 좀 멋져
보인다. 천왕봉에 올라 일출을 보며 한 해를 잘 살아 내겠다는
마음을 다지는, 새해를 정성껏 맞이할 줄 아는 자의 운치 어린
결기가 담겨 있는 것만 같고 말이다. 그렇다면 일출 대신 곶
감은 어떤가. 이 무슨 '오로라 대신 만두는 어떠냐.' 같은 말인
지, 종도 스케일도 다른 둘을 이렇게 나란히 비교해도 되는지,
뜨던 해도 놀라 쏙 들어갈 질문인지 싶겠지만(호랑이와 비교되
어 봤던, 심지어 이겨도 봤던 곶감은 도리어 침착할 수 있다.) 우리
에게는 자연스러운 교체였다. 우리는 새해를 맞아 지리산으로
떠났다. 곶감을 보러, 곶감축제를 보러.

이 축제는 존재 자체가 도전적이었다. 축제를 1월 2일부터 한다고? 무슨 축제를 정초부터 해? 해맞이축제도 아니고. 감 수확과 곶감 제조에 가을을 온전히 바쳐야 하는 사정이니 '겨울 축제'는 어쩔 수 없다 쳐도 1월 중순쯤 연다면 이해할 법도 한데, 사람들이 새해 휴일을 보낸 뒤 숨을 고르며 한 해의 위밍업을 하고 있거나 스케줄러를 펼쳐 놓고 작심삼일의 계획들을 맹렬히 써 내려가느라 잘 움직이지 않을 신년 벽두에 콕 집어 여는 건 무슨 패기인가.(직전 해에도 1월 3일부터 했다.)

게다가 주제가 '곶감'이다. 저기, 여러분은 곶감을 자기 돈 내고 사서 드셔 보셨나요? 그랬다면 1년에 몇 번이나? 길 가다가 문득 곶감이 먹고 싶어서 가게로 달려가 곶감을 사고 그러나요?(대추를 무척 좋아하는 김혼비는 길에서 대추가 눈에 띄면 종종 사 먹곤 하는데, 옆에 있던 친구들의 반응은 하나같이 "길에서 대추 사 먹는 애 처음 봐."였다. 곶감은 아마 더할 것 같다.) 농촌진흥청이 2016년 발행한 『감 경영관리』를 보면(어쩐지 이런 걸 읽고 있다…….) 1년에 곶감을 한 번도 사지 않은 가구가 조사 대상의 60~70퍼센트이고, 가구 평균 연간 곶감 구입액은 1만 원이 채 안 된다.(그마저도 2010년대 들어 급감세에, 소비량의 65~85퍼센트는 명절에 집중되어 있다.) 게다가 50~60대에 비해 현저히 적은 30~40대의 구매량은 이 '과일계의 마이너리티'의 앞날 역시 만만치 않음을 말해 주고 있다. 그렇다 보니 곶감이 너무 좋아서 곶감축제에 가는 사람이 잘 상상되질 않았다.(물론 세상엔 '와일드푸드'가 먹고 싶다고 와일드푸드축제에 가는 사람도 있다만.) 과연 성초부터 곶감축제에 누가 (가기는) 간단 말인가!

이러한 날짜적 도전과 소재적 도전의 주체인 산청군은 한편으로는 도전을 받는 입장이기도 하다. 이웃 동네 함양에서도 '함양고종시곶감축제'를 여는데 심지어 날짜까지 똑같기 때문이다.(그러니까 대체 왜…….) 두 축제를 놓고 고민하다가 9년 먼저 시작한 산청곶감축제를 고르긴 했지만, 가는 길 고속도로 휴게소에 나란히 붙은 두 축제의 포스터를 보니 가뜩이나 마이너한 걸 가지고 아웅다웅하는 모습에 마음이 복잡해졌다. 그 둘이 아무리 애를 써도 넘기 힘든 벽, 전국 곶감 생산량의 60퍼센트를 차지하며 압도적 인지도를 자랑하는 '상주곶감'의 존재를 생각하면 더더욱 그랬다.(상주는 무려 '대한민국곶감축제'라는 웅장한 이름의 축제를 여는데 이 축제의 특징은 매년 크리스마스를 끼고 열린다는 것이다. 역시 곶감축제 날짜들, 남달라…….)

우리는 어떤 도전을 응원할 때도 그 도전이 가져올지 모를 역효과와 후폭풍에 대해서는 조마조마함을 떨치지 못하는 편인데(벌교를 보면서 그랬듯 말이다.) 축제장이 위치한 시천면에 도착하자마자 눈앞에 펼쳐진 풍경은 그러한 근심을 잊게 할 만큼 아름다웠다. 이 고장은 지리산에서 발원한 시천천과 덕천강이 만나 진주 남강으로의 동행을 시작하는 곳으로, 세 갈래 물길이 반짝이며 조잘대는 너른 유역을 지리산 휘하의 산들이 포근히 감싸고, 그 사이에 마을이 나직나직 들어앉아 있었다. 이런 풍경을 바라보고 있자니 정말 제대로 새해를 맞는 것 같았다. 우리도 우리 앞에 놓인 잡다한 삶의 과제들에 담대히 도전해 나갈 수 있을 것만 같았다. 아직 코로나바이러스의 존재를 몰랐던 2020년의 1월이었다.

· 이런 개막식 또 없습니다 ·

위에는 곶감을 주렁주렁 매달고 양 옆면은 곶감을 주렁주렁 매단 사진으로 도배한 통로 문을 들어서면 축제장인 '산청곶감유통센터'다. "어차피 우리 축제에 10만 명이 몰려들 건 아니지 않습니까."라고 말하는 듯 아담한 규모로 마련된 축제장이었다.(이 책에 나온 다른 축제들의 경우 의좋은형제축제와 영산포홍어축제를 제외하면 '주최 측 추산' 방문객이 20~50만 명이다. 젓가락페스티벌은 논외로 하겠다…….) 장내는 두툼히 차려입고 입김을 뿜으며 돌아다니는 사람들(물론 거의가 어르신들)로 쏠쏠한 활기가 돌고 있었다. 출입구에서 몇 발짝 들어와 고개만 한 번 꺾으면 보이는 주 무대에서는 곧 개막식이 열릴 참이었는데, 객석을 수월찮이 메운 사람들에 주변을 둘러선 사람들까지(가만히 앉아 있기엔 춥긴 하다.) 더해 북적북적했고, 펄럭이는 만국기 아래 저마다 하나씩 든 오색 풍선이 알록달록했다. 무대 옆 화환 중 하나에 적힌 '한국감연구회'라는 조직 이름에 다소 흥분한 우리(정말이지 이런 걸 발견하는 순간이 너무 좋다.)는 무대 옆 부스에서 나눠 준 시식용 홍시 슬러시를 하나씩 호로록거리며 선 채로 개막식을 지켜봤다.

그런데 별생각 없이 본 이 개막식, 다른 축제의 개막식들과는 사뭇 달랐다. 줄줄이 이어지게 마련인 내빈 소개를 이름과 소속이 나열된 '내빈 참석 현황' PPT 슬라이드 한 쪽을 화면에 띄워 쿨하게 끝내 버리더니만, 산청곶감을 알리는 프로그램을 만들어 지명도 향상에 기여한 방송사 PD 등에게까지 감사패를 수여하며 공훈은 아주 꼼꼼하게 챙겨 주는 느낌이었다. 더 중요한 건 개회사와 축사들의 톤이었다. 다른 축제들 같았으면 산청곶감에 대한 좀 과하다 싶은 찬양("지리산 신령님도 울고 갈 천상의 맛 아닙니까.")과 좀 멀리 있다 싶은 목표("산청곶감이 유네스코 문화유산으로 등재될 날이 올 것입니다.")와 좀 하나 마나 한 다짐("저도 온 힘을 다해 노력하겠습니다!")이 난무했을 것이다. 하지만 이 축제는 달랐다. 조직위원장, 군수, 여러 조합장과 위원장 모두가 똘똘 뭉쳐, "대한민국 농민의 길은 꽃길이 아닌" 현실 속에서 "한두 사람의 잘못으로 곶감의 명예에 금이 간다면, 신뢰가 무너지면 끝"이라며 분발을 촉구하면서도, "유통이 너무나 엉망"이라 "대한민국 최고의 과일을 만들어 놓고 그 값을 제대로 받지 못하고 있는" 등의 구체적 현안들을 짚어 내고, "농가 소득 5000만 원을 향해" 같은 수치화된 목표를 제시하며, 그러면서도 모든 노고와 공을 농민들의 몫으로 돌렸다. 회사 MT 겸 워크숍 온 줄…….

하지만, 아니 그래서 좋았다. 여기 오기 전까지 곶감에 별 선호도 관심도 없어 평생 곶감 구입액 0원이었던 우리(박태하의 경우 40년 동안 먹은 곶감의 양을 다 합치면 총 두 개쯤 될 것 같다.)도 분위기에 감화되어 마치 곶감 산업의 일원이 된 것 같았고, 이 산업에 알 수 없는 애정 비스무레한 것이 샘솟는 듯했다. 무엇보다도 저 말들은 바깥에서 뒤늦게 말만 얹는 사람의 말이 아니라 안에서 함께 부대껴 온 사람의 말이었다. 섣부른 환상의 당의정으로 눈과 귀를 흐리는 말이 아니라 오늘을 즐기되 현실을 똑똑히 마주하자는 다짐이 실린 말이었다. 그래, 축제는 삶의 틈새에 찍는 쉼표이기도 하지만 그 쉼표는 또한 삶을 더 잘 살아 내기 위한 것이기도 하니까. 그래서 "생산자들은 1년의 노고를 마음껏 풀어내십시오."라는 평범한 말도 미덥고 다정하게 들렸다.

다만 아까부터 잊을 만하면 하나씩 사람들의 손을 벗어나 하늘로 날아가던 오색 풍선을(손이 굳어서 그래요. 추워…….)

마지막에 다 함께 날린 것은 아쉬웠다. 환경과 생태에 해를 끼치는 풍선 날리기 이벤트는 여러 지자체들이 속속 금지해 나가고 있는 상황이라 더욱. 새파란 겨울 하늘로 날아가는 색색의 풍선 하나하나가 자연을 향해 날아가는 포탄들 같았다. 이축제에 사람이 그리 많지 않아 다행이라고 생각했던 유일한 순간이었다. 그렇게 날아가 버린 풍선들을 뒤로하고, 아니 위로하고 우리의 본격적인 축제장 탐사가 시작되었다.

· 지금 만나러 왔습니다만 ·

대형 창고인 듯한 무대 옆 실내 공간에 들어서자 과연, 곶감이 풍년이로구나! 먼저 '산청곶감 품평회' 코너로 갔다. 응당 곶감 맛을 보고 평해야 할 것 같은 행사명과는 달리 '곶감 아트'의 경연장이었는데, 얇게 저민 곶감을 겹겹이 둘러 꽃을 만든 작품(「곶감꽃이 피었습니다」), 곶감으로 만든 붉은 쥐들이 루돌프인 양 복주머니를 끌고 가는 작품(「경자년」) 등이 예쁘고 재치 있게 눈길을 끌었다. 그중 단연 우리의 넋을 잃게 한 작품은 "명품 속에서도 빛나는 진품!! 진품 지리산 산청곶감이 명품이다."라는 설명이 붙은 작품명 '진품명품'.(가만, 명품보다 빛나는 진품도 결국 명품이라면…… 명품<진품=명품? 이건

기적의 수학식인가.) 계단식 진열대의 아래 단에 발리, 프라다, 구찌 등의 명품 빈 박스들을 늘어놓고 위 단에는 아무 로고도 없는 상자에 곶감을 담아 뚜껑을 반쯤만 덮어 '명품 속에 홀로 빛나는 곶감'을 구현한 약간 마르셀 뒤샹적 작품이었다. 다들 끙끙거리며 어렵게 어렵게 써 오는 시 쓰기 숙제에 혼자 삼행시를 써 오는 사람을 보는 것 같아 좀 얄미웠지만, 창작 의도와는 달리 누군가가 명품만 홀랑 가져가면서 끝까지 손도 안 댄 '버림받은 곶감'같이 보여 좀 안타까웠다. 어쨌든 '명품'에 대한 굉장한 (재?)해석이었다.

그 옆에는 누구도 이견을 달 수 없는 최상급 곶감들이 진짜로 '명품' 등의 수식구를 달고 진열되어 있었다. '대한민국 과일산업대전 대표 과일 선발대회' 역대 수상작의 전시 코너다. 매년 과일 11종에 대해 각각 최우수상, 우수상, 장려상을 뽑는 '과수계의 전국체전'이라 할 만한 이 대회의 '떫은감' 분야에서 산청은 함양도 상주도 다 물리치고 2016년부터 5년 연속 최우수상을 가져갔다.(산청군이 아니라 농민 개인이 수상하는데 다섯 해 모두 산청의 각각 다른 분들이 수상했다.) 그 최우수상을 받은 감 농장의 곶감들이 주인공의 명함과 함께 진열되어 있는 것이다. 이러한 압도적 품질의 떫은감으로 만든 산청곶감만의 고유한 특징이 하나 더 있으니 압도적으로 예쁜 모양이다. 여느 곶감과는 달리 가운데가 동그랗게 옴폭 들어간 도

넛 모양인데(우리는 이런 곶감은 여기서 처음 봤다.) 동글동글 탱글탱글 곶감 몇십 과가 상자에 옹기종기 담긴 자태가 너무 곱고 탐스러워 볼을 꼬집어 주고 싶을 지경이었다.(곶감한테 이런 생각을 하다니…….)

자, 아직 곶감을 더 만나야 한다. '곶감 요리 경진대회' 코너에는 곶감을 활용한 다양한 요리가 전시되어 있다. 곶감소스스테이크, 곶감사태찜, 곶감불고기, 곶감율죽, 곶감경단, 곶감샐러드, 곶감장아찌, 곶감강정, 곶감약밥, 곶감돈가스……. 많기도 많다. 자, 아직 곶감을 더 만나야 한다. 만들기 체험 부스도 온 천지 곶감이다. 곶감양갱, 곶감호두치즈말이, 곶감백설기, 곶감마카롱, 곶감육포……. 네, 곶감이 이렇게나 활용도가 높은 과일인 줄은 제가 잘 알겠습니다……. 그치만 이쯤 되니 약간 곶감당이 안 되는군요!

곶감의 50가지 그림자, 아니 오만 가지 그림자에 휩싸여 정신을 못 차리던 우리는 행사장 중앙에서 한 줄기 빛을 만났다. 자기 대신 곶감이나 보러 온 애송이들에게도 친히 비추어 주시는 천왕봉의 일출이었다. 이게 무슨 소리냐고? 뒤 벽면에는 일출을 받아 빛나는 겹겹의 산자락이, 앞 스티로폼에는 '天王峰'이 새겨진 정상비가 프린트된 어설픈 포토존 이야기다. 그 어설픔에 굳이 관심을 보이고 싶지 않아 슬쩍 지나치려는데 노모를 모시고 온 중년 여성의 요청에 사진을 찍어 드리고는 깜짝 놀랐다. 이거 왜 그럴싸해? 진짜 같다고 할 정도는 아닌데 자세히 안 보면 속을 수도 있겠어! 사진을 본 모녀도 눈에 띄게 화들짝 놀라는 걸 보니 비슷한 감상인 듯했고, 결국 다 함께 한바탕 웃고 말았다. 모녀가 자리를 뜬 뒤 우리도 슬그머니 서로의 사진을 찍었다. 허 참, 감쪽같지 않은 척 감쪽같네, 결국 일출을 보며 새해를 맞았네 맞았어 즐거워하며. 그러고 보니 '감쪽같다'의 어원으로 '귀한 곶감을 누가 뺏어 먹을까 봐 흔적도 없이 잽싸게 먹어 치운다.'에서 비롯되었다는 설이 가장 유명하다던데 이거 혹시…… 주최 측이 심어 놓은 고도의 암호?

우리는 암호 해독자들다운 은밀한 발걸음으로 축제장 입구 쪽의 또 다른 실내 공간으로 향했다. 저긴 또 뭐가 있을까? 우와아아……직도 곶감을 더 만나야 한다. 여기는 곶감 농가들의 곶감 대전쟁 판이었다. 40여 곳의 농가 부스에서 각자 만든 곶감을 잘라 놓고 목소리 높여 시식을 권했고, 통로를 가득 메운 사람들은 떠밀리고 치이면서도 그 곶감을 먹고 보고 또 샀다. 사지 않을 시식은 좀 겸연쩍어하는 우리도 그 겨를에 휩쓸려 몇 군데 맛을 봤는데, 어쩌다 보니 상주곶감만 먹어 왔던 김혼비는 처음 먹어 보는 산청곶감의 발랄하고 촉촉한 맛에 눈이 번쩍 뜨였다. 상주곶감의 묵직하고 드라이한 맛을 더 좋아하는 이들도 많겠지만 아무래도 김혼비는 산청곶감파인 것 같았다. 그 와중에 신기하게도 부스마다 곶감 맛은 다 달랐고, 이렇게 맛있는 건 선물해야 한다며 김혼비가 예정에 없던 본격 곶감 고르기에 나서면서 곶감 초보 박태하의 고된 트레이닝이 시작되었다. 김혼비가 계속 곶감을 먹이며 어떠냐고 판단을 요구했기 때문이다.

"어때? 너무 단가? 옆집 게 낫나?"

"다르긴 한데……"

"다른 거 말고 더 다냐고."

"달긴 한데……"

"포장은 이 집이 훨씬 예쁜데. 맛 차이가 큰 거 같아?"

"어, 음, 그게……"

"이리 와 봐. 이 집 것도 한번 먹어 봐. 괜찮아?"

"잠깐, 입안에 아직 있……"

그렇게 박태하는 말도 우물우물, 곶감도 우물우물, 평생 먹은 곶감의 다섯 배를 30분 안에 먹어야만 했고, 막판에는 김혼비를 붙잡고 호소할 수밖에 없었다. "내가 무슨 곶플리에냐!" 마침내 고르고 고른 곶감을 사 들고 돌아 나오는 김혼비의 뿌듯한 발걸음 뒤로 박태하의 안도의 한숨이 내려앉았다.

야외 부스 중에는 우리 마음을 홀딱 사로잡은 물건이 있었다. 그 이름도 맨들맨들한 '감 박피기'! 여러 업체에서 직접 만든 감 박피기를 전시해 놓고 있었는데, 그중 한 곳에서 기계의 사진을 찍고 있으니 저쪽에서 곶감을 뜯어 먹던 아저씨가 어슬렁 다가와 "깎는 걸 찍어야지예." 하며 친히 시범을 보여 주셨다. 쇠봉 사이에 감을 끼우고 조인 뒤 버튼을 누르면 감이 패르르르륵 돌고 거기에 감자칼을 대고 있으면 껍질이 단번에 촤르르르륵 벗겨졌다.(이건 반자동이고 더 비싼 완전 자동 기계도 있다.) 딱 봐도 곶감업계와는 무관한 우리를 위해 시범까지 보여 주신 아저씨가 고마워 과장된 환호로 응답해 드렸지만 실은 정말 신났다. 그런 게 있는 줄 상상조차 해 본 적 없던 물건, 하지만 이렇게 용도에 충실하고 또 꼭 필요한 물건을 만나는 순간은 얼마나 짜릿한지! 박피기 외에도 건조기, 슬라이스기, 작업대 등 곶감 제조에 필요한 모든 것이 갖춰진 이 '미니 산업박람회'에서 마치 해외 바이어라도 된 양 브로슈어를 챙겨 나온 박태하는 무심코 펼친 면에 쓰인 "단아하고 세련된 녹색 분채 도장"에 빵 터지고 말았고,(그냥 초록 페인트를 들이부은 옥상 바닥색이면서!) 뺏어 보던 김혼비는 진지하게 쓰여 있는 "청소 방법: 분무기에 소주를 넣어서 한 시간에 한 번씩 뿌린다."에 쓰러지고 말았다.

야무지게 채워 넣은 곶감의 세계였다. 어느 축제나 주제가 되는 것들은 흘러넘치게 마련이지만 이렇게나 아기자기 다종다기할 줄이야! 하지만 주최 측을 규탄하지 않을 수 없다. 지난해에 축제장을 활보하던, 어쩐지 약간 겁먹은 표정의 호랑이 인형탈 친구는 왜 없었나요. 오기 전에 검색해 보다가 발견하고 너무 보고 싶었는데!

· 에헤라디야 바람 분다 ·

어쩜 볼 때마다 탄성이 절로 나오는지. 읍내와 축제장을 잇는 다리 위를 오갈 때마다 곱게는 못 지나치고 꼭 걸음을 멈춰 파노라마 보듯 360도로 빙글 돌아보게 된다. 어제 우리를 맞아 준 이 풍경을 자꾸자꾸 눈에 담고 싶어서. 이튿날 아침, 또 봐도 또 좋네 하며 다리를 건넌 우리가 천변 둑방길로 살짝 방향을 튼 이유는 이곳에서 펼쳐질 영호남비연보존회 주관 '전국 연날리기 대회' 때문이었다. 한 번도 본 적은 없지만 딱히 보고 싶었던 행사는 아니었다. '그래, 세상에는 연이란 게 있었지, 그걸로 대회를…… 할 수 있지! 넵, 잘하세요!' 같은 느낌? 그래도 어차피 지나는 길, 이 아름다운 풍경을 배경으로 연을 날리는 장면도 볼만하겠다 싶어 들러 본 것이었다. 수십 개를 잇달아 엮은 전시용 가오리연이 새파란 겨울 하늘 까마득히 올라 너울댔고, 중간쯤에 세로로 매달린 현수막은 "여기 오신 모든 분들 새해 福 많이 받으십시오." 인사를 건네고 있었다.

수십 명의 장노년 참가자들이 두툼히 중무장을 하고는 삼삼오오 모여 믹스커피를 홀짝이는 둑방길, 틈새를 비집으며 요리조리 기웃거리다가 낯선 장면과 맞닥뜨렸다. 홍대 앞 빈티지 숍 같은 곳에 전시되어 있긴 하나 정작 들고 다니는 사람은 본 적 없는 각 진 하드 케이스 여행 가방, 그리고 한쪽 어깨로 메는 한 아름 둘레의 드럼통 모양 가방 수십 개가 길 한쪽 옆에 주욱 늘어서 있었던 것이다. '오, 이게 뭐지?'가 아니었다. 뭔지는 몰라도 뭘지는 단박에 알 수 있었으니까. 그래, 이게 '연 가방'과 '얼레 가방' 아니고 다른 무엇일 수 있겠는가! 한 번 더 '감 박피기적 순간'에 맞닥뜨린 기분이었고, 이제 저 두 가방을 한꺼번에 들고 다니는 사람을 길에서 마주친다면 우리만은 그가 '비연인(飛鳶人)'임을 알아볼 수 있게 되었다고 즐거워했다. 전통 연 무늬 채색, 고(故)세계지도 래핑, 목재에다 니스 칠, 버버리 체크 패턴 등 다양한 '입맛대로 디자인'에 이름과 연락처가 적힌 가방들을 구경하다가 그런 우리를 의식하는 눈치인 듯한 아저씨 한 분에게 자연스레 물었다.

"이게 원래 얼레용으로 제작된 가방인가요?"(우리도 주변머리가 많이 늘었다. 훗!)

"에이, 아이라. 이기 내 낀데, 원래는 공 넣는 기라요. 농구공 같은 거. 사이즈가 딱 맞아 가꼬 다들 마이 씁니데이."

'기성품 얼레 가방'이라는 게 존재했다면 더 신났을 텐데!(버버리라면 더 더!) 하지만 제각기 얼레의 보관과 휴대에 꼭 맞춤한 걸 우연히 찾아내고, 주변 비연인들에게 추천하고, 또 그게 이런 전국 대회에서 (곁눈질로 질문으로 소문으로) 퍼지고 퍼져 '얼레 가방'이라는 범주가 만들어졌겠구나, 그 가방들이 각자의 본래 용도와는 상관없이 이곳에 옹기종기 모여 있구나 생각하니 마음 한편이 바람 안은 연처럼 부풀었다. '연 가방'도 나름의 사연이 있겠지.(정말이지 이런 걸 발견하는 순간이 너무 좋다.)

개막식이 시작되었다. 둑방길 한가운데에 100여 명이 대여섯 줄로 (뒤로 갈수록 대충) 엉켜 서고, 맨 앞에는 무대나 단상도 없이 연단 하나 딸랑 놓고, 버젓한 통행로를 완전히 막을 순 없어서 주민과 관광객은 내빈 옆으로 슥슥 지나다니고, 앰프 용량이 달려 뒤쪽에서는 멘트를 알아들을 수도 없는 산만한 개막식이었지만 공로패 증정, 심판 위원장의 규칙 설명, 선수 선서, 공정한 대진 추첨(바람이 탁구공들을 튕겨 섞는 투명 구안의 번호 적힌 공을 뽑는 로또식이었다!) 등 '연날리기'와 '대회'에 관해서만큼은 한 치의 허술함도 허용하지 않는 진지한 자리였다. 그래, 이거 '대회'였지. 누군가의 달력에는 크고 진한 별표와 함께 아주 오래전부터 쓰여 있었을, 누군가를 몇 시간씩 걸려 산청까지 오게 만들었을, 누군가에게는 한 해를 여는 의식일지 모를.

경기는 일대일로 맞붙어 상대의 줄을 끊는 이가 승리하는 토너먼트제로 진행되었다. 참가자들은 자기 차례가 되면 '연 가방'을 열고 네댓 개의 연 중 신중히 하나를 골라 강가 자갈밭에 섰고(두 사람이 20미터 정도 떨어져 선다.) 능숙히 연을 바람에 실어 아득히 올려 보낸 뒤(50미터는 족히 솟는 것 같다.) 심판의 시작 신호에 맞춰 상대를 공격했다. 얼레가 순식간에 풀렸다 감기면서 연이 위로 치솟고 아래로 치달았다. 기합이 터지고, 훈수가 흘렀다. 소강상태일 때는 "야, 우리 형님 팔 아프단다. 시간 끌믄 되겠다잉." 같은 농담과 "니는 실에 무신 칼날을 붙있나. 음청 씨네." 같은 견제가 오갔다.(나중에 알고 보니 연실에 유리나 사기 가루를 섞은 풀을 먹여 진짜로 칼날과 같은 효과를 낸단다. 알면 알수록 새로운 연의 세계.) 팽팽히 서로를 누르던 두 개의 줄 중 하나가 먼 허공에서 툭 끊어져 스르륵 늘어뜨려지면 웬만하면 서로 안면이 있는 듯한 참가자들은 "잘 띄웠다잉." "수고하셨습니데이." 인사를 주고받고 서로의 어깨를 쳐 주었다.(그리고 패배자는…… 연을 주우러 머나먼 길을 떠났다.)

합을 겨루는 기세가 신나고, 새파란 겨울 하늘에서 춤추는 연이 예쁘고, 저 먼 곳의 물체를 가느다란 실 하나로 통제하는 모습이 신기해 자갈밭에 털퍼덕 앉아 몇 경기를 내리 감상했다. 그런 관람객은 우리 둘뿐이었는데, 구경꾼이 가까이 있으니 참가자들도 더 흥이 나는 모양이었다. 어떤 분은 "아주 그냥 다 끊어 버릴라고" 방패연에 가위를 그려 왔다며 연과 함께 사진 포즈를 취하셨고, 어떤 분은 다분히 우리를 의식한 듯한 반(半)혼잣말들로 캐스터 역할을 해 주셨다. 저 드넓고 막막한 겨울 하늘도, 그 하늘을 누비는 연도, 그 연을 놓치지 않고 꽉 잡아 주는 가느다란 실도, 그 실을 눈에서 놓치지 않으려 가늘게 뜬 서로의 실눈도 모두 좋았다.

이 마성의 연날리기를 '그래, 세상에는 연이란 게 있었지, 그걸로 대회를…… 할 수 있지! 넵, 잘하세요!' 정도로 넘기려 했다니. 생각해 보면 곶감에 대해서도 이렇게 말할 수 있겠다. "그래, 세상에는 곶감이란 게 있었지. 그걸로 축제를…… 할 수 있지. 넵, 잘하세요!"라고. 이렇게 쓰고 보니 연날리기 대회와 곶감축제는 그 단어들이 세상에서 차지한 위상 면에서, 거기에 겨울과 장노년에 친화적이라는 점까지 더없이 어울리는 짝 같다. 축제를 다니며 워낙에 엄청난 '세상에 ○○으로 ○○○을 한다고?'에 익숙해져서 그렇지(일단 책의 시작이 '의좋은 형제로 축제를 한다고?'였고, 가장 최근에는 '노벨 문학상으로 발대식을 한다고?'가 있었다.) 우리가 지역 축제를 쫓아 나선 마음 깊은 곳의 동력은 결국 '맞아. 세상에는 ○○이란 게 있었지.'와 '그치, 그걸로 ○○을 하는 사람들도 있었지.'의 합주와 변주였다. 몰라도 일상생활에 하등 지장 없

고 그래서 알 필요 없는 것들을 기록하고 기억해 두고 싶어서
였다. 무관심 속에서 조용히 사그라지고 있거나 소수의 사람
들이 성실히 지켜 나가고 있는 것들에 대해서. 어떤 세계에서
는 여전히 절실하고 또 많은 이들의 생계나 자부심을 떠받치
고 있는 것들에 대해서.

• 단절된 우리가 만나는 방식 •

자, 잠시 방심하셨죠? 아직도 곶감을 더 만나야 한다. 축
제의 이면에도 곶감은 넘쳐흐르니까. 축제장과 맞닿은 골목골
목 트럭 칸을 젖히고 호객을 하는 젊은 상인들과 바구니를 늘
어놓고 쪼그려 앉은 할머니들, 다리 건너 덕산시장에 산을 이
룬 곶감 상자들, 읍내 가겟집 문들에 써 붙인 '곶감 팝니다' 종
이들.(심지어 철물점에서도 곶감을 판다!) 저 마이너한 곶감에
생계의 일부를 맡긴 이들이 이렇게나 많다는 사실이 아득할
지경이었다. '누가 이걸 다 살까.'의 측면에서라면 축제장 주
변에 두서없이 늘어선 난전들도 만만찮았다. 불상, 예수상, 시
바상, 그리스 신상 등 각종 '신상'은 물론이고 청룡도 든 관우
상, 깃발 든 잔다르크상, 소총 든 미군 병사상(!?) 같은 크고
작은 인물 소조상을 비롯해 황금 돼지, 모래시계, 생선 뼈 조

형물, 정체불명 훈장 등 온갖 색 바랜 골동품들, 성분도 제조 공정도 알 길 없는 수제 금연초, '하면 된다'나 '가화만사성'이나 기타 가훈스러운 문구들이 새겨진 목제 현판,(TV 속 시골집에 저런 게 어디서 나나 했더니 다 이런 데서 사는 거였어!) 언제 만들어졌는지 모를 대형 잉어 달고나 등등.

　　그중에서도 유독 눈길을 끈 건 전통악기가 95퍼센트 확실한데 그게 군밤 장수 아저씨의 군밤 통 옆에 수북이 쌓여 있어 악기가 맞긴 맞는지, 맞다면 왜 밤이랑 나란히 놓여 팔리는지 알 수 없는, 결국 군밤을 한 봉 사며 아저씨께 물어서 정체를 알게 된 대금이었다. 대체 저걸 사 가는 사람이 있을까 하는 생각이 오히려 기념으로 사 가고 싶다는 생각으로 바뀌어 가격을 물어보니 누가 불 거냐, 장식이라면 이렇게 비싼 걸 쓸 이유가 없다, 이건 꼭 불어 줘야 하는 거다, 그게 악기의 행복이다라며 순순히 팔려 들지 않으신다.(가격도 말을 안 해 주시려는 걸 겨우 보채 들었더니 가장 싼 게 10만 원이었다.) 제대로 써 줄 사람에게가 아니면 팔지 않겠다는 마음이 읽혀 더 캐묻지 않고 주춤주춤 물러서려는 찰나, 아저씨는 "사실 내가 대금 만들던 사람이었어요."라며 대금 한 대를 뽑아 들고 입술에 갖다 댔다. 그리고 불기 시작했다. 눈을 지그시 감고, 조금 전에 군밤을 건넸던 손으로 하나하나 구멍을 짚어 가며. 이름도 모를 곡이었지만, 군밤과 곶감과 지리산에 휩싸인 채 듣는 뜻밖의 대금 선율은 불쑥 뭉클했다.

정말이지 이런 걸 만나는 순간이 너무 좋다. 어딘가에 '한 국감연구회'라는 단체가 있고, 한쪽에서는 '대한민국 대표 과일 선발대회'가 열리고 거기에 입상하기 위해 애쓰는 이들이 있다. 감 박피기를 개발하는 사람이 있고, 얼레 가방을 고민하는 이들이 있고, 전국을 다니며 연싸움을 하는 이들이 있고, 한때 만든 대금을 끼고 다니며 군밤 옆에 펼쳐 놓는 이가 있다. 축제장 음지의 꽃인 품바도 있고, 그 품바에 위로받는 팬들이 있고, 썰렁한 관객석 앞에서 열창하는 무명 트로트 가수들이 있고, 아이들을 달래 가며 공연하는 마술사가 있고, 만만찮은 지역민들의 입담을 능숙히 받아치는 노련한 사회자들도 있다. 우리가 아는 세계, 아니 상상할 수 있는 세계의 바깥에서 생각보다 수많은 취향과 노력이 질서를 이루어 이 세계를 떠받치고 있다. 우리 또한 누군가들이 아는 세계의 바깥이겠지. 아마도 많은 부분에서 서로가 서로의 바깥일 대금 아저씨와 우리는 대금 버스킹이 펼쳐지는 시간 동안 잠시 마주 서 있다가 연주가 끝나고 한 해의 건강과 안녕을 기원하는 새해 인사를 나눈 뒤 헤어졌다. "새해 복 많이 받으세요!" "건강하세요!"라는 평범하지만 다정한 말들로.

축제장에 돌아간 우리는 마지막으로 '감잎차 족욕체험장'에서 발을 담그고 참방거리다가(정말 감으로 발끝까지 뽕을 뽑는다.) 행사장을 떠났다. 코가 빨개져 돌아다녔지만 무척 즐겁고 아기자기한 축제였고, 허례허식 없이 가야 할 길로 정직하게 직진하는 축제였다. 무엇보다도 '주제 파악'을 내실 있게 잘한 축제라는 점에 박수를 보내고 싶다. 곶감이라는 주제에도, 산청이라는 작은 군의 주제에도 꼭 맞춤했으니까. 그만큼이나 맞춤했던 군수의 개막사 중에 "내방객들도 그저 주말 장터에서 곶감만 사는 게 아니라 산청에 좀 더 머물 수 있도록 생산자와 내방객의 만남의 장이 되었으면 좋겠다."라는 말이 있었다. 정말 그랬다. 이 작고 단단한 축제를 따라 직진하다 보니 곶감의 세계에 대해, 곶감을 만드는 생산자들에 대해 깊이 생각해 보게 되었다.

어느 농산물인들 안 그러겠냐마는 곶감도 손이 무척 많이 간다. 수확−선별−포장 이외에 하나하나 감을 깎고 고리를 꽂고 건조대에 매다는 일을 모두 수작업으로 해야 하기 때문이다. 따 놓은 감이 홍시가 되기 전인 일주일에서 열흘 남짓 동안 수만 개의 감을 말이다. 농한기도 없이 이어지는 이 '곶감 철'에는 일손이 부족해 전국 각지의 자녀, 친척, 친구가 소환된다.(그런데도 역설적으로 마을에서 지나다니는 사람을 보기 가장 힘든 시기라고 한다. 돌아다닐 틈이 없으니까.) 감 박피기가 없던 시절에는 어땠을지 그야말로 상상도 되지 않는데, 그런 박피기가 고장이라도 나면 큰일이니(마감 전날 컴퓨터가 고장 나는 것만큼 다급한 일 아닐까.) 수리 기사가 마을에 상주하며 '5분 대기조'가 된다. 매단 곶감을 그대로 말린다고 되는 일도 아니다. 산청곶감만의 특징인 도넛 모양을 내기 위해서는 일일이 손으로 모양을 잡아 줘야 한다. 치열한 곶감계에서 브랜드 차별성을 갖추기 위해 한 가지 공정을 더 끼워 넣은 것인데, 말이 한 가지지 결국 수만 개의 감을 한 번씩 더 매만져야 하는 일이다. 이제 산청곶감을 보면 그 옴폭한 부분에 고인 고민과 노동의 흔적이 선연히 읽힌다.

산청에 다녀온 지 1년이 다 되어 가는 12월의 마지막 주, 축제장에서 가져온 여러 농장의 명함을 늘어놓고 하나씩 인터넷에 검색해 보았다. 이왕이면 인터넷 주문이 안 되는, 그러니까 상대적으로 판로가 더 좁은 생산자를 찾아 전화로 주문을 하고 싶어서였는데, 그렇게 찾은 농장에 전화를 했더니 올해 감 농사를 망쳐서 1월 중순에나 곶감을 주문할 수 있다는 슬픈 소식을 접했다. 흑, 농사 왜 망치셨어요. 속상하게. 그렇게 해서 연락한 두 번째 집. 올 초 곶감축제 때 너무 맛있게 먹어서 또 먹고 싶어 연락했다고 하니 사장님이 정말 반가워하셨다. 우리도 어찌나 반갑던지. 그곳에서 우리는 곶감을 주문했다. 살다 살다 곶감이 먹고 싶어지다니. 일부러 주문까지 해서 먹다니. 정말 상상도 못 한 일이다. 축제가 "생산자와 내방객의 만남의 장"이 되었으면 했던 군수의 바람은 적어도 우리에게는 제대로 통했다. 산청곶감이 그리웠던 건지, 축제의 모든 것이 그리웠던 건지, 코로나로 부쩍 위축된 경기에 곶감이 더 안 팔릴까 봐 마음 쓰였던 건지 모르겠지만 김혼비도, 곶플리에 박태하(생애 누적 곶감 섭취량 열다섯 개!)도 설레는 마음으로 곶감을 기다렸다.

며칠 뒤 감말랭이 큰 봉지까지 하나 더 챙겨 넣어 주신 곶감 상자가 도착했다. 동글동글 탱글탱글한 곶감을 보니 늦가을부터 초겨울까지 또 한바탕 대전쟁을 치르셨겠지 싶으면서, 그 와중에 하나하나 예쁘게 꼭꼭 누른 정성이 곶감의 옴폭 들어간 부분에 스며 있다고 생각하니 마음이 곧게 펴지는 것 같았다. 우리도 한 해를 이렇게 정성껏 잘 살아 내야겠다는 마음이 절로 들었다. 지리산의 햇살을 잔뜩 머금고 바람을 한껏 품은 이 붉고 동그란 곶감을 하나씩 나누어 먹는 것이 우리에게는 올해의 일출이었다. 아, 정말 맛있다.

그래, 정초에는 역시 곶감이지!

축제장을 나서며

열두 마디로 나눈 축제의 시간이 끝났다. 글을 쓰면서 축제 사회자와 공연자 들의 어떤 마음을 조금 더 이해하게 된 것 같다. 그들이 으레 관객에게 던지곤 했던 질문, "여러분, 축제 즐거우신가요오오오!"를, 우리 또한 이 글을 읽으실 분들께 문득문득 드리고 싶었기 때문이다. 예산부터 산청까지 이 정신없는 여정에 함께해 주신 독자분들께 너무나 감사하다. 유난히 마음이 많이 가는 책이라 더욱 그렇다. 여전히 우리 마음 속에서는 축제 속 못다 한 이야기들이 와글대고 있지만, 마음을 가라앉히고 잠깐 축제의 시간 바깥도 걸어 보려 한다.

축제장과 숙소를 오가다가, 퍼레이드를 보러 나섰다가, 부러 짬을 내 기웃거리다가, 떠나는 마음이 아쉬워 미적대며 둘러보다가 마주하게 된 '읍내' 혹은 '구도심'의 풍경들은 정겨웠지만, 스산함이 그 정겨움을 압도하는 경우도 많았다. 잊을 만하면 어김없이 나타나는 '임대' 알림 붙은 빈 점포, 문은 열었으나 손님의 손에 문이 열릴 일이 극히 드물어 보이는 가게, 셔터가 내려져 영업 중인지 폐업을 했는지도 모를 가게들……. 전통시장도 지나다니는 손님을 다섯 손가락으로 꼽을 수 있을 만큼 한산했다. 중심가라 할 만한 곳도 낮에는 사람의 활기가 없고 밤에는 사람의 기척이 없었다. 이렇게 비어 가는 도시에서 건물들은 칠이 벗겨지고 녹이 슨 채 웅크리고 있었고, 골목을 파고들면 지붕 한쪽이 으스러져 있거나 유리창이 깨진 채 방치된 폐가와 주변 풀밭에 아무렇게나 놓인 폐가구가 덜컥 눈에 띄곤 했다. 눈과 발이 닿는 곳마다 '쇠락'이 있었다. 이따금 기사나 책으로 접했던 '지방 도시의 쇠퇴'라는 건조한 구절이 생생히 와닿았다.

축제는 이런 지방 도시들이 지역에 활기를 불어넣고자 시도하는 분투일 테지만, 거듭된 축제들을 통해 지자체 스스로도 이제 알고 있을 것 같다. 축제를 통해서는 인구 유출을 막는 것도, 지역 경제를 살리는 것도, 하다못해 축제 자체의 수익을 내는 것도 무리라는 사실을 말이다. 그럼에도 지자체들이 축제를 포기할 수 없는 건, (본문에서도 잠깐 말했듯) 불황일수록 그나마 유일하게 노력해 볼 구석이 관광 마케팅뿐이기 때문일 것이다. '뺑축구'조차 제대로 할 수 없는 실력의 축구팀이 그나마 기댈 곳은 바로 그 '뻥축구'인 것처럼. 게다가 축제는 지자체가 할 수 있는 여러 시도 중 상대적으로 예산도 덜 들고,(어디까지나 '상대적'이다.) 당장 흥행에 실패하더라도 (바로 증명할 수 없는) 경제적 파급 효과라든가 (딱히 계산하기 힘든) 지역 이미지 제고 효과라든가 주민 통합 및 문화 이벤트 제공 같은 무형의 이득으로 낙관하고 넘어갈 수도 있다. 그러니까 지역 축제는, 생존의 기로에 놓여 있지만 별다른 대안이 없는 지방 중소 도시들의 최후의 보루이자, 다들 하는 마당에 안 할 수도 없어 어떻게든 그럴싸하게 뽑아내야 할 숙제 같은 것이다. 그러니 정념과 관성이 교차할 수밖에.

이런 맥락들이 머릿속에 엉겨 붙는 가운데, 사정이야 어떻든 한판 벌어진 축제의 마당에서 축제의 주제를 살리고 지역의 이름을 알리기 위해 주민들이 한마음으로 고민하고 애쓴 흔적들, 이렇다 할 문화 이벤트가 드문 지역에서 1년에 며칠이나마 공연도 보고 게임도 하고 춤도 추는 시간을 마음껏 즐기는 표정들, 지금 이 자리에 있는 모두에게 반드시 즐거운 시간을 주고 말리라는 기세로 준비해 온 것들을 꺼내 보이는 공연자들의 소소한 열정이 눈앞을 채우니 축제를 보는 마음이 (정신없는 K의 물결에 더하여) 더욱 갈팡질팡했던 것 같다. 그리고 응원과 염려가, 기대와 현실이 뒤섞인 갈팡과 질팡 사이에서 그 지역에 대한 애정이 옴팡 싹텄던 것 같다.

이전의 여행들이 주로 그 지역의 명소나 음식, 풍광으로 기억에 남았다면 축제를 통해 방문했던 지역들은 유독 사람들로 기억에 남았다. 지역의 이름이 뉴스에 등장할 때마다 떠오르는 건 축제가 아니었다면 그렇게 가까이에서 한꺼번에 만나지 못했을 주민들의 얼굴이었고, 원고를 쓰고 술을 마실 때마다 우리의 화제에 오르는 건 글에 미처 담지 못한 그들과의 이야기였으니까. 이 책에 등장하는 곳들을 모두 다시 가 보고 싶은 것도 그래서일 것이다. 축제장 안팎에서 마주치고 스쳐 갔던 모든 이들의 안녕이 궁금하고, 그들의 삶의 공간으로서 도시의 안부가 궁금하다. 앞으로 어떻게 변해 갈지도.

한편으로는 아직 가 보지 못한 지역이 많다는 사실에도 무척 설렌다. 독특한 자연으로, 장소에 서린 역사로, 역사에서 흘러나온 문화로, 주변 지역과 얽힌 이야기로, 무엇보다 그 안에서 살아가는 사람들로 만들어진 지역 저마다의 색깔과 무늬를 따라가는 일을 어서 다시 시작하고 싶다. 축제여도, 아니어도 좋을 것이다. 자, 또 어디까지 가 볼 수 있을까.

추천의 말

김혼비, 박태하 작가가 전국 축제를 취재해 글을 쓴다는 소식에
나는 쾌재를 부르는 한편 걱정이 되기도 했다. 유머 감각이 뛰어나고
입에 착착 감기는 말맛으로 글을 쓰는 작가들이니 전국 축제를 다니
면 얼마나 글감이 넘쳐 날까 싶어서였고, 한편으로는 징글징글하고
파괴적인 일종의 포스라 할 'K스러움'이 그들의 내면을 다치게 하지
않을까 싶어서였다. 국내 여행을 좋아하는 나도 예전에는 꽃이나 먹
거리 축제를 여러 군데 다녀 보기도 했지만 이제는 한사코 피해 다
닌다. 그 집약된 'K스러움'에 질려 버렸기 때문이다. 열두 달 동안 전
국 곳곳을 다닌 이 착실한 취재의 결과물을 읽으며 나는 연신 눈물
이 나도록 웃었고 한 번은 진짜로 울기도 했다.(연어야 미안하다…….)
'이상한데 진심인 K-축제 탐험기'를 부제로 단 『전국축제자랑』은 용
감하게도 K의 한복판으로 걸어들어가 그 흥과 웃김과 얄팍함과 가

습 찡함, 그리고 야만스러움과 진실됨까지 다층적으로 포착해 낸 훌륭한 보고서다. 어느 여행이나 그렇듯이 가장 좋은 부분은 이들이 예상치 못하게 마주친 몇몇 장면들인데, 인생은 바로 그런 장면들로 작은 전환을 맞곤 한다. 그로 인해 『전국축제자랑』은 나에게도 K의 의미를 넓혀 놓았다. 우리 안에 살아 숨쉬는 K를 축제라는 거울을 통해 면밀히 관찰하는 이 책은 너무나 웃기고 가차 없으며, 생전 처음으로 단오를 쇠고 곶감을 먹고 싶게 만든다.

— 김하나(작가)

나는 '김혼비'란 세 글자에 열렬히 반응한다. 김혼비는 독서가 '쾌'와 '락'으로 이루어진 행위임을 깨닫게 한다. 이번엔 그가 '김혼비·박태하'라는 여섯 음절의 고유명사로 돌아왔다. 하나같은 둘이 아니라, 둘이 내는 한목소리다. 들뢰즈와 가타리 이후 이토록 패기 넘치는 공동 집필이 있었는지!(껄껄!) 처음엔 어느 부분을 누가 썼을지 추측해 보기도 했지만 이내 웃고 즐기느라 그런 건 잊어버렸다. 복화술사처럼 말하지 않는 순간에도 등 뒤에서 서로의 입이 되어 삐끔거리는 장면을 상상하면, 쓰는 과정 자체가 축제였으리라.

이 책은 '한국 지역 축제에 담긴 진정한 K스러움을 찾아 떠난 부부의 흥겨운 탐험기'다. 중개자로서 이들은 독자와 현장 사이를 오가며 '얄짤없이 정확한' 리포터 역할을 해낸다. 문체가 어찌나 싱싱

하고 팔딱이는지 현장의 들썩임, 지역 특색, 참가자와 주최자 사이의 온도 차, 쓸데없이 재미난 정보들, 음식과 술, 역사와 문화, 정념과 푸념이 어우러진 온갖 기운을 모조리 전달받을 수 있다. 미국에 '빌 브라이슨'이 있다면 한국엔 '김혼비·박태하'가 있다. 곳곳에 유머가 주단처럼 깔려 있다. 유머가 반짝이려면 그 속에 바늘 같은 예리함이 박혀 있어야 하는 법! 이들의 유머는 뾰족하고 시원하다. 지나치게 근엄한 사람이 아니라면 두세 페이지에 한 번씩은 웃게 되리라.

읽는 동안 사라진 '흥'이 돌아왔다. 내 안에 숨겨둔 온갖 'K스러운 감과 정'이 돌아왔다. 떠날 수 있는 시간이 (돌아)오면 꼭 찾아가리라. 가서 퍼레이드 행렬도 보고 홍어를 씹으며, "홍복해!" 하고 외치리라.

— 박연준(시인)

전국축제자랑

이상한데 진심인 K-축제 탐험기

1판 1쇄 펴냄   2021년 2월 26일
1판 14쇄 펴냄   2024년 6월 19일

지은이   김혼비, 박태하
발행인   박근섭, 박상준
펴낸곳   (주)민음사

출판등록   1966. 5. 19. (제16-490호)
주소   서울시 강남구 도산대로1길 62
         강남출판문화센터 5층 (06027)
대표전화   02-515-2000
팩시밀리   02-515-2007
www.minumsa.com